W0373174

DRESSLER

KRISTINA AAMAND

Wenn Worte meine Waffe wären

Aus dem Dänischen von
Ulrike Brauns

Mit Illustrationen von
Sune Ehlers

Dressler Verlag · Hamburg

Für Martin

MIX
Paper from responsible sources
FSC® C084698

Deutsche Erstausgabe
1. Auflage
© 2018 Dressler Verlag GmbH,
Poppenbütteler Chaussee 53, 22397 Hamburg
Alle Rechte vorbehalten
© Kristina Aamand
For enden af din pegefinger
Text © 2016 Kristina Aamand und Forlaget Carlsen
Umschlaggestaltung: Frauke Schneider unter Verwendung von
© szefei; 10468107; depositphotos
© VGeorgiev; 71898859; depositphotos
Illustrationen: Sune Ehlers
Satz: Arnold & Domnick GbR, Leipzig
Druck und Bindung: PNB Print Ltd., »Jāņsili«,
Silakrogs, Ropažu novads, LV-2133, Lettland
Printed 2018
ISBN 978-3-7915-0098-0
www.dressler-verlag.de

1

Krieg

Kronprinzessin Mary ist fast nackt. Ihr schwarzer Bikini verhüllt rein gar nichts. Sollten mich meine Eltern jemals in so wenig Stoff sehen, säße ich im Nullkommanichts im nächsten Flieger in das Land, wo der Pfeffer wächst. Marys Bauchmuskeln sind trainiert und angespannt.

So sieht unsere Nachbarin nach vier Kindern nicht aus. Das kann ich garantieren, obwohl ich sie noch nie nackt gesehen habe. Ihr Bauch quillt nämlich deutlich über den Bund ihres braunen Samtunterteils, wenn sie mal wieder bei uns auf dem Sofa sitzt und mit meiner Mutter Tee trinkt, während sie ihr Fotos vom neuen Haus ihrer Cousine in Konya in der Türkei zeigt.

Der Wind hat eine Strähne aus Marys Pferdeschwanz gelöst und sie streicht sie sich mit ihrer meisterhaft manikürten Hand elegant aus dem Gesicht. Rosa Nagellack. Ich lächle sie an. Was soll ich sagen? Irgendetwas, was das schöne Lächeln nicht von ihren glänzenden Lippen verschwinden lässt. Hier auf dem Wasser ist die Sonne grell, das Licht trifft die Jacht, blendet uns beide, und Mary gefällt das gar nicht. Schönheitstipp: Die Sonne ist das Böse. Mary blinzelt und runzelt die Stirn, sodass sich ihre Augenbrauen wie zwei schlanke

Nacktschnecken krümmen. Sie weiß, dass man Falten bekommt, wenn man nicht aufpasst. Meine Mutter beispielsweise hat immerwährende Stirnfalten. Aber daran ist nicht die Sonne schuld! Sie war einfach nur so oft wütend, dass die Falten eines Tages beschlossen haben, dass es sich gar nicht lohnt, wieder zu verschwinden. Mama ist sauer, wenn die Nachbarn ihren Müll unten vor die Haustür kippen. Angepisst, wenn der Filipino unter uns Karaoke singt. Rasend vor Angst, wenn Papa Möbel durch die Wohnung schmeißt. Enttäuscht, wenn ich in meinem Zimmer sitze und an meinen eigenen Texten schreibe, statt Hausaufgaben zu machen. Ich schirme meine Augen mit der Hand gegen die Sonne ab und eine edle Dame mit einer Burberry-Brille auf der Nase und einem breitkrempigen Sonnenhut in den Händen kommt auf mich zu.

»Frau Jenin, Sie können jetzt hineingehen.«

Ich zucke zusammen. Von der Küste ins Krankenhaus in einer Millisekunde. Mary ist weg, stattdessen steht eine lächelnde Krankenschwester mit hellem, lockigem Haar vor mir. Mit ihrem Holzclog hält sie die Tür mit dem Schild *Sprechzimmer* auf.

»Bitte.«

Meine Mutter erhebt sich hastig, greift nach ihrer Tasche und ihrem Mantel.

»Komm, Sheherazade«, sagt sie leise und ist bereits an der Tür. Ich lege das Klatschblatt mit der Titelseite nach oben zurück auf den Tisch. MARY UNVERHÜLLT IN AUSTRALIEN. Mary lächelt. Trägt eine Sonnenbrille, die mehr gekostet hat, als meine Eltern jeden Monat in Parkerne an Miete zahlen.

Der Arzt steht auf, als wir das Zimmer betreten, kommt um den Schreibtisch herum und streckt uns die Hand entgegen.

»Stein Pedersen, ich bin der Kardiologe.«

Er hat keine große Ähnlichkeit mit den Ärzten in weißen Kitteln, die permanent in Papas Krankenzimmer auf und ab gehen und in Diktiergeräte sprechen. Den Ärzten, die ihm Stethoskope an die Brust halten und mit besorgten Mienen lauschen. Das hellblaue Hemd von Doktor Stein ist so weit aufgeknöpft, dass man seine Brusthaare sehen kann. Also, ich meine, sein Fell. Sein Brustfell.

»Amal Jenin.« Meine Mutter schüttelt ihm die Hand und schaut dann zu mir. »Das ist meine Tochter Sheherazade. Sie ist dabei, weil …«

»Ja, natürlich.« Doktor Stein setzt sich wieder an seinen Schreibtisch. »Bitte, nehmen Sie Platz.« Er deutet auf die beiden Stühle davor.

Ich sehe, dass Mamas Hände ein bisschen zittern, während sie ihren Mantel und ihren Schal über den Stuhl hängt. Dann setzt sie sich, stellt sich die Handtasche auf den Schoß und umklammert sie fest mit beiden Händen.

Ich behalte meinen Mantel an und schaue mich im Sprechzimmer um. Hinter Stein steht ein großes Bücherregal. Vor ihm ein Adventskranz, zwei der Kerzen waren bereits angezündet, daneben eine Papierschachtel mit Taschentüchern. Er ist es sicher gewohnt, dass hier geweint wird. Aber darauf kann er bei mir lange warten! Nein, ich richte mein Kopftuch und prüfe, ob die kleine Nadel, die es an seinem Platz hält, auch so sitzt, wie sie sollte. Das mache ich immer, wenn ich nervös bin. Ich habe keine Lust, über meinen Vater zu sprechen, und vor allem nicht mit einem Mann, der Stein heißt. Wer bekommt denn bitte ein Kind und denkt sich: Mensch, den nennen wir Stein. Ein Stein ist hart und kalt. Das passt ja wohl gar nicht zu einem Kind. »So, dann erzählen Sie beide doch mal, wie Sie die Situation erleben.« Stein zieht seine Brille bis auf die Nasenspitze und betrachtet uns über den Rand hinweg. Was ihm wohl gerade durch den Kopf geht?

Zwei müde Kopftuchtrullas sprechen mit einem Stein. Auf dem Kopf ist er ganz unbehaart, trotzdem hat er einen Bart. Die anderen Haare trösten sich an seiner Brust, sie haben auch wirklich Grund zum Frust. Spricht man über so wahnsinnig schlimme Sachen, gibt es ja nicht viel zu lachen.

»Was grinst du so?« Mama stupst mich an. »Sheherazade, hör bitte einmal auf, zu träumen!« Sie schaut zu Stein und seufzt. »Wie wir das erleben, ist doch egal. Sie sind der Arzt, Sie müssen uns sagen …«

»Ja, ich bin der Arzt, aber Sie kennen Ihren Mann doch am allerbesten. Aus nächster Nähe, und für die Behandlung ist es wichtig, dass wir so viel wie möglich wissen.« Stein setzt sich die Brille wieder richtig auf und schaut in seine Unterlagen.

»Also, soweit ich das hier sehe …«, er blättert, »kam es mehrfach zu Kammerflimmern und vereinzelt auch zur Bewusstlosigkeit.«

»Wir dachten, er stirbt vor unseren Augen.« Mutter seufzt noch einmal. »Was hat er denn?«

»Tja«, Stein schaut von seiner Kartei auf, »wir glauben, Ihr Mann und dein Vater«, er schaut zu mir, »hat ein koronares Herzleiden. Man spricht auch von Arterienverkalkung.«

»Und was heißt das?« Ich sehe, dass im Regal hinter ihm mehrere Bücher zum Thema »Herz« stehen.

»Gut, dass du das fragst.« Er lächelt. »Oft ist es die Folge eines ungesunden Lebenswandels. Übergewicht, Rauchen, zu fettiges Essen. Am schlimmsten ist aber der Stress. Ihr Mann ist ja offensichtlich nicht übergewichtig.«

»Nein, und er isst viel Gemüse.« Mama fasst sich an den Kopf, wie sie es immer tut, wenn sich eine Migräne ankündigt. »Aber Stress ...«

»Hat man auch Stress, wenn man zu viel über schlimme Dinge nachdenkt?« Ich habe den Blick auf den Tisch gesenkt. Auf der Oberfläche sind Flecken.

»Tja, Sheramsase, das kann man durchaus so sagen. Stress entsteht, wenn man Menschen zu sehr unter Druck setzt. Gab es Situationen in Ihrem Leben, die lang anhaltenden Stress ausgelöst haben könnten?« Stein lehnt sich auf seinem Stuhl zurück und verschränkt die Arme vor der Brust.

»Sheherazade.« Ich löse den Blick von den Flecken und schaue auf.

»Bitte?«

»Sheherazade. So heiße ich. Nicht Sheramsase.«

»Oh, okay, Sheharamzade. Stress kann viele Ursachen haben. Wenn ich richtig informiert bin, sind Sie als Flüchtlinge nach Dänemark gekommen?«

»Ja, ich war erst sieben.«

»Es ist nicht leicht, sich in einem neuen Land zurechtzufinden. Einer neuen Kultur. Dazu noch die Narben auf der Seele, die viele Menschen aus Kriegsgebieten mitbringen.« Stein sieht ernst aus und stützt sich mit den Ellbogen auf den Tisch. »Stress kann sehr gravierende Folgen haben. Vielen Menschen fallen dann selbst die alltäglichsten Dinge schwer. Sie haben Probleme, sich zu erinnern, sich zu konzentrieren, zu schlafen. Es kann zu Wutausbrüchen kommen, und mitunter bekommt der oder die Betroffene auch das Gefühl, sich selbst nicht mehr zu kennen.«

»Ich kenne ihn auch nicht mehr«, sagt Mama leise.

»Das ist eine ganz normale Reaktion«, fährt Stein fort. »Ihr Mann ist sehr krank, wir müssen ihn behandeln. Aber ich rate Ihnen, sich mit dem zu befassen, was den Stress auslöst, vielleicht in einer Gesprächstherapie. Das könnte ihm helfen. Ihnen allen. Über das zu sprechen, was Sie erlebt haben. Vor der Flucht. Während des Kriegs. Und wir behalten seine Herzprobleme genauestens im Blick. Sie müssen sich darauf einstellen, dass er ein paar Wochen stationär behandelt werden wird.«

»Aber unsere Flucht ist doch schon so lange her.« Mama schüttelt den Kopf. »Zehn Jahre. Sheherazade war noch ein kleines Mädchen. Wieso belastet ihn das jetzt noch? Es müsste doch längst besser sein, hier herrscht schließlich kein Krieg.«

»Er schaut zu viel fern«, unterbreche ich sie. »Das macht ihn fertig. Ich würde sagen, das stresst ihn gewaltig!« Ich versuche, mit dem Zeigefinger einen der Flecken vom Tisch zu wischen. Aber er geht nicht weg. Es könnte Tinte sein. Oder Farbe.

»Wie meinst du das?«, fragt Stein.

»Er beschäftigt sich pausenlos mit dem Krieg.« Ich reibe mit dem Saum meines Ärmels an dem Fleck. »Jeden Tag wird doch im Fernsehen darüber berichtet. Über Bomben. Tote. Erwachsene und Babys. Das erträgt er nicht.«

»Nein, das erträgt er nicht«, stimmt Mama zu. »Ich habe ihm schon häufiger gesagt: Hör auf, dir das anzuschauen! Aber ich habe den Eindruck, er kann nicht damit aufhören. Ich selbst ertrage das nicht. Mir wird davon schlecht. Aber er sagt, wir dürfen nicht die Augen vor dem verschließen, was passiert. Weil Menschen abgeschlachtet werden.«

– Sieh dir das an. Papa klingt, als würde er gleich weinen. Seine Stimme bricht. Sieh's dir an, er zeigt auf den Fernseher, wo mit großen roten Buchstaben am unteren Bildrand prangt: More deaths, mehr Tote. Er steht mit verschränkten Armen da, wippt vor und zurück. Seine nackten Zehen krallen sich so fest in den Orientteppich, dass seine Nägel ganz weiß werden.

– Schalte das doch bitte aus, Schatz!, fleht Mama ihn an.

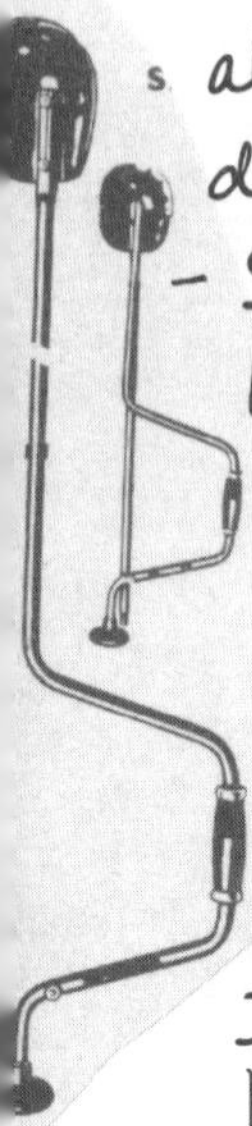

Stell es bitte ab. Sie läuft zum Fernseher, aber Papa stößt sie weg, sie stolpert über die Teppichkante.

– Sieh es dir an. Schau doch. Mein Herz rast. Nicht schon wieder.

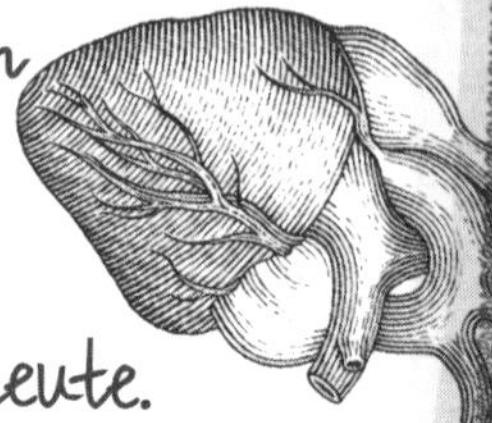

– Sheherazade, das ist unser Land, das sind unsere Landsleute. Sie werden einfach abgeschlachtet. Wie die Tiere.

– Ich weiß, Papa.

Ich lege ihm den Arm um die Schultern. Mama sitzt am Boden, das Gesicht in den Händen verborgen.

Ich drücke Papa an mich und er hört mit dem Wippen auf. Tränen laufen ihm über die Wangen. Jemand filmt mit dem Handy einen Jungen, der auf dem Rücken liegt und weint. Er ist vielleicht vierzehn oder fünfzehn Jahre alt. Der Boden um seinen Kopf ist rot von Blut.

Sein Bein liegt in einem sonderbaren Winkel zu seinem Körper, irgendwie verdreht. Er ruft um Hilfe und weint. Soldaten stehen um ihn herum und glotzen. Machen sich lustig.

~~Stirb, du Hund.~~

Der Junge ruft nach seiner Mutter, während die Blutlache unter seinem Kopf wächst und wächst.
Papa wippt wieder vor und zurück.
Jetzt weine ich auch. Um den Jungen und um mich selbst.

»Hier, nimm dir eins.« Stein hält mir eine Packung Taschentücher hin.

Ich schüttle den Kopf.

»Nein, danke.« Schnell wische ich den Tropfen, der auf dem Tisch landet, mit der Hand weg. Verdammt.

»Ich kann gut verstehen, dass das schwer ist.« Er faltet die Hände und schaut Mama an. »Wir behalten ihn erst mal eine Weile hier. Sie können so häufig zu Besuch kommen, wie Sie wollen. Er hat ein Einzelzimmer, Sie müssen sich also nicht an die Besuchszeiten halten. Es kann sehr heilsam sein, seine Familie um sich zu haben. Gibt es noch weitere Kinder? Geschwister?«

»Nein, wir haben nur Sheherazade, sie ist unsere Blume. Ich hätte gern mehr gehabt, aber mein Mann, sein Zustand, das passt nicht so gut zu Kindern. Er erträgt keinen Lärm. Und Kinder machen ja Lärm.«

»Ja, ja, das kenne ich gut.« Stein lächelt und schaut zu einem Foto, das auf dem Schreibtisch steht. »Ich habe selbst zwei Rabauken zu Hause, drei und fünf Jahre alt. Glauben Sie mir, mit Lärm kenne mich bestens aus.«

»Da haben Sie Glück«, erwidert Mama. »Kinder sind die Zukunft. Ich hoffe, ich bekomme viele Enkel.« Dazu drückt sie meine Hand.

»Ja.« Stein räuspert sich. »Sie sind die Zukunft. Was meinen Sie, wollen wir uns nächste Woche noch einmal unterhalten? Wenn Sie sich an meine Sekretärin wenden, gibt sie Ihnen einen neuen Termin. Darüber hinaus habe ich Sie zu einem Gespräch mit einem unserer Sozialarbeiter angemeldet. Ich hoffe, damit sind Sie einverstanden. Das gehört zum normalen Prozedere, wenn es zu häuslicher Gewalt gekommen ist.«

»Aber das hat er ja nicht mit Absicht getan. Er ist schließlich krank.« Mama hat rote Flecken im Gesicht.

»Das weiß ich, Frau Jenin, aber es ist trotzdem wichtig, über das zu sprechen, was passiert ist. Schließlich leidet ja nicht nur Ihr Mann. Sie leiden ja auch unter seiner Krankheit. Die ganze Familie ist sozusagen krank. Das ist kein Grund, sich zu schämen.«

»Okay … Tausend Dank«, sagt Mama müde und steht auf.

»Und du? Gehst du zur Schule?«, fragt Stein.

»Ja, aufs Gymnasium. Vorletztes Jahr.«

»So, so, noch ein Jahr Schule. Und wofür interessierst du dich?«

»Ich mache gern Zines.«

»Und das ist …?«

»Das sind kleine Magazine, selbst gemacht mit Zeichnungen und so. Ich schreibe, schneide Bilder und Fotos aus …«

»Ja«, unterbricht Mama mich und schüttelt den Kopf. »Sie sitzt oft den ganzen Nachmittag in ihrem Zimmer und schreibt und schreibt.«

»Und worüber schreibst du?« Stein lächelt.

»Über irgendwas. Irgendwas, das ich erlebt habe und so …«

»Das klingt gut. Es kann sehr hilfreich sein, zu schreiben, um Gedanken und Erlebnisse zu verarbeiten.«

»Ihr Vater war ja Dichter. Bevor alles schwierig wurde. Vielleicht hat sie das geerbt. Aber vom Schreiben kann man nun mal nicht leben. Ihre Zeichnungen sind auch nicht unbedingt schön. Und richtige Arbeit ist das auch nicht. Sie soll selbstverständlich studieren.«

»Sie sollen auch gar nicht schön sein. Zines sind ein ziemlich wirksames …«

»Spannend.« Stein fasst die Blätter auf dem Tisch zu einem Stapel zusammen. »Und was hast du danach vor?«

»Danach?«

»Ja, nach dem Gymnasium?«

»Keine Ahnung. Oder … Ich wäre gerne Schriftstellerin, glaube ich.« Ich stehe auf.

»Sie soll Ärztin werden«, lächelt Mama. »Wie Sie.«

2

Die Blondine und die Kanakin

»Kommst du mit rein und sagst deinem Vater Hallo, bevor wir nach Hause fahren?« Mama sieht müde aus.

Draußen hat die Dämmerung eingesetzt, während wir mit Stein gesprochen haben. Dabei ist es nicht mal vier Uhr nachmittags, und ich friere, obwohl ich einen Pullover und darüber einen Mantel trage.

»Ich weiß nicht so richtig, Mama. Ist es in Ordnung, wenn ich mir einen warmen Kakao hole? Willst du auch was haben?«

»Nein, danke, Habibti, aber hol dir ruhig einen. Und komm danach einfach zu deinem Vater und mir. Es bedeutet ihm so viel, dich zu sehen. Du bist seine Hoffnung für die Zukunft.«

Ich gehe runter in den endlosen Korridor. Abteilung für Gastroenterologie. Abteilung für Infektionsmedizin. Abteilung für Geburtshilfe. All diese Krankheiten. Schreckliche Sachen, bei denen man furchtbare Fehler machen kann. Ich werde ganz sicher keine Ärztin. Wunden, Ausschläge und all der andere Scheiß. Wer tut sich so was freiwillig an? Es ist der große Traum meiner Eltern, dass ich Ärztin werde und in Kriegsgebiete reise, um dort Menschen zu helfen, deren Arme und Beine in Stücke und Stümpfe gesprengt wurden. Dabei habe ich schon genug Elend und Leid durch Papas Satellitenfernsehen mitbekommen.

In einer Nische beim Eingang entdecke ich den Kaffeeautomaten, neben zwei Sofas und einem Sessel. Eine Krankenschwester steht davor und zieht sich einen Becher. Ich erkenne sie an ihren Holzclogs. Sie hat uns die Tür aufgehalten, als wir zu Stein wollten.

»Ich bin ein bisschen abhängig von diesem Kakao.« Sie lächelt. »Ich sag das nur, um dich zu warnen. Wenn du erst mal einen gekauft hast, kommst du immer wieder zurück, um mehr zu holen. Das muss an dem ganzen Zucker liegen, den sie da reintun. Ich hoffe, es ist okay, wenn ich das frage, aber: Wie geht es dir eigentlich?« Sie legt mir eine Hand auf die Schulter. »Wenn so etwas in einer Familie passiert, dann bekommt meist der Kranke die ganze Aufmerksamkeit. Aber es kann trotz allem ja nicht leicht sein für dich.«

»Mir geht es gut.«

»Wenn es dir nicht gut gehen würde, wäre das wirklich kein bisschen verwunderlich.«

»Mir geht es gut ...«

»Kommst du ein wenig vor die Tür? Triffst Freunde oder machst das, was man in deinem Alter so macht?«

»Das ist nicht ganz einfach. Meine Mutter arbeitet nachts und ich gehe zur Schule. Ich habe nicht wirklich Zeit zum Ausgehen. Aber das ist eigentlich auch egal. Ich habe da gar keine Lust zu.«

»Hast du denn keinen Bedarf an einer kleinen Abwechslung ab und an?«

»Ich komm schon klar.«

»Sobald du nicht mehr klarkommst, frag nach Anette. Wenn

du mal Redebedarf hast.« Sie zeigt auf das Namensschild an ihrem Oberteil.

»Ich komm schon klar.«

»Klar.« Sie nimmt endlich die Hand von meiner Schulter.

Ich habe sicher keinen Redebedarf mit einer Frau vom *Anette-die-mit-einem-Arzt-verheiratet-ist-und-in-Vedbæk-wohnt*-Schlag, mit weißer Uniform, ausgeblichenem Bob und einem riesigen Diamantring an einer Kette um den Hals! Was weiß sie schon von Vierteln wie unserem? Von Vestegnen? Parkerne? Was weiß sie davon, wie es ist, in Beton zu wohnen?

Ich gehe tief in meiner Manteltasche auf die Suche nach einer Münze. Ein Becher kostet zehn Kronen.

»Brauchst du Hilfe?«, fragt eine Stimme hinter mir.

»Nein, danke, ich brauch nur eine Münze«, sage ich und wühle weiter. »Du kannst gern vorgehen.«

»Nur kein Stress. Ich hab den ganzen Tag Zeit. Und die ganze Nacht. Und morgen. Meine Mutter wird wohl kaum gesund, bevor du einen Zehner gefunden hast.«

Ich drehe mich um, damit ich sehen kann, wer da spricht. Sie ist schlank, blond und sieht aus wie diese Mädels auf dem Cover von den Musikzeitschriften, die manchmal in der Schule rumfliegen. Mit genau der richtigen Jeans und einer schwarzen Lederjacke. Dazu dunkelroter Lippenstift und so indianische Ohrringe, mit Perlen und Federn.

»Hallo, ich heiße Thea.«

»Sheherazade.« Ich spüre eine Münze zwischen den Fingern. Bitte, lass es ein Zehner sein. Ich bring es einfach nicht, zu meiner Mutter zu gehen und sie um eine Münze zu bitten. Yes! Mission accomplished. »Zwei Sekunden, dann bist du dran.«

»Wie gesagt, lass dir Zeit. Ich sitze hier eh fest.« Sie lässt sich aufs Sofa fallen und zieht sich die Wildlederstiefel aus. »Ich bin scheißmüde.«

Die Maschine brummt und spritzt gurgelnd warmen Kakao in einen Plastikbecher. Ich nehme ihn vorsichtig aus dem Automaten, stelle ihn auf den flachen Tisch und lasse mich mit einem Seufzer neben Thea aufs Sofa plumpsen.

»Ziemlich übles ›Café‹.« Thea macht mit den Fingern Anführungszeichen. »Aber der Automatenkakao kann was.« Sie setzt sich in den Schneidersitz. »Tut mir leid, ich kann das gut verstehen, wenn du keine Lust hast, dich zu unterhalten. Ich sollte mich nicht einmischen. Aber ich hab dein kleines Gespräch mit der niedlichen Schwester mitbekommen. Womit hat sie denn gerechnet? Dass du sofort alles rauslässt und dann deinen Rotz und deine Wimperntusche an ihrem weißen Kittel abwischst, indem du dich an ihren üppigen Busen drückst?«

Ich muss lachen.

»Ich mein ja nur«, fährt Thea fort, »dass man sich doch wohl selbst melden kann, wenn man jemanden zum Reden braucht, oder? Und die Frage ist ja eher: Will man sich dann wirklich an jemanden wenden, den man rein gar nicht kennt? Nee. Ich habe das mittlerweile oft genug gemusst. Immer wieder Weißkittel, die fragen, wie es mir geht. Ich hab es so satt, über Gefühle zu sprechen. *Macht meine Mutter doch einfach gesund, ich brauche eure Hilfe nicht!* Wer ist denn bei dir krank? Nein, warte. Bin ich nicht gerade selbst dabei, einen auf süße Krankenschwester zu machen und dich wie nebenbei auszuhorchen?« Thea legt sich zwei Finger an die Schläfe. »Ich erschieße mich, wenn ich noch länger hierbleiben muss. Ich werd ja schon wie die.«

»Nein, nein, erschieß dich mal nicht«, sage ich lächelnd.

»Die werden dich nur wiederbeleben und dann bist du noch länger hier.«

»Du hast recht, schlechte Idee.«

»Mein Vater. Mein Vater ist krank. Das Herz.«

»Okay. Ist es ernst?«

»Hatte beim Essen plötzlich Schaum vorm Mund. Aber jetzt atmet er wieder …«

»Hm. Rauchst du?« Thea kramt in ihrer Tasche.

»Ja. Nur nicht vor meiner Mutter. Aus Gründen. Muslimischen Gründen.«

»Ah, okay. Aber ich kann dich beruhigen, wir Bleichgesichter haben es da auch nicht leichter. Meine Mutter würde ausflippen, wenn sie wüsste, dass ich rauche. Sie besteht darauf, dass wir uns gesund ernähren. Keine Süßigkeiten. Sie ist mal Marathon gelaufen und all so was.«

»Und warum ist sie …«

»Komm, gehen wir erst mal raus.« Thea steht mit einem Satz vom Sofa auf. »Nimm den Kakao mit.«

»Ich hab keine Zigaretten.«

»Komm.«

Auf dem kleinen Hof steht eine sehr dünne Frau in einem weißen Bademantel und zusätzlich mit einer Decke um die Schultern, dazu Socken, die an den Knöcheln umgeschlagen sind, sodass man die blassen Beine sieht. Sie hält sich an einem Tropf fest, von dem ein Plastikschlauch bis zu einer blauen Nadel führt, die in ihrem Arm steckt. Jetzt lässt sie den Tropf los, schlägt schnell eine Zigarette aus dem Paket Kings, das sie aus der Tasche ihres Bademantels gefischt hat, und schaut uns fragend an.

»Habt ihr Feuer? Ich habe mein Feuerzeug im Nachttisch

vergessen. Und es ist scheißumständlich, mit diesem Gerüst herumzurennen.« Sie zeigt auf ihren Tropf.

»Selbstverständlich.« Thea zündet ihr die Zigarette an.

»Danke.«

»No prob. Komm, Sheherazade, setzen wir uns doch dahin.« Sie zeigt auf eine Bank im hintersten Winkel des Hofs.

»Du kannst ja meinen Namen aussprechen.«

»Ja, warum sollte ich das nicht können?«

»Ich erlebe es nicht oft, dass …«

»Wir sind immer viel gereist. Ich bin daran gewöhnt, dass nicht alle Emil und Mathilde heißen.« Thea holt eine Packung Tabak aus ihrer Jacke und legt sie sich auf den Schoß. Zieht dann ein dünnes Blatt aus einem kleinen Heft, verteilt Tabak darauf und rollt ihn zwischen den Fingern.

»Was rauchst du?«

»Ich boykottiere die großen Tabakkonzerne.« Sie führt die kleine Rolle zum Mund und leckt einmal an der Papierkante entlang. »Das ist ökologischer Tabak, ganz ohne Zusätze. Fair gehandelt. Heißt, die Bauern bekommen für ihre Arbeit wirklich das, was ihnen zusteht. Hier«, sie reicht mir die dünne Zigarette und das Feuerzeug, »probier mal. Viel besser als House of Prince und deren Scheißkapitalismus.«

»Okay.« Ich zünde die Zigarette an und atme tief ein. Sie schmeckt stärker als meine. Ich muss husten und schaue mich um. Niemand da, der mich für mein kleines Verbrechen verpetzen könnte.

Thea dreht eine Zigarette für sich selbst und ich gebe ihr das Feuerzeug zurück.

»Danke.« Lächelnd wuschelt sie sich durchs Haar. Dann sitzen wir einen Moment schweigend da. Pusten Rauch in die Luft.

»Wollen wir wieder reingehen? Es ist so verdammt kalt hier draußen.« Thea tritt auf ihre Zigarette, hebt den Stummel auf und bringt ihn zum Mülleimer.

Die Frau mit den dünnen Beinen winkt uns zu, als wir gehen. Wir winken beide zurück.

»Was ist denn nun eigentlich mit deiner Mutter?«, frage ich, als wir wieder auf dem Sofa beim Kaffeeautomaten sitzen.

»Wir waren in den Ferien. Rom. Die ganze Family im Wohnwagen. Ich, mein Vater, meine Mutter, mein Bruder Tobias und die Zwillinge Arn und Askan.«

»Wow, große Familie«, sage ich und grinse, »richtige Einwandererdimensionen.«

»Ja, das kann man so sagen.« Thea lacht. »Vielmehr kannst DU das sagen. Wenn ich das sage, klingt das sofort rassistisch.«

»Ja, ein bisschen, da hast du recht. Aber ein paar Vorteile muss es ja haben, Kanakin zu sein. Wir dürfen uns selbst besudeln.«

»So eine Art Kanakenprämie. Ich kann mich gern mit Blondinenwitzen revanchieren.«

»Also BITTE, du solltest mit dem Wort schon ein bisschen vorsichtig sein.« Ich muss den Kakao wegstellen, damit ich mich damit nicht bekleckere, während mir vor Lachen die Tränen in die Augen schießen. So lustig ist das schließlich auch wieder nicht. Ich hoffe mal, Thea kommt jetzt nicht auf die Idee, dass ich aus der Psychiatrie ausgebüxt bin, aber die Tränen warten schon seit dem Gespräch mit Stein darauf, dass ich ihnen endlich freien Lauf lasse. Und gleichzeitig kann ich nicht aufhören, zu lachen. »Du bist fucking rassistisch, Bleichgesicht.«

»Verstanden, Sir«, sagt Thea so laut, dass uns eine Frau vom Flur aus einen strengen Blick zuwirft.

»Hey, das hier ist ein sehr ernstes Krankenhaus!« Ich lasse mich seitlich aufs Sofa kippen, um mich zu verstecken. Presse mir die Hand vor den Mund.

»Wir sollten ein Schild basteln. *Lachen verboten – es besteht sonst die Gefahr, dass es jemandem besser geht.*«

»Hahaha, sehr gut, das machen wir!« Ich falle vom Sofa. Gar nicht so ungemütlich hier unten. Fühlt sich an wie damals, wenn wir meine Großeltern besuchten, wo es nach Frittieröl und Rosenwasser roch und wo mittags die Wachsdecke auf dem Boden ausgerollt wurde und große Schalen mit Reis, Nüssen und Lamm dampfend in der Mitte des Sitzkreises standen. Damals war alles noch einfacher. Papa war fröhlich. Mamas Stirnfalten gab es noch nicht. Und jetzt sitze ich auf dem kalten Boden eines Krankenhauses und habe einen Lachanfall mit einer Blondine, die wirklich hübsch ist, wenn sie lächelt. Und die noch immer nicht gefragt hat, warum ich ein Kopftuch trage. Das machen sonst alle Einheimischen.

»Ja, das Schild sollte direkt am Haupteingang hängen. Wir sollten ein Piktogramm nehmen. Einen rot durchgestrichenen Smiley.« Thea lächelt und hält sich den Arm schräg vors Gesicht. »So.«

»Ein Fickto-was?«

»Ein PIKtogramm.«

»Megakomische Wörter kennst du. Was soll das denn sein?«

»Na, so ein Schild mit einem Symbol für irgendwas. Wie eine durchgestrichene Zigarette. Rauchen verboten.«

»Wie wäre es mit einem Kanaken-Piktogramm?« Ich muss kichern. »Das wäre doch was für die Dänische Volkspartei. Oder als Aufkleber für so eine Angeberkarre. Kanaken-Fick-Po-Gramm.«

Wir lachen so laut, dass wir uns einen sehr zornigen Blick der Frau einfangen.

»Könnt ihr nicht respektieren, dass ihr in einem Krankenhaus seid? Hier gibt es kranke …«

»Nein, hier gibt es Kranke? Das wussten wir wirklich nicht … Oder, Thea?«

»Nein, ich bin blond und die ein Kanake. Wir haben von nichts eine Ahnung. Aber offenbar darf man hier nur sein, wenn man permanent heult.« Thea wird immer lauter. »So eine Scheiße. Als würden wir nicht die meiste Zeit hier sitzen und die Hölle ertragen müssen. Da wagt man es mal, nur eine Sekunde lang zu lachen, und schon wird man abgewatscht. Von einer verdammten SCHEISSKUH.« Das Letzte schreit Thea so laut, dass die Frau sich sofort erschrocken abwendet.

Plötzlich gibt es nichts mehr zu lachen.

»Deine Mutter.« Ich sehe sie fragend an. »Warum ist sie denn nun hier?« Ich trinke einen Schluck Kakao. Er ist nur noch lauwarm und viel zu süß.

»Wir waren gerade in Rom angekommen. Eines Morgens sagte meine Mutter, ihre Füße wären eingeschlafen. Du weißt schon, dieses Gefühl, wenn es die ganze Zeit kribbelt und krabbelt.«

Ich nicke und exe dann den Rest des Kakaos – unter Ausblendung des Geschmacks.

»Und dann konnte sie plötzlich die Beine nicht mehr spüren. Sie wurde nach Hause geflogen und direkt ins Krankenhaus gebracht. Und hier sind wir jetzt. Man nennt es Guillian-Barré-Syndrom. Sie ist komplett gelähmt. Sie kann weder sprechen noch irgendwas anderes. Nur ihr Gehirn funktioniert einwandfrei.«

»Das klingt nach dem absoluten Albtraum. Dazuliegen, sich nicht bewegen zu können und gleichzeitig innendrin ganz man selbst zu sein.«

»Shit!«, sagt Thea mit einem Blick aufs Handy. »Ich muss los. Ich hab meinem Vater versprochen, heute die Kleinen abzuholen. Und vorher muss ich noch mal eben zu meiner Mutter. Ich wünsche deinem Vater gute Besserung und so.« Sie schwingt sich die Tasche über die Schulter.

»Danke, und ich hoffe, deiner Mutter geht es schon bald besser. Vielleicht sehen wir uns ja mal wieder. Mein Vater muss nämlich eine Weile hierbleiben.«

»Du findest mich im Internet: Thea Sødergaard. War schön, zur Abwechslung mit jemandem zu reden, statt allein eine weiße Wand anzustarren und nichts als Krankheiten zu sehen. Melde dich, wenn du das nächste Mal da bist.«

»Mach ich.« Ich stehe auf.

Es ist still, als ich zu Papas Zimmer zurückkehre. Mama sitzt auf der Bettkante, Papa schläft. Er liegt zusammengekrümmt im Bett, die Decke übers Gesicht gezogen. Auf dem Nachttisch steht ein Glas mit rotem Saft, daneben liegt seine Gebetskette mit den hellbraunen Holzperlen an der olivgrünen, geknoteten Schnur, die ihm Perle für Perle durch die Finger glitt, wenn er mir zum Einschlafen Märchen erzählte. Das ist schon lange her. Mama steckte für gewöhnlich den Kopf zur Tür herein und fragte: »Womit füllst du ihren Kopf?« Und Papa antwortete immer: »Mit so vielem wie möglich, Amal. So vielem wie möglich.«

»Wir können jetzt gehen. Er schläft. Da bekommt er ja doch nicht mit, ob du da bist oder nicht.« Mama sieht müde aus. Sie hat dunkle Ringe unter den Augen, ihre Lippen sind trocken und spröde. Sie kümmert sich nicht um sich. Es dreht sich immer um Papa.

Alles dreht sich um ihn.

3

Sprung in der Suppe

Es ist ganz still in der Wohnung, als Mama aufschließt. Wenn Papa zu Hause ist, läuft immer der Fernseher, sofort hören wir arabische Wortfetzen. Oder er telefoniert mit seinen Freunden im Westjordanland, hat Gäste oder wirft mit Sachen um sich. Schreit. Tritt nach etwas. Schnauzt rum. Wenn er nicht schläft. Mama macht Licht im Flur.

»Wird ganz schön früh dunkel, nicht wahr?« Sie hängt ihren Mantel an den Haken, zieht die Schuhe aus und stellt sie zu den aufgereihten Sneakern, und Flipflops.

»Ja, es ist die gemütlichste Zeit des Jahres. Dezember. Yippie.« Ich hänge meinen Mantel neben ihren, behalte aber den dicken Pulli an. Mir ist wieder kalt. Vielleicht sollte ich heiß baden.

»Es ist Zeit, zu beten, Sheherazade.« Sie wirft einen Blick auf die Uhr. »Kannst du in der Zwischenzeit die Suppe von gestern aufwärmen?«

»Okay.« Ich seufze.

»Hör auf zu seufzen.« Mama geht ins Bad, um sich zu waschen. Ich höre Wasser laufen, während sie sich Hände, Füße und das Gesicht vor dem Gebet reinigt. »Du hast keinen Grund, zu seufzen!«, ruft sie. »Du lebst. Du bist gesund. Maschallah. Und du hast noch dein ganzes Leben vor dir.«

»Mein ganzes Leben vor mir. Was habe ich doch für ein verdammtes Glück.« Maschallah, Maschallah, my mother speaks Yallah.

»Was hast du gesagt?« Mama steckt den Kopf zur Küchentür herein, den Gebetsteppich unterm Arm.

»Nichts, Mama, nichts. Geh einfach beten, ich wärme das Essen auf.«

Ich hole die Schale mit der Suppe aus dem Kühlschrank. Sie ist hart geworden, an der Oberfläche hat sich eine dicke Fettschicht abgesetzt. Ich drehe die Schale auf den Kopf, die Suppe rutscht mit einem Klatschen in den warmen Topf und fängt langsam an zu kochen.

»Denk dran, erst Wasser in den Topf zu tun, Sheherazade, sonst brennt die Suppe an!«, kommt Mamas Stimme aus dem angrenzenden Zimmer.

»Wolltest du nicht beten?«, rufe ich zurück. »Wie wäre es, wenn du das einfach wirklich machen würdest, statt mir ständig im Nacken zu sitzen?« Das Letzte flüstere ich.

Ich zünde drei Teelichter an, die in einem Kerzenständer auf der Fensterbank stehen. Schaue aus dem zehnten Stock hinunter. Ich kann bis zum Horizont sehen, sogar ein bisschen vom Meer. Als wir vor vielen Jahren nach Parkerne zogen, bekamen wir zuerst eine Wohnung im Erdgeschoss. Von dort hatte man Aussicht auf den Gemüsehändler, das Polizeirevier und die Kerle, die an den Ecken herumlungern, rauchen und einen Kommentar für jede Langhaarige haben, die vorbeikommt. Abgesehen von den Polizeibeamtinnen selbstverständlich, denn denen Sprüche zu drücken, trauen sie sich nicht. Dann stehen sie da und machen auf Unschuldslamm: *»Nein, nein, wir würden niemals irgendwelche Drogen verkaufen. Es* *käme uns niemals in den Sinn, ein Auto zu fahren, das nicht uns gehört. Wir stehen eigentlich nur hier, um sicherzustellen, dass sich auch alle ordentlich verhalten.«*

Mich haben sie immer in Ruhe gelassen. Das ist der ultimative Vorteil, wenn man Kopftuch trägt. Die Idioten halten die Klappe. Enge Jeans und offenes, langes Haar, da kann man sich darauf gefasst machen, einen Spruch mitzunehmen.

Thea würde sicher für den einen oder anderen frechen Kommentar auf Arabisch sorgen. Sie ist schön. Auf eine unauffällige Art. Also, sie steht garantiert nicht hundert Jahre vorm Spiegel und schmiert sich Foundation ins Gesicht. Aber sie ist schön. Das bin ich vielleicht auch ein bisschen. Es gab zumindest schon viele, die gesagt haben: *Diese Augen, mit denen sie unterwegs ist. Eine Prinzessin aus Tausendundeine Nacht. Die können den Verkehr lahmlegen.* Und dann lächelt Mama. Sie liebt es, wenn die Nachbarn von mir schwärmen. Papa schüttelt dann nur den Kopf. Er findet, dass die Weiber im Ghetto zu viel tratschen und zu wenig arbeiten.

Aber wofür brauche ich schon Schmuck? Ich gehe schließlich nicht mit Freunden auf Partys. Dabei ist das auch egal. Selbst wenn ich darauf Lust hätte, ich dürfte es gar nicht. Mama hütet mich wie die tollste Kopftuchtochter, die Ärztin werden und alles in der halben Zeit doppelt so gut machen soll. Sie sagt, wenn ich ins Gerede komme, dann überträgt sich das schneller auf die gesamte Familie als Herpes. Okay, vielleicht spricht sie nicht explizit von Herpes, sondern von etwas, was sich ähnlich schnell und nachhaltig überträgt, nur eben nicht sexuell.

Was andere denken, bedeutet alles für sie. Als meine Eltern nach Dänemark kamen, saß meine Mutter Tag für Tag in der Küche, trank Tee und beobachtete durchs Fenster die Frauen, die es sich im Hof gemütlich gemacht hatten. Der Hof ist ein kleines Viereck aus grüner Wiese mitten in all dem Grau, mit einem Spielplatz, ein paar Bänken, Tischen und zwei Wäscheständern, das den gesamten Block von dem großen Parkhaus trennt. Der Geruch von Fleisch und Grillkohle schlängelte sich an der Fassade entlang und fand seinen Weg bis zu Mamas angestammtem Platz am Fenster hinter den geklöppelten Gardinen. Sie betrachtete die Frauen mit den blauen IKEA-Taschen voller Wäsche auf dem Weg in oder aus dem Waschkeller, die stehen blieben, redeten, lachten oder erschrocken die Hände vor den Mund schlugen, wenn jemand den neusten Klatsch weitergab. Mama drehte die Spitze ihres endlosen, geflochtenen Zopfs, der ihr den ganzen langen Weg vom Nacken über die Schultern hinab zur Brust hing, zwischen den Fingern, während sie Tag für Tag, Monat für Monat das Leben da draußen verfolgte. Sie beklagte sich bei Papa, wenn sie vom Einkaufen zurückkam. Das Essen war einfach verkehrt. Nicht so, wie sie es gewohnt war. Niemand grüßte sie auf der Treppe, niemand klopfte je an die Tür.

Bis zu dem Tag, an dem eine Nachbarin sie zu einer Hochzeit im Gemeinschaftssaal einlud. Arabische Feier mit Falafel und Henna. Mama war glücklich. Endlich. Sie bereitete sich mehrere Wochen lang vor. Kaufte Stoff und nähte sich ein langes Kleid mit langen Ärmeln, wie die anderen Frauen sie trugen. Holte ihren Goldschmuck hervor. Das wenige, was davon übrig geblieben war, weil sie und Papa so gut wie alles, was sie besessen hatten, verkauft hatten, um den Menschenschmuggler zu bezahlen, der uns über die Grenzen bringen sollte. Das schöne, gedrehte Goldarmband, das sie von Papa zur Hochzeit bekommen hatte. Die Ohrringe mit den blauen Edelsteinen, ein Erbstück von Papas Mutter, und die Kette mit dem Auge Fatimas, das vor schlechter Energie und Eifersucht schützt. Ich bekam einen roten Rock mit Goldkante und dazu rote Ballerinas. Und Papa ein neues Hemd. Er schüttelte den Kopf, als er es anzog.

»Brauchen wir wirklich diesen Zirkus?«

»Soll ich lieber den Rest meines Lebens am Fenster sitzen und rausgucken?«, zischte Mama. »Und zieh doch das weiße Unterhemd aus, wenn du das schöne Hemd anziehst. Du siehst ja aus wie ein Bananenverkäufer ...«

Das Letzte, was Mama tat, bevor wir aus der Tür traten und zum Fest gingen, war, ein Kopftuch umzubinden. Seit diesem Tag durfte Mamas Zopf nicht länger frei atmen, sondern wurde ordentlich zu einem Dutt auf dem Kopf gedreht und unter einem Stück farbenfrohen Seidenstoff verborgen. Jetzt sah sie aus wie alle anderen Frauen im Viertel und allmählich veränderte sich unser Leben. Es klingelte an der Tür. Anfangs blieben sie davor stehen. Dann kamen sie herein, saßen in der Küche und sprachen über ihre Kinder, Nachbarn und idiotische Sachbearbeiter beim Amt. Wenn Mama nun mit der blauen IKEA-Tasche in den Waschkeller ging, dauerte ein Waschgang plötzlich doppelt so lang wie vorher. Mama fing endlich an, sich heimisch zu fühlen. Papa saß vorm Fernseher oder las seine alten Gedichtsammlungen, einen leeren Notizblock und einen gespitzten Bleistift neben sich, die allerdings nie genutzt wurden. Meine Eltern befanden sich in derselben Wohnung, aber auf völlig verschiedenen Planeten.

Papa nennt mich seinen Pfeil in die Zukunft. Er sagt: »Sheherazade, du sollst viele Kinder bekommen. Massen von Kindern. Jedes Mal, wenn ein Kind im Krieg getötet wird, kommt eine neue Seele auf die Welt. Das Leben soll über den Tod siegen. Die Liebe über den Hass. Und du sollst schreiben. Über alles, was du siehst und erlebst. Du sollst die Welt mit deinen Worten verändern.«

Ich frage ihn dann für gewöhnlich, woher ich denn seiner Vorstellung nach die Zeit zum Schreiben nehmen soll, wenn ich ständig neue Gören durch meine Vagina rauspressen muss. Dann schimpft Mama mich aus, weil ich das V-Wort benutzt habe, während Papa lacht und die Geschichte erzählt, wie seine Urgroßmutter hinter dem Haus Drillinge zur Welt brachte und danach ins Haus ging, um für die zehn anderen Gören Brot zu backen. Und dann frage ich, ob sie Mutterkuchen zum Nachtisch bekamen. Worüber Papa nur noch lauter lacht und sagt, dass ich ein helles Köpfchen habe und was Großes aus mir werden wird. Mama zieht sich kopfschüttelnd in Küche zurück.

Manchmal erzählt er mir von dem Mann mit den Flöhen. Obwohl ich die Geschichte sicher schon hundertmal gehört habe. Ein Mann hatte Flöhe. Die können recht hoch springen. Eines Tages beschloss er, ein kleines Experiment durchzuführen. Dazu setzte er die Flöhe in einen Glasbehälter, der nur zwanzig Zentimeter hoch war. Als er sie ein paar Tage später wieder freiließ, sprangen die Flöhe alle nur noch zwanzig Zentimeter hoch in die Luft. Keinen Zentimeter höher. Dann gibt Papa mir einen Kuss auf die Stirn und sagt: »Du kannst bis zum Himmel springen, Sheherazade. Lass dir von niemandem etwas anderes einreden!«

»Denk dran, die Temperatur zu reduzieren, damit der Reis in der Suppe nicht zu Brei wird!«, ruft Mama.

»Wolltest du nicht beten, Mama?«, antworte ich genervt. *»My mother can't let go. Bam. Please tell her to do so. Bam.«* Ich schlage mit dem Kochlöffel im Takt gegen den Herd. »*I feel like screaming STOOOP.*« Ein ordentlicher Schlag auf den Deckel. »*But hey, I can't give up … 'cause father is in pain … It's driving me insane …*« Schlag auf den Herd.

»Was machst du, mein Tochterkind?«, ruft Mama aus dem Wohnzimmer herüber. »Bist du verrückt geworden? Zerschlägst du gerade den Herd? Du sollst die Suppe aufwärmen. Nicht den Herd totschlagen.«

Mama kann nicht loslassen. Wenn sie das könnte, würde ich mir wünschen, sie würde Papa mal loslassen. Das kann ich aber nicht laut sagen. Vielleicht zu so einer wie Thea. Einer, die meinen Namen aussprechen kann und nicht fragt, warum ich ein Kopftuch trage. Wenn wir Freundinnen würden … Ich muss an unseren Lachanfall denken. Es ist wahnsinnig lange her, dass ich das letzte Mal gelacht habe. Ich werfe einen Blick in den Schrank mit unserem Geschirr. Ob ich zwei Teller ohne Sprung finde? Die meisten unserer Teller haben einen. Bei uns in der Familie lernen die Sachen gern fliegen.

Papa steht mit dem Telefon am Ohr da, presst es so fest gegen den Kopf, dass seine Hand zittert. Sein Gesicht ist wie versteinert. Kein Laut kommt über seine Lippen. Dann fängt er an zu jammern.

– Oh Gott. Lieber Gott. Lieber Gott.

Mama kommt aus der Küche.

Ich stehe vom Sofa auf.

– Was ist los? Mama ist zu ihm gegangen.

Er schmeißt das Telefon gegen die Wand, wo es zerbricht und der Akku herausfällt.

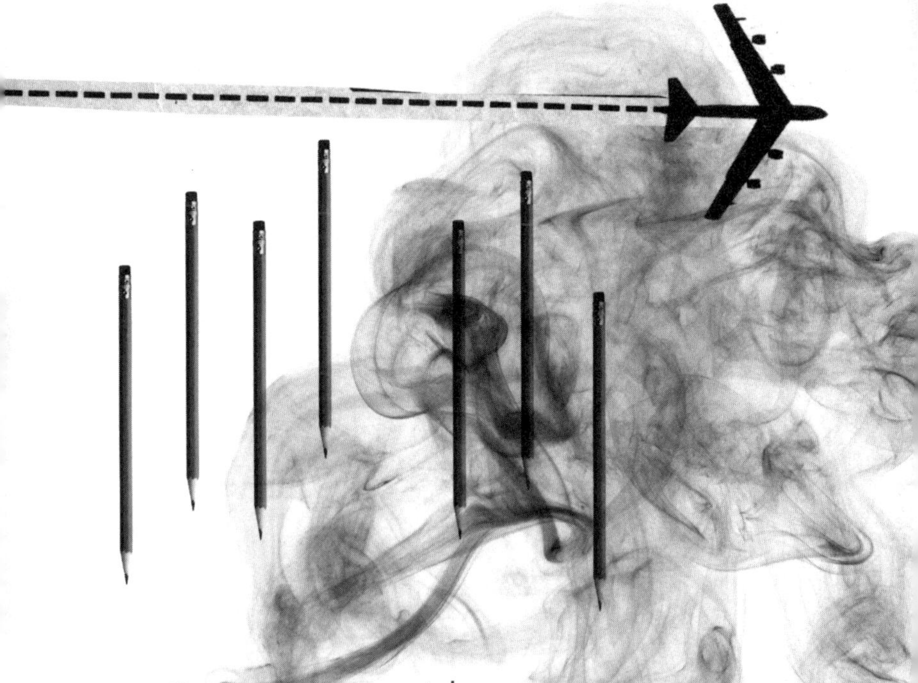

– Schweine. Er geht in die Küche und zündet eine Zigarette an. Öffnet das Küchenfenster und bläst den Rauch hinaus, während er weiterjammert.

– Hamids zwei kleine Söhne. Sieben und neun Jahre alt. Sie waren unterwegs, um sich neue Bleistifte für die Schule zu kaufen. Sie sind tot. Getötet. Beide.

Papa wendet sich vom Fenster ab, nimmt einen der Küchenstühle, tritt wieder zurück ans Fenster. Er schreit, dass alles in mir zittert. Schmeißt brüllend den Stuhl hinaus.

– Das waren Kinder …, flüstert er.

Papa liegt zusammengekrümmt auf dem Boden in der Küche, als zwei Polizisten an die Haustür klopfen.

– Er ist krank.
Mamas Wangen glühen.

– Er hätte mit dem Stuhl jemanden treffen können!
Der größere Polizeibeamte sieht ernst aus.

– Er ist krank.

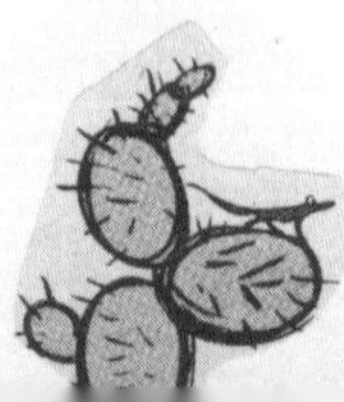

POLIZEI

– Ich muss Sie bitten, den Stuhl vom Hof wegzuräumen, sagt der dicke Polizeibeamte. Dann sprechen wir nicht weiter darüber.

– Danke! Mama hat rote Flecken am Hals, ihre Hände zittern. – Danke. Er ist krank. Es liegt am Krieg. Der tötet uns alle.

– Äh, ja, sagt der Große. – Aber hier herrscht doch gar kein Krieg. Hier riskiert man höchstens, von einem fliegenden Stuhl erschlagen zu werden. Wir vereinbaren deshalb mit sofortiger Wirkung, dass das

NIE wieder vorkommt.

Einverstanden?

Die Leute auf der Straße starren mich an, als ich auf dem Boden herumkrabble, um die Überreste des Stuhls zusammenzuraffen. Mama hat mir einen schwarzen Müllsack mitgegeben. Es wird allmählich dunkel. Schweigend sammle ich die Wrackteile auf, eins nach dem anderen, bis Papas Ohnmacht nicht länger auf dem Asphalt zur Schau steht.

Die Suppe dampft und Mama lässt sich schwer auf ihren Platz am Küchentisch plumpsen. Dann richtet sie das Spitzentuch.

»Danke, Habibti.«

»Gern, Mama.«

»Du bist ein gutes Mädchen.« Sie nickt, als ich ihr von der Suppe auftue.

»Möchtest du mehr Fleisch?«

»Nein danke, so ist's gut.«

Mama ist dünn geworden. Ich kann ihre Wangenknochen deutlich sehen. Die Venen unter der dünnen Haut an ihren Händen sind hellblau.

»Musst du noch Hausaufgaben machen?«

»Vielleicht.« Ich probiere die Suppe. Sie ist scharf. Viel Chili.

»Hauptsache, du passt gut in der Schule auf. Das ist das Wichtigste. Damit du von hier wegkommst. Geld verdienst. Etwas aus dir wird. Als wir geflohen sind, war das unser einziger Gedanke: ›Sheherazade ein gutes Leben ermöglichen.‹ Manchmal zweifle ich daran, dass uns das gelungen ist. Wir sind vor einem Krieg geflohen, der trotzdem jeden Tag unter uns wütet.«

»Ich passe gut auf.«

»Ja, das weiß ich. Aus dir wird etwas. Du sollst nicht so enden wie ich. Eine Frau, die hinter anderen herputzt.«

»Das habe ich auch nicht vor.«

4

Halālhütte

Lernen ohne Stress – mit Mindfulness, steht in Großbuchstaben an der Tafel. Ausnahmsweise sind mal alle still, während Frau Hansen schreibt.

»Es gibt eine Menge Jugendlicher, die sich gestresst fühlen.« Frau Hansen wendet nun der Tafel den Rücken zu und betrachtet uns. »Der Abschluss einer Ausbildung – und sei es erst einmal nur die schulische – sorgt für großen Druck. Heute wissen wir, dass es Möglichkeiten gibt, die Herausforderungen besser zu meistern. Ich selbst mache seit vielen Jahren Yoga, und wie ihr ja schon beim letzten Tag der offenen Tür erfahren habt, bekam ich grünes Licht für ein interessantes Pilotprojekt. Dazu werden wir das Klassenzimmer verlassen und bei einem Ausflug mit einer Übernachtung die Gelegenheit bekommen, verschiedene Mindfulness-Techniken auszuprobieren.«

»Hokuspokus«, murmelt Kenneth.

»Es wurden Studien mit Kriegsveteranen durchgeführt, die, das kann man wohl unbestritten sagen, großem Stress ausgesetzt waren. Nach einer gewissen Zeit, in der Mindfulness praktiziert wurde, konnte man positive Veränderungen in ihrem Gehirn feststellen.«

Ich versuche, mir Papa im Lotussitz bei der Yogaatmung vorzustellen und mit einem friedlichen Ausdruck auf dem Gesicht. Aber selbst unter höchster Anstrengung kommt da nur kurz ein flimmerndes Bild von Papa im Schneidersitz vorm Fernseher mit einer tiefen Sorgenfalte auf der Stirn. Und schnell wird es überlagert von Papa, der kettenrauchend am Küchenfenster steht, von Papa, der auf den Boden stampft, und von Papa, der Flipflops durch die Wohnung schmeißt.

Frau Hansen dreht sich wieder zur Tafel und schreibt weiter. »Hütte eins, zwei, drei, vier, fünf. Wir müssen euch also auf fünf Hütten verteilen. Und dann bist da noch du, Sheherazade.« Sie lächelt.

»Äh, ja?«

»Deine Mutter hat mich angerufen und mir gesagt, dass wir Rücksicht darauf nehmen sollen, dass du nicht mit den Jungen unter einem Dach schlafen darfst.«

Mein Gesicht wird warm. Meine Mutter hat Frau Hansen angerufen? Wann denn das?

»Aus religiösen Gründen«, erklärt Frau Hansen. »Stimmt doch, oder? In eurer Kultur ist das mit Mädchen und Jungen verboten. Also, das gemeinsame Übernachten?« Sie lacht nervös. »Nicht das getrennte. Klar. Ja, ihr wisst schon, was ich meine … Aber das ist ja nichts, was wir nicht lösen könnten.«

»Werden wir also alle in Jungs- und Mädchenhütten aufgeteilt?«, fragt Mille, die hinter mir sitzt.

Ich drehe mich nicht zu ihr um. Sitze einfach nur da und starre geradeaus. Es wäre um einiges leichter, wenn ich auf einer Schule wäre, auf der es noch andere mit dunklerer Hautfarbe gäbe, die ebenfalls nicht mit Jungs im selben Zimmer schlafen dürften. In diesem komplett weißen Umfeld bin ich der Freak. Das war Papas Idee gewesen: dass ich auf ein Gymnasium gehe, das nicht in der Nähe von Parkerne liegt. »Du sollst Menschen kennenlernen, die nicht in Beton wohnen«, hatte er gesagt.

Und so sitze ich hier – ein Schokodrops, der sich in eine Tüte Traubenzucker verirrt hat.

»Nein, nein, wir machen keine strenge Trennung«, antwortet Frau Hansen. »Dafür gibt es ja keinen Grund. Aber wir können und werden auf andere Kulturen Rücksicht nehmen. Wir leben schließlich in einer globalisierten Welt. Ihr könnt euch jetzt schon einmal daran gewöhnen, dass nicht alle Leberpastete mit sauren Gurken essen und Weihnachtslieder trällern.«

Frau Hansen wendet uns erneut den Rücken zu und nimmt einen roten Marker in die Hand. »Und deshalb wird es eine Mädelshütte geben. Hütte Nummer eins ist girls only.«

Hinter mir wird leise geseufzt. Von Mille. Der Rest der Klasse ist still.

»Wer möchte zu Sheherazade in die Mädelshütte?«

»Ich«, sagt Kim, und alle lachen.

»Ich auch.« Mikkel steht auf und tanzt. »YEAH, ich möchte in die Mädelshütte. Was meint ihr? Wer will mich, wer will mich, greift zu …«

»Mikkel, setz dich«, sagt Frau Hansen entnervt.

»Aber … nur weil wir in gemischten Hütten schlafen, heißt das ja noch lange nicht, dass irgendwas passiert, das gegen Sheherazades Glauben verstößt, oder?« Katja schaut mich an. »Was soll denn schon passieren?«

»Ja, was soll denn passieren, wenn man einen Jungen nach einem Tag mit intensiven Yogaübungen nachts zu all den Damen sperrt?« Mikkel macht einen Kussmund und blinzelt.

»Wir sind doch fast erwachsen«, sagt Katja und meint damit vermutlich eher sich als Mikkel. »Ist ja nicht so, als würden wir sofort alle übereinander herfallen. Okay, Sheherazades Eltern sind andere Dinge wichtig als unseren, aber vielleicht finden wir ja trotzdem eine Lösung, die alle glücklich macht?«

»Okay.« Frau Hansen steckt den Marker in die Tasche ihrer engen Jeans und verschränkt die Arme vor der Brust. »Und wie könnte die aussehen?«

»Vielleicht könnte die Schule ihre Eltern ja darüber informieren, wozu der Ausflug eigentlich gedacht ist. Also, dass wir da nicht rumhuren werden.« Katja sieht mich entschuldigend an. »Sorry, wir sollten nicht so über dich reden, als wärst du gar nicht da. Was sagst du denn selbst dazu?«

»Integration heißt doch, sich in der Mitte zu treffen …«, Agnete hebt die Hand, redet aber schon los, »… und nicht, anderen das aufzuzwingen, was man selbst will, egal in welche Richtung.«

»Rumhuren, yeah.« Mikkel ist wieder aufgestanden und lässt die Hüften kreisen.

»Setz dich sofort wieder.« Frau Hansen hat rote Wangen bekommen. »Aber Katja spricht da was Wichtiges an. Was sagst denn du dazu, Sheherazade?«

Dass ich das Gefühl habe, mir wurde eine heiße Herdplatte untergeschoben.

»Dass ich nicht wirklich Bock habe, euer kleines Integrationsprojekt zu sein.« *Da, jetzt hab ich's gesagt!*

»Nein, aber das bist du ja auch gar nicht.« Frau Hansen hat sich auf die Kante ihres Schreibtischs gesetzt. »Auch wenn ich mir gut vorstellen kann, warum es sich so anfühlt. Das Problem ist, dass wir einerseits Rücksicht auf deine Religion nehmen müssen. Andererseits müssen wir auch dem gerecht werden, was fachlich vermittelt werden soll. Gerade dafür ist der

Ausflug in hohem Maße relevant, schließlich geht es um das Soziale, das schlussendlich genauso wichtig ist wie das Fachliche. Denk nur ans Thema Netzwerken. Das fußt zum Großteil auf sozialen Kompetenzen. Es ist nun einmal unglaublich schwer, es allen recht zu machen. Und wir hätten dich natürlich richtig gern dabei, Sheherazade.«

Frau Hansen steht auf und geht zur Tafel. »Dann hätte ich jetzt gern ein paar Namen für Hütte Nummer eins. Und zwar Mädchennamen. Fangen wir mit dir an, Sheherazade.«

Sie schreibt meinen Namen unter Hütte eins. »Wer noch?« Es bleibt still in der Klasse. »Also gut«, sagt sie schließlich, »dann verteilen wir euch erst mal auf die anderen.«

Ich hebe die Hand. »Darf ich aufs Klo?«

»Selbstverständlich, Sheherazade. Du hast ja schon einen Schlafplatz.«

Auf dem Flur ist es ruhig. Die Türen zu allen Klassen sind geschlossen. Ich gehe zur Toilette und stelle mich ans Waschbecken. Schaue in den Spiegel. Ernste Augen schauen zurück. Ich nehme das Kopftuch ab und lege es aufs Waschbecken. Löse das Zopfgummi und lasse mir die Haare über die Schultern fallen. Ich schüttle den Kopf, wuschele mit beiden Händen hindurch, damit die Haare sich richtig aufbauschen, und gucke entschlossen geradeaus in den Spiegel. Jetzt sehe ich aus wie eine Kriegerprinzessin, die selbst entscheidet, in welcher Hütte sie unterkommt. Die selbst entscheidet, ob sie überhaupt mit ein paar blöden Losern einen beschissenen Ausflug machen will.

Ich sollte Papa besuchen. Thea schreiben. Heimlich auf dem Hof rauchen und mir erzählen lassen, wohin sie mit ihrer Familie so reist, wenn sie in der Weltgeschichte unterwegs sind.

Vielleicht können wir irgendwann mal zusammen wegfahren ... Jetzt hör schon auf, Sheherazade! Du kennst sie gerade mal fünf Minuten. Weißt du überhaupt, wer sie ist?

Ich stelle das kalte Wasser an und halte die Hände unter den harten Strahl, bis die Finger taub sind. Es ist schwer, das Kopftuch mit gefrorenen Fingern wieder umzubinden. Ich schiebe die Nadel an Ort und Stelle. Werfe einen Blick in den Spiegel und setze ein Lächeln auf. Mir egal. Mir egal. Ja, wirklich!

Ich hole mein Telefon raus. Thea Sødergaard. Davon gibt es mehrere. Ich schaue die Profilbilder durch. Gar nicht so leicht, jemanden auf den winzigen Fotos zu erkennen. Dann hab ich sie gefunden. Thea. Siebzehn Jahre. Kopenhagen. Eine breit lächelnde Thea, Sonne und Strand im Hintergrund. Klicke auf ihre Fotos. Thea an einer Bar mit einem Longdrink in der Hand, neben ihr zwei Kinder in engen Tanktops. Sie sieht glücklich aus. #BarBarcelona #lovelife. Ich kann mir lebhaft Mamas Migräne vorstellen, wenn sie eine solche Aufnahme ihrer süßen Sheherazade sehen würde. Thea hat viele Freunde. 876. Beliebtes Mädchen.

Freund/-in hinzufügen.

Hallo, wollen wir uns treffen?
Piktogramm-Mädchen.

Nachricht senden.

Als ich zurückkomme, stehen mehr Namen an der Tafel. Ich schaue zu Hütte eins. Immer noch nur Sheherazade. Niemand sonst. Fickt euch!

»Jetzt kommen wir allmählich voran. Also ...«, Frau Hansen runzelt die Stirn und betrachtet die Listen, »... wenn wir Katja und Mille hierher verschieben und Tine dorthin, dann haben wir eine Mädelshütte.«

»Ich möchte aber nicht in die Mädelshütte«, beschwert sich Tine. »Dazu möchte ich nicht gezwungen werden.«

»Ich auch nicht«, murmelt Mille.

»Für mich ist das okay.« Katja lächelt mich an.

»Tine und Mille, ihr wandert in die Mädelshütte, Ende der Diskussion.« Frau Hansen hat die Stimme erhoben.

»Dann werde ich also zu etwas gezwungen, was ich nicht möchte, nur weil ich auf die Religion von jemand anderem Rücksicht nehmen muss?«, ereifert sich Tine. »Schon irgendwie sonderbar, dass wir auf Sheherazades Wünsche eingehen, aber nicht auf meine. Wir sind ja immer noch in Dänemark.«

»Eben! Dänemark ist ein demokratisches Land und wir respektieren Minderheiten.« Kim schlägt mit der Hand auf den Tisch. »Wo sonst nimmt man so dermaßen Rücksicht auf Behinderte, Ältere und Kinder, in Bussen und was weiß ich wo?«

»Du findest also, dass Sheherazade ein Spasti ist, oder was?« Tine schüttelt den Kopf. »Alle Achtung, sauber argumentiert, Kim.«

»Du weißt ganz genau, dass ich das so nicht gemeint habe. Ich will damit nur sagen, dass man halt Rücksicht nimmt, wenn jemand in irgendeiner Weise anders ist. Außerdem erinnere ich noch mal ganz vorsichtig daran, dass Sheherazades *Mutter* diesen Wunsch geäußert hat. Wer hat denn nun eigentlich *dich* gefragt, Sheherazade?«

»Darauf müssen wir ein andermal eingehen! Seid doch bitte einfach mal ein bisschen flexibel …« Frau Hansen lehnt sich wieder gegen die Schreibtischkante und holt tief Luft. »Okay … Wir sitzen doch alle im selben Boot, und das wird eine wirklich schöne Reise, da bin ich sicher. Aber die Zeit rennt uns davon und wir müssen das an dieser Stelle abhaken. Wenden wir uns dem nächsten Punkt der Tagesordnung zu, nämlich dem Essen. Sheherazade, selbstverständlich sorgen wir für dich für eine Haläloption …«

5

Die Geschichte vom Pferd

Thea hat meine Freundschaftsanfrage angenommen. Sie will ihre Mutter besuchen, wir sind also quasi im Krankenhaus verabredet.

»Du bist ein gutes Mädchen.« Mama war hocherfreut, als ich ihr sagte, dass ich Papa besuchen will. »Es bedeutet deinem Vater viel, dich zu sehen. Ist es wirklich in Ordnung, dass ich zu Hause bleibe? Ich habe Kopfschmerzen und muss später noch arbeiten.«

»Klar!«, beruhigte ich sie, während ich mir im Flur die Stiefel anzog.

Das Krankenhaus ist im Ruhemodus. Die Patienten essen entweder in ihren Zimmern oder sitzen an den kleinen Tischen auf dem Gang. Ich schaue abwechselnd vom Kaffeeautomaten auf meine Uhr. Spähe den langen Flur entlang, wo man anhand der Blumensträuße, Boulevardblätter und Bücher schnell die Besucher von den Patienten unterscheiden kann.

»Hallo, Piktogramm-Mädchen!« Ich spüre eine Hand auf der Schulter und drehe mich um. Da steht sie. Direkt vor mir. Lächelnd, mit roten Frostwangen und einer Strickmütze, die mich sofort ans Kinderfernsehprogramm erinnert, denn sie ist regenbogenfarben und hat einen weißen Bommel obendrauf.

Sie umarmt mich und ich kann die Kälte von ihren Händen und Wangen spüren.

»Fuck, es ist so kalt.« Thea nimmt die Mütze ab und richtet ihre Haare, die elektrisch in alle Richtungen abstehen.

»Stimmt.«

»Warst du schon bei deinem Vater?«

»Nein. Noch nicht. Er schläft die ganze Zeit. Willst du einen Kakao?« Ich suche nach meinem Portemonnaie.

»Ich möchte gern zuerst zu meiner Mutter. Ist das okay? Kommst du mit?«

»Was sagt sie denn dazu? Also, dass eine, die sie nicht kennt, sie in diesem Zustand sieht? So krank.«

»Sie wird gar nichts dazu sagen. Sie kann nicht sprechen.«

»Entschuldige, wie dumm von mir.«

»Ach, schon klar. Sorry, schwarzer Humor. Ich bin halt nicht gern allein da drin. Es wäre ziemlich schön, wenn du mitkämst. Wenn du nichts dagegen hast, natürlich.«

»Nein, nein.« Ich schüttle den Kopf. Möchte Thea gern helfen.

Wir nehmen den Aufzug zur Intensivstation. Hier sind keine Patienten oder Besucher auf dem Gang, ich höre nur die vielen Apparate piepen, die ich durch die halb offenen Türen sehen kann. Eine Krankenschwester kommt mit einer Vase in den Händen an uns vorbei und nickt.

»Hi, Thea.«

»Kennt ihr euch?«, frage ich.

»Nein, nicht so richtig. Aber ich bin ja oft hier. Und Mamas Krankheit ist ziemlich selten, sie ist quasi berühmt. Ich hab die meisten Krankenpflegekräfte schon mal gesehen. Die sind schon okay.«

Thea geht voran ins Zimmer vier. Eine Krankenschwester sitzt an einem kleinen Tresen vor einem Bildschirm, auf dem jede Menge Zahlen und Zacken zu sehen sind.

»Hallo, Thea. Besuchst du deine Mutter heute mit einer Freundin?«

»Ja.« Thea nickt. »Wie geht es ihr denn?«

»Es gibt keine nennenswerte Veränderung seit gestern. Sie bekommt weiter Antibiotika gegen die Infektion.«

»Sie kann nicht selbst zur Toilette«, erklärt Thea mir, »deshalb haben sie ihr einen Katheter durch die Harnröhre eingeführt. Und dann kamen die Bakterien. Blasenentzündung.«

Ich hoffe, dass sie nichts in sie einführen, während ich im Zimmer bin. Thea scheint mir meine Befürchtung anzusehen, denn sie fügt sofort hinzu, dass ich mir keine Sorgen machen müsse. Darum kümmere sich das Personal, wenn kein Besuch da ist.

»Eure Ballkleider warten schon.« Die Krankenschwester reicht uns zwei große, gelbe Schürzen und Papiermützen. »Wir müssen die Infektionsgefahr so gering wie möglich halten. Ihr Immunsystem liegt fast brach.«

Wir hängen unsere Mäntel an die Haken bei der Tür und betrachten uns dann in unseren gelben Outfits.

»Steht dir.« Thea lacht leise.

»Danke, gleichfalls.« Ich knickse.

»Nehmt euch ruhig ein paar Ungebrauchte mit«, fordert uns die Schwester auf, »die nächste festliche Gelegenheit kommt bestimmt.«

Thea tritt an das Bett, das von einem Raumteiler abgeschirmt wird.

»Du kannst dich hier hinsetzen.« Thea zeigt auf einen Stuhl

am Fußende des Betts. Sie geht ans Kopfende zu der Frau, die völlig reglos daliegt, wenn man davon absieht, dass sich ihr Brustkorb im Takt des Beatmungsgeräts hebt und senkt. Der Apparat steht neben dem Bett und signalisiert anhand von blinkenden Lämpchen, dass ihr Herz schlägt. Er zeigt auch noch andere Werte an, aber ich habe keine Ahnung, was das für welche sind. Thea streichelt ihrer Mutter über die Stirn. Ich erkenne eine gewisse Ähnlichkeit zwischen ihnen. Theas Mund sieht fast genauso aus. Aber die Wangen der Frau sind eingefallen, ihre Haut ist pergamentartig grau, und ihre Lippen sind trocken, richtig spröde. Wie sie wohl aussieht, wenn sie gesund ist, Marathon läuft und den Zwillingen Süßigkeiten verbietet? Ich kann's mir kaum vorstellen.

»Hallo, Mama, ich bin das. Und ich habe meine Freundin Sheherazade mitgebracht. Ihr Vater ist auch krank. Er liegt hier im Krankenhaus, weil er was am Herzen hat.« Thea nimmt die Hand ihrer Mutter, die ganz schlaff ist. »Deine Nägel müssen mal wieder gemacht werden. Ich bringe morgen alles mit.«

»Kann sie dich hören?«, flüstere ich.

»Angeblich schon. Manchmal blinzelt sie mit den Augen. Anfangs konnte sie nicht mal das. Da bekam sie ständig Tropfen, damit sie nicht austrocknen. Das ist schon ein Fortschritt, nicht wahr, Mama?«

Im Zimmer ist es still. An der Wand hängt eine Zeichnung, darauf sind eine fröhliche Sonne und ein rotes Herz, in dem *Mama* steht. Ein Schlauch führt vom Bett in einen Beutel, der am Gitter hängt. Darin ist eine braune Flüssigkeit. Braun wie Schlamm.

»Das ist Urin.« Thea ist meinem Blick gefolgt. »Die Bakterien machen ihn so braun.« Thea nimmt eine kleine Dose vom

Nachttisch und reibt ihrer Mutter vorsichtig Salbe auf die Lippen. »Wollen wir weiter? Zu deinem Vater?«

Ich nicke.

»Mama, wir gehen jetzt.« Thea gibt ihrer Mutter einen Kuss auf die Stirn, zupft ihre Decke zurecht. »Ich komme morgen wieder.«

Wir werfen die Schutzkleidung in einen Müllbeutel, auf dem mit großen, gelben Buchstaben *Isolation* steht.

Die Schwester schaut vom Bildschirm auf und lächelt uns an, während wir das Zimmer verlassen.

»Trinken wir einen Kakao, bevor du zu deinem Vater gehst?« Thea sieht müde aus. Traurig.

»Ich geb dir einen aus. Dann revanchiere ich mich nächstes Mal.«

»Schönes Stammlokal haben wir hier gefunden.« Thea wirft sich auf das Sofa direkt beim Automaten.

»Das schönste der Stadt.« Ich hole die zwei Zehnkronenmünzen aus der Tasche, die ich vorher extra beim Kiosk gewechselt habe, in der Hoffnung, dass Thea Zeit für einen Becher Kakao hat. Jetzt, wo wir zusammen sind, weiß ich gar nicht recht, was ich sagen soll.

»Ich hoffe, deiner Mutter geht es bald besser«, murmle ich also, füttere den Automaten und drücke auf den Knopf für heiße Schokolade.

»Ja! Die Kleinen vermissen sie. War nicht leicht, ihnen zu erklären, dass sie gerade überhaupt nichts kann. Das verwirrt sie total. Wenn sie zu Besuch sind, drehen sie immer total auf!«

»Macht ihr viel zusammen?«

»Ja, das kann man wohl sagen. Aber meine Eltern arbeiten

auch viel. Oder zumindest haben sie immer viel gearbeitet. Jetzt ist alles anders.«

»Ist ja nicht nur deine Mutter, die leidet. Ihr leidet ja auch alle unter ihrer Krankheit. Die ganze Familie ist sozusagen krank.« Ich höre mich selbst die Worte von Doktor Stein wiederholen. Dann reiche ich ihr den Becher mit dem Kakao, den der Automat lautstark ausgespuckt hat. »Pass auf, der ist superheiß.«

»Danke.« Thea greift vorsichtig nach dem oberen Rand des Plastikbechers.

Ich habe ihr den Rücken zugewandt, starre den Automaten an und fummle an der Nadel in meinem Kopftuch, während der nächste Kakao in der Mache ist.

»Besuchst du deinen Vater oft?«

»Nicht so oft, wie ich sollte. Mein Vater und ich … Wir haben uns nicht so viel zu sagen.«

»Warum nicht?«

»Er lebt auf seinem eigenen Planeten. Redet nicht viel. Und wenn er mal spricht, dann geht es fast immer um Krieg, Breaking News oder die gute alte Zeit, als alles besser war.« Ich lasse mich gegenüber von Thea in den Sessel fallen.

»Seid ihr schon lange in Dänemark?«

»Seit ich sieben bin. Ich kann mich kaum noch an die Zeit vor der Flucht erinnern. Aber dafür an die ersten Monate in Dänemark. Das Lager in Sandholm. Wir haben dort fast ein Jahr gewohnt.«

»Das ist ganz schön lang. Wie war es da?«

»Ehrlich gesagt, ganz okay. Es gab wahnsinnig viele andere Kinder, mit denen ich spielen konnte. Und eine unglaublich süße Sozialarbeiterin, Rikke. Sie hat mir ein Buch geschenkt,

Pippi Langstrumpf, das sie mir vorgelesen hat, um mir Dänisch beizubringen. Das hab ich immer noch. Ich war damals davon überzeugt, dass die Kinder in Dänemark Pferde in den Häusern halten.«

Thea lacht.

»Für meine Eltern war es anders. Nicht so toll. Ich erinnere mich an ihre Gespräche, wenn sie dachten, dass ich schlafe. Sie hatten fürchterliche Angst, zurückgeschickt zu werden.«

»Was wäre denn passiert, wenn ihr zurückgeschickt worden wärt?«

»Mein Vater wäre höchstwahrscheinlich getötet worden.«

»Wie schrecklich!« Thea sieht betroffen aus. »Hattest du keine Angst?«

»Ich hatte Albträume. Habe geträumt, dass wir uns verstecken müssen, weil uns jemand umbringen will. In den Träumen war der Himmel schwarz, der Mond rot wie Feuer. Ich wusste, dass die Welt unterging und wir alle zusammen sterben würden.«

»Du hättest nicht mitbekommen dürfen, worüber deine Eltern gesprochen haben.«

»Nein, aber wir haben in einem Zimmer mit Etagenbett gewohnt. Vom gleichen Flur gingen unzählige weitere Zimmer mit anderen Familien ab und zum Essen waren wir in der Gemeinschaftsküche. Man war nie allein. Und alle hatten Angst, machten sich Sorgen oder waren nervös. Das lag permanent in der Luft. Und dabei hatte ich noch Glück. Manche der Kinder hatten mit ansehen müssen, wie Angehörige starben. Einmal wohnte eine Familie mit fünf Kindern im Zimmer neben uns. Nachts schrie die Mutter regelmäßig. Tagsüber lag sie im Bett und starrte die Wand an. Ich bekam mit, wie die Erwachsenen sagten, sie sei von Soldaten vergewaltigt worden und dass ihr Mann und ihre Kinder hatten zugucken müssen. Eines Tages waren sie dann einfach weg. Ich habe keine Ahnung, was mit ihnen passiert ist. Ob sie Asyl bekamen oder abgeschoben wurden.« Bilder der Zeit vor dem Umzug nach Parkerne treten mir vors geistige Auge und pressen sich als Wörter aus meinem Mund. Plötzlich kann ich gar nicht mehr aufhören, zu reden.

»Wie furchtbar.«

»Es war nicht immer so schlimm. Im Lager gab es einen Musiker. Einer der Helfer hatte ihm eine Zither mitgebracht. Manchmal saßen die Erwachsenen dann abends draußen auf der Terrasse, er spielte, sie sangen schwermütige Lieder aus der Heimat und rauchten, während wir lauschten.«

»Wie seid ihr von dort weggekommen?«

»Meine Eltern bekamen eine Aufenthaltserlaubnis. Und dann wohnten wir vorübergehend in einer Wohnung, bis wir in die gezogen sind, die wir jetzt noch haben.«

»Eine schöne Wendung. Auch dass du jetzt aufs Gymnasium gehst und so.«

»Das ist meinen Eltern megawichtig. Dass ich meinen Abschluss mache und dann ein besseres Leben führen kann als sie. Mein Vater nennt mich immer seinen Pfeil in die Zukunft. Der größte Wunsch meiner Mutter ist, dass ich Ärztin werde.«

»Möchtest du denn Ärztin werden?«, fragt Thea.

»Und hier arbeiten? Nein danke!«

»Hast du ihr mal gesagt, dass das nicht das Richtige für dich ist?«

»Nicht mit Worten.«

»Und warum nicht?«

»Weil das da, wo ich herkomme, so nicht funktioniert.«

»Wie denn dann?«

»Na ja, man macht, was für die Familie am besten ist.«

»Und wenn das, was für die Familie am besten ist, nicht das Beste für dich ist?«

»Dann hat man Pech.« Ich zwinkere ihr zu.

»Aber man kann doch sein Leben nicht auf einer Lüge aufbauen.«

»Doch, kann man! Eine Freundin meiner Mutter, Latifa, hat einen Sohn. Ihr Mann ist tot, es gibt nur noch die beiden. Eine Freundin von Latifa hat ebenfalls einen Sohn, der irgendwas Tolles studiert hat. Ich weiß nicht mehr, was genau, ist aber auch egal.«

»Warte mal. Die Freundin der Freundin deiner Mutter?« Thea kratzt sich übertrieben am Kopf.

»Ja, du musst halt aufpassen. Also, die Freundin meiner Mutter, Latifa, hat einen Sohn und noch eine weitere Freundin, die auch einen Sohn hat. Okay. Bis hierhin klar? Oder ist das zu kompliziert für eine Blondine?«

»Erzähl lieber schnell weiter.« Thea macht große, leere Puppenaugen. »Bevor ich wieder vergesse, wer wer ist.«

»Okay. Latifa möchte, dass ihr Sohn auch so was Tolles studiert, der möchte aber lieber ein Geschäft führen. Das ist sein Traum. Latifa weint, bettelt und fleht. Schließlich lenkt er ein und wird an der Uni angenommen.«

»Sie hat also ihren Willen durchgesetzt?«

»Dachte sie. Zehn Jahre später soll er seine Abschlussprüfungen schreiben. Am Abend vor den Prüfungen bricht er weinend zusammen und gesteht, dass er das Studium gar nicht aufgenommen hat, sondern die ganze Zeit schon einen Irma-Supermarkt leitet.«

»Aber wie?«

»Er ist zehn Jahre lang jeden verdammten Tag aufgestanden und hat so getan, als würde er zur Uni fahren. Stell dir mal vor, wie viel man sich da zusammenlügen muss! Jedes Mal, wenn seine Mutter nach dem Studium gefragt hat, musste er die Finger hinterm Rücken überkreuzen und ihr eine Geschichte vom Pferd erzählen.«

»Was wäre denn passiert, wenn diese Latifa ihn einfach beim Einkaufen getroffen hätte?«

»Latifa wäre niemals von sich aus in einen Irma gegangen. Sie gehört eher zur Discounterfraktion. Ein Glück für ihn, oder vielleicht auch kein Zufall, dass er ausgerechnet für einen Laden arbeiten wollte, wo ein Kilo Jasminreis dasselbe kostet wie ein ganzer Sack beim Gemüsehändler.«

»Und was ist dann passiert? Nachdem er die Wahrheit erzählt hat?«

»Latifa war maßlos enttäuscht. Und sie hat versucht, das zu vertuschen, aber in Parkerne bleibt nichts lange geheim.«

»Und wie ging es weiter?«

»Eines Tages kam die Freundin mit dem feinen Sohn zum Tee. Und die Freundin rühmte und lobte den Irma-Typen. Sie sagte, dass Irma einfach nur das beste Geschäft sei und wie toll es sei, dass er in so einem feinen Laden arbeite. Und dann stellte sich zudem noch heraus, dass er bei Irma mehr verdiente als der Sohn mit dem tollen Studium.«

»Happy End.« Thea lacht. »Wobei es natürlich ziemlich traurig ist, dass die Mutter erst dann stolz auf ihren Sohn ist, wenn jemand anderes sagt, dass das, was er macht, der heiße Scheiß ist.«

»Soweit ich weiß, hat Latifa eine Frau aus Konya für ihn

gefunden. Die perfekte Frau. Und selbstverständlich hat er zugestimmt. Aber man munkelt, dass er eine dänische Freundin hat.«

»Oh, nein. Tolles Studium versus Irma Volume zwei.«

»Ja, entweder Hochzeit oder Hochdrama.«

»Eine gute Geschichte, dafür gäbe es eigentlich die volle Punktzahl, wenn du dir nicht selbst widersprochen hättest.«

»Das ist nicht nur eine Geschichte. Das ist das wahre Leben.«

»Jaja. Aber du übersiehst da was. Er konnte nämlich nicht mit der Lüge leben. Wäre es also nicht besser, deiner Mutter früher oder später zu sagen, dass sie – falls sie in der fernen Zukunft eine Blinddarmentzündung haben wird – mal besser nicht damit rechnen soll, dass du dann das Skalpell schwingst?«

»Verstanden, Sir!« Ich tippe mir an die Stirn und leere dann meinen Kakao.

»Apropos Eltern. Ist jetzt Vaterzeit?«

»Yep.«

Vorsichtig öffne ich kurz darauf die Tür zu Papas Zimmer. Aber nur so weit, dass ich gerade sein Bett erkennen kann. Thea steht hinter mir, hält unsere Mäntel und schaut auf ihr Handy. Die Nachttischlampe ist eingeschaltet. Papa liegt dort und liest ein Buch. Lautlos schließe ich die Tür und drehe mich zu Thea.

»Er schläft. Wir müssen das auf ein andermal vertagen.«

6

Die Verlobungsfeier

Im Gemeinschaftssaal von Parkerne wird eine Verlobung gefeiert. Fatima, die Tochter einer Freundin von Mama, wird Hamza heiraten, den Sohn einer anderen Freundin. *Hamza und Fatima forever*, steht mit großen, goldenen Buchstaben auf dem Plakat, das an die Glastür des Saals geklebt wurde.

Hoffentlich halten sie sich an das *forever*.

Denn wenn man sein Ohr an die Betonfassade legt und dem Klatsch lauscht, dann besteht kein Zweifel daran, dass eine Scheidung ihren festen Platz in den Top five der Scham-Hitliste hat. Wo sie allerdings auf harte Konkurrenz in Form von Schwein im Schmortopf, Schwulen, sündhaftem Sex, Brüsten im Bikini und baren Beinen trifft.

Die Musik ist schon von draußen zu hören. Eine Frau, die ich vom Sehen kenne, an deren Namen ich mich aber nicht erinnern kann, steht an der Garderobe, heißt uns willkommen und hilft uns aus unseren Mänteln. Sie zeigt auf die rechte Tür. *Frauen*, steht dort auf ein Blatt Papier geschrieben. Links *Männer*. Ich trage ein gelbes Seidenkleid mit Pailletten, das über der Brust spannt, dazu meine silbernen Absatzschuhe, die ständig im Saum hängen bleiben. Ich fühle mich in diesen Klamotten wie der letzte Idiot, aber Mama liebt es, wenn ich das gelbe Kleid anziehe. Sie sagt, ich sähe damit aus wie die Sonne.

»Wie schön du bist.« Die Frau an der Garderobe küsst mich auf beide Wangen. »Ich sage immer wieder zu meinem Mann: ›Diese Augen, mit denen sie unterwegs ist, die schöne Sheherazade, hat sie von einem Engel. Man kann dadurch geradewegs ins Paradies sehen.‹ Du bist so reizend. Vielleicht bist du ja auch bald an der Reihe. *Maschallah.*« Sie kichert und wirft Mama einen Blick zu, die jedoch den Kopf schüttelt.

»Nein, Minna, erst einmal wird Sheherazade Ärztin. Dann kann sie gern heiraten.«

»Ja, Bildung ist wichtig.« Minna nickt. »Aber wichtiger ist es, zu heiraten. Viel wichtiger! Kommt rein. Und was für ein schönes Kleid du da trägst, Sheherazade. Gelb wie die Sonne … *Salam aleikum.*« Minna eilt zurück an die Tür, wo gerade weitere Gäste ankommen.

Ich gehe schnell in den Saal, bevor die Frauen, die nun durch die Tür drängen, Mama umringen und mit ihrem Mitleid überschütten können wie eine Torte mit zuckersüßer Glasur. *Ach, das muss so schlimm für dich sein, dass dein Mann krank ist. Möge Allah ihm beistehen. Blablabla.*

Der Saal ist mit Ballons und rotem und gelbem Lametta geschmückt, außerdem stehen überall runde Tische mit Chips und Anderthalbliterflaschen Mineralwasser, Cola, Sprite und Fanta. In der Ecke spuckt eine riesige Musikanlage Lieder aus arabischen Liebes- und Bollywoodfilmen in den Raum. Frauen finden sich in kleinen Grüppchen zusammen, während überall Kinder wie schreiende Psychopathen herumrennen.

»Komm, du sitzt hier.« Minna hakt sich bei mir unter. »Wir haben einen schönen Tisch für die Unverheirateten vorbereitet. Dann könnt ihr euch unterhalten und richtig Spaß haben. Meine Tochter Sohane sitzt auch da.«

»Muss ich?« Ich drehe mich um, suche nach Mama, die allerdings von einem ganzen Rudel Frauen gekidnappt wurde, die sie küssen und umarmen.

»Das ist Sheherazade. Vielleicht kennt ihr euch ja schon?« Minna lächelt, nickt und eilt davon, um weitere Neuankömmlinge mit Wangenküssen zu versehen.

»Hallo, Unverheiratete«, begrüße ich die Mädels am Tisch, aber niemand reagiert. Ich setze mich zu ihnen.

»Möchtest du Cola?«, fragt mich ein pummeliges Mädchen in knallrotem Kleid mit hochgestecktem Haar.

»Gern.« Ich nehme den Plastikbecher entgegen und trinke einen Schluck.

»Ich heiße Sohane. Das ist die Verlobungsfeier meines Bruders.«

»Ach, du bist Sohane? Okay, dann ist Minna also deine Mutter. Ich bin Sheherazade.«

»*Sheherazade*«, wiederholt sie leise und senkt den Blick. »Wie die Prinzessin in *Tausendundeiner Nacht*?«

»Genau, mein Vater war ein ziemlich großer Märchenfan. Er war Dichter. Früher.«

»Wie gut kennst du die Braut?«, erkundigt sich Sohane und trinkt einen großen Schluck Cola.

»Nicht gut. Und du?«

»Ich kenne Fatima auch nicht wirklich.« Sohane nimmt sich eine große Handvoll Chips. »Meine und ihre Mutter haben das Ganze arrangiert. Hamza und Fatima wurden gefragt, ob sie einander wollen. Was natürlich heißt, dass es bisher noch kein Date gab, du weißt schon, kein typisches Dänendate.« Sie lacht leise und hält sich verlegen die Hand vor den Mund. Ganz anders als Thea, die mit offenem Mund über so was lacht.

»Bist du denn des Wahnsinns? Es gibt schließlich keine schlimmere Sünde, als einen Tee zusammen zu trinken, wenn man heiraten will. Pfui!« Ich verziehe das Gesicht, als wäre ich zutiefst empört.

»Ja, pfui Spinne!« Sohane lächelt schüchtern. »Aber ich werde Fatima ja bald besser kennenlernen.«

»Das wird sich nicht verhindern lassen.« Ich grinse. »Wann ist die Hochzeit?«

»In drei Monaten.« Sohane greift noch einmal in die Chips und stopft sich eine weitere Handvoll in den Mund, dass es nur so auf ihr Kleid bröselt. Schnell wischt sie die Krümel weg und ich sehe sie fragend an.

»Und dann? Ziehen sie zusammen?«

»Nein, sie wohnen bei uns. Erst mal zumindest. Meine Mutter hat ständig Rückenschmerzen und so kann Fatima ihr beim Kochen und anderem helfen.«

»Ah, okay.«

»Ja.« Sohane nimmt sich noch mehr Chips, spült sie mit Cola hinunter. »Schon gut, ich weiß, dass ich fett bin.« Sie reibt sich mit dem Handrücken den Mund trocken.

»BITTE? Warum sagst du das?«

»Weil du vielleicht denkst: Sie sollte nicht so viele Chips essen.«

»Das tue ich aber gar nicht. Ich denke an meinen Vater, der im Krankenhaus liegt, weil sein Herz fast stehen geblieben ist.« *Und ich denke an Thea, die ich so gern wiedertreffen möchte.*

»Ach, entschuldige, das bist du? Meine Mutter hat so was erwähnt …«

»Ja, *das* bin ich.«

»Entschuldige, da jammere ich über meine Figur, statt mal nach deinem Vater zu fragen!«

»Schon gut. Komm, wir verdrücken uns.«

»Aber … meine Mutter … mein Bruder …«

»Also, ich brauche frische Luft.« Ich stehe auf.

»Okay.«

»Rauchst du?« Ich klopfe gegen eine kleine Tasche, die aus demselben gelben Stoff genäht ist wie mein Kleid.

»Das darf ich nicht.«

»Ich doch auch nicht. Ich mach es trotzdem.« Ich knuffe sie in die Seite. »Komm, Sohane, wir machen uns dünn.«

Als wir aus der Garderobe kommen, will uns Sohanes Mutter aufhalten. »Wo wollt ihr denn hin? Die zukünftige Braut kommt doch gleich!«

»Wir auch«, sage ich höflich. »Wir müssen nur eben was regeln.«

Sohane kichert und schnappt sich schnell ihren Mantel, bevor ihre Mutter noch etwas sagen kann.

Wir verziehen uns in die Tiefgarage und stellen uns hinter eine Betonsäule, damit uns niemand sehen kann.

»Doch eine Zigarette?« Ich halte Sohane das Päckchen hin.

»Nein, danke, das ist lieb, aber … Tut mir leid …«

»Jetzt hör endlich auf, dich ständig zu entschuldigen.«

»Entschuldige.«

»Das ist ja unglaublich!«, rufe ich und pruste los. »Du solltest dir gleich *Entschuldigung* auf die Stirn schreiben, dann müsstest du dich nicht ständig wiederholen.«

»Ja, ich bin ziemlich gut darin, mich zu entschuldigen.«

»Das glaub ich sofort. Ich kann mir lebhaft vorstellen, dass du dich noch dafür entschuldigst, wenn jemand auf der anderen Straßenseite in Hundekacke tritt. Obwohl du selbst sicher nicht mal einen Hund hast …« Lachend zünde ich mir eine Zigarette an.

»Ist das kalt!« Sohane knöpft ihren Mantel zu. »Darf ich mal ziehen?« Sie grinst mich an.

»Ich dachte, dafür bist du zu fromm?« Nur zu gern reiche ich ihr die Zigarette, und sie zieht schnell zweimal daran, bevor sie sie mir zurückgibt und dabei leicht nervös über die Schulter guckt. Dann lässt sie die Hand in der Tasche verschwinden.

»Kaugummi?«

»Später gern.« Ich schnipse leicht am Glimmstängel, und schon trägt der Wind die Asche davon, die sich schnell verteilt. »Du weißt ja, wie das ist.« Wir wechseln einen wissenden Blick.

»Ja, immer schön vertuschen«, sagt sie. »Was würden deine Eltern sagen, wenn sie rausfinden würden, dass du rauchst?«

»Also, Mama bekäme sicher Migräne. Dabei hat sie garantiert selbst geraucht, als sie jung war. Auf den Fotos von früher sehen meine Eltern nämlich ganz anders aus als heute.«

Wir sind bei Osama und Nadia zu Besuch, Freunden meiner Eltern aus früheren Tagen. Aus der Zeit noch vor der Flucht. Wir sitzen alle zusammen auf dem Boden um den niedrigen Sofatisch herum, auf dem frisches Obst und ein paar scharfe Messer zum Schälen und Schneiden liegen. In der Wohnung duftet es nach Gewürzen und Fleisch, das so lange in scharfer Soße gekocht hat, dass es sich wie von selbst von den Knochen löst. Osamas und Nadias zwei Söhne sind nicht zu Hause. Als wir klein waren, haben wir viel zusammen gespielt, aber kaum wuchsen mir Brüste, bekamen die Jungs Probleme mit ihren Freunden. Nadia richtet das Gebäck und die gezuckerten Vogelnester mit den Pistazien, die sie von einem Freund direkt aus Marokko bekommen hat.

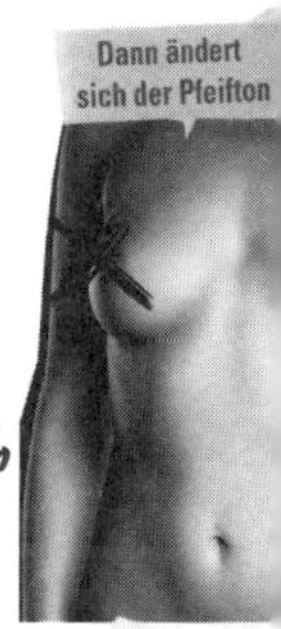

Das Gebäck kommt immer in großen Kisten an, dicht gepackt. Alle möglichen Sorten. Gefüllt mit Datteln und Aprikosen.
Umm Kulthums sanfte, dunkle, klagende Stimme strömt aus Osamas steinalter Anlage.
Musik aus alten Tagen über Herz und Schmerz. Papa singt leise mit und Osama stimmt ein:

Mein Herz, frag mich nicht,
wo die Liebe blieb
Erzähl mir die Geschichte,
während
meine Tränen laufen
Erzähl mir, wie die Freude
zur Vergangenheit wurde,
zur Frage über Schmerz und
Leid
Ich habe dich nie vergessen
...

– Kommt, wir schauen uns Fotos an. Osama steht mit einem Stöhnen vom Boden auf. Die Bilder sind genauso gelb und braun wie die Kleider, die sie damals trugen. Osama und Papa hatten langes Haar und Schlaghosen. Auf einem der Fotos stehen sie neben einem uralten Fiat, beide mit Kippe im Mund, sie haben sich gegenseitig die Arme um die Schultern gelegt.

Papa schrieb damals noch Gedichte. Über Olivenbäume und die Sonne, über die faltigen Hände meiner Großmutter, die ihr Leben lang gearbeitet und ihre Kinder sanft umsorgt hatten. Über Liebe, Freiheitskampf und das Recht auf Land. Es waren die Gedichte, die ihn ins Gefängnis brachten. Er hat nie erzählt, was genau dort geschah. Ich weiß nur wenige Einzelheiten. Dass er in einen dunklen Raum mit Wasser gesperrt wurde. Sie standen tagelang in knietiefem Wasser.

Einmal habe ich ihn gefragt: Und wenn ihr mal musstet? Da ging er ins Bett. Und ich habe nie wieder gefragt.

Mama hat erzählt, dass er, als er aus dem Gefängnis entlassen wurde, so dünn war, dass man jede seiner Rippen sehen konnte.

– Schau mal. Osama reicht Papa lächelnd ein Bild. Darauf sind meine Eltern zu sehen. Mama hat offenes Haar bis zur Taille und einen Knackarsch in einer sehr engen Jeans.

Sie küssen einander in einem Olivenhain.

Als ich das Foto zum ersten Mal sah, habe ich Mama gefragt, warum wir jetzt eigentlich Kopftücher tragen, wenn sie doch damals mit offenen Haaren herumlief. Mama antwortete, das sei zu meinem eigenen Schutz. Frauen ohne Kopftücher werden gejagt. Männer werden wahnsinnig, wenn sie offene Haare sehen. Ich finde nicht, dass Papa auf dem Foto wahnsinnig aussieht. Eher glücklich und verliebt.

Papa nimmt das Bild in die Hand. Betrachtet es lange.
– Wenn wir da schon gewusst hätten, was uns bevorsteht, dann …

»Ich habe mal ein altes Foto von meiner Mutter gefunden … Darauf trägt sie einen kurzen Rock, man kann richtig ihre Beine sehen.« Sohane schüttelt den Kopf. »Wahnsinn! Nackte Beine überall. Aber wenn ich es wagen würde, ein Minikleid anzuziehen, sie bekäme einen Herzinfarkt. Oh, entschuldige, ich meine natürlich, sie würde ausflippen.«

»Wie oft soll ich das denn noch sagen?« Ich lache. »Entspann dich mal, das ist doch nur ein Spruch, den jeder benutzt.«

»Entschuldige.« Sohane wirkt nachdenklich. »Das ist doch wirklich komisch. Unsere Eltern waren mal ganz offen. Dann kommen sie in ein Land, wo man eigentlich sowieso alles darf: Hemd aus, nackte Brüste, ab ins Meer. Und was machen die? Beißen sich an einer Liste von Dingen fest, die man *nicht* darf. Einer Liste, die inzwischen länger ist als ein Kassenbon von Bilka. Ich kapier das nicht!«

»Die haben Angst, glaube ich.« Ich drücke die Zigarette an der Betonwand aus und werfe den Stummel durch ein Gitter im Boden. »Meine Mutter redet die ganze Zeit davon, dass wir unsere Traditionen bewahren sollen. Weil die Dänen ganz anders sind. Sie sagt, ich darf nicht vergessen, wer wir sind. Unsere Kultur, unser Land. Mein Vater nennt mich seinen Pfeil in die Zukunft. Dabei lebt er selbst in der fucking Vergangenheit.«

»Ich bin in Dänemark geboren …« Sohane öffnet die Kaugummipackung und hält sie mir hin. »Und wenn wir in den Ferien die Familie besuchen, schwärmen meine Eltern ununterbrochen davon, wie toll Dänemark ist. Mama beklagt sich über die Hitze und bekommt Durchfall, weil sie sich auf dem Basar beim Brot und Fleisch nicht zurückhalten kann. Aber kaum sind wir wieder in Dänemark, sitzt sie da und seufzt und vermisst das märchenhafte Marokko.«

»Elendige Eltern.« Ich schüttle den Kopf.

»Ankunft der künftigen Braut in einer Minute!«, ruft Minna aus der Tür zum Gemeinschaftssaal. »Sohane, Sheherazade, kommt!«

»Geh schon mal vor«, sage ich. »Du bist schließlich die Schwester des Bräutigams. Ich muss noch schnell was erledigen.«

»Okay … dann bis gleich. Und danke für das Gespräch.«

Ich zünde mir noch eine Zigarette an, krame mein Handy raus und denke an Thea. Ich möchte sie wiedersehen. Soll ich ihr schreiben? Ich bin mir nicht sicher. Meine Mutter sagt immer, alle Muslime haben auf jeder Schulter einen Engel. Der eine ist weiß und schreibt all deine guten Taten auf. Der andere ist schwarz und notiert allen Mist in einem kleinen, schwarzen Buch. Gerade quaken sie mir gleichzeitig von rechts und links in die Ohren.

»Auf diese Frage gibt es ja nur zwei Antwortmöglichkeiten.« Der weiße Engel sitzt im Lotussitz, die Hände auf den Knien nach oben gewendet. »Aber warum will sie diese Thea überhaupt so gern wiedersehen? Ist das wirklich so wichtig? Ich frag ja nur, das ist kein Urteil.«

»HA! Kein Urteil«, äfft der schwarze Engel ihn nach. »Du verurteilst doch alles und jeden, sobald du den Mund aufmachst, du dummes Ding!« Er schnipst, und sofort erscheint eine blaue Flamme an seiner Hand, an der er sich eine Kippe anzündet. »Was zum Teufel ist denn verwerflich daran, Freunde haben zu wollen?«

Ich tippe aufs Handy.

Hey, Thea. Wollen wir uns treffen?

Ich stecke das Handy zurück in die Tasche und betrete pünktlich zur Ankunft der künftigen Braut den Gemeinschaftssaal. Minna, Fatimas Schwiegermutter in spe, hängt eingehakt an ihrem einen Arm, über dem anderen Arm hängt die Schleppe ihres Kleids. Sie schwanken beide auf ihren Glitzerschuhen mit den hohen Absätzen. Fatimas Gesicht ist, so will es die Tradition, weiß geschminkt, die Lippen rot. Fast wie bei einer Porzellanpuppe. Ein Anblick, der sagt: unschuldig, rein und nicht besonders helle. Alle pfeifen und rufen. *Hamza und Fatima forever <3*

Sohanes und mein Blick treffen sich in der Menge. Sie sieht müde aus.

7

Flaschendrehen

Die Wintersonne strahlt und alle sind bester Laune. Rund um den langen Tisch im Haupthaus drängt sich die Schülerschar. Frau Hansen und ein paar Freiwillige rollen Yogamatten aus und bereiten den Raum für den nächsten Tagesordnungspunkt vor: eine Zen-Meditation, die in einer Stunde anfängt.

Im Kamin knistert ein Feuer und es duftet dank unserer Kochgruppe köstlich nach Gebäck. Als wir nach unserer Ankunft erst mal unsere Sachen in die Hütten geschmissen haben, meinte Katja, dass es doch auch mal ganz gemütlich wäre – wenn wir Mädels uns ungestört unterhalten könnten, ohne von den Boyz behelligt zu werden. Das war echt nett. Aber natürlich entging mir der Blickwechsel zwischen Tine und Mille nicht.

»Wer hat Lust auf ein Spiel?« Mille hält ihre leere Holunderblütenlimoflasche in die Luft und sieht sich um. »Wahrheit oder Pflicht?«

»Okay«, kommt von hier und da.

»Worum geht es dabei?« Ich trinke einen Schluck lauwarme Cola.

»Willst du damit sagen, du kennst Wahrheit oder Pflicht nicht?«, fragt Tine.

»Vielleicht … nicht so richtig.«

»Dann legen wir erst mal die Regeln fest.« Mikkel nimmt Mille die Flasche aus der Hand. »Man dreht die Flasche. Derjenige, auf den der Hals zeigt, muss sich zwischen Wahrheit oder Pflicht entscheiden. Wenn du ›Wahrheit‹ sagst, wird dir eine Frage gestellt. Zum Beispiel … Warum trägst du eigentlich ein Kopftuch?«

»Na ja, weil …«

»Nein, nein, das musst du jetzt nicht beantworten. Das war nur ein Beispiel. Aber du musst die Wahrheit sagen. Und du kannst nicht passen.«

»Du bringst da was durcheinander. Flaschendrehen und Wahrheit oder Pflicht sind zwei verschiedene Spiele, du Idiot.« Mille rülpst lange und laut.

»Teilst du dann gleich auch die Süßigkeiten aus? Oder bekommen wir erst nach der Schnitzeljagd unsere Tütchen?«, stichelt Agnete. »Ich bekomme gerade schlimme Flashbacks an Kindergeburtstage.«

»Nee du, das hier wird der Kindergeburtstag, zu dem deine Mutter dich niemals gelassen hätte. Flaschendrehen mit Twist.« Mikkel zwinkert. »Derjenige, auf den die Flasche zeigt, muss die Wahrheit sagen oder die Konsequenzen tragen.«

»Und was passiert, wenn man Pflicht wählt?«

»Dann musst du irgendwas Krasses machen, das Narben auf deiner Seele hinterlassen wird – und uns anderen einen schlechten Nachgeschmack auf der Zunge«, erwidert Mikkel.

»Und was könnte das sein? Zum Beispiel?« Niemand antwortet mir, und sofort bereue ich, nicht in der Kochgruppe zu sein. Dann könnte ich jetzt einfach irgendwo rumstehen und Tee aufgießen. Mikkel knallt die Flasche mitten auf den Tisch und dreht sie. Immer wieder und wieder kreist sie um sich selbst. Bis sie allmählich langsamer wird und schließlich all ihre Liebe auf Kenneth ausstrahlen lässt.

»Wahrheit oder Pflicht, Kamerad?« Mikkel nimmt die Flasche vom Tisch und stellt sie sich auf den Kopf. »Was sagst du, mutiger Mann? Traust du dich? Nimmst du Pflicht? Oder erzählst du uns lieber die Wahrheit, selbst wenn das bedeuten könnte, dass du dein größtes Geheimnis mit uns teilen musst?«

»Selbstverständlich Pflicht, ich traue euch nämlich kein Stück«, informiert Kenneth ihn mit einem nervösen Lächeln.

»Okay«, Tine räuspert sich, »lass die Hosen fallen und zeig uns deinen blanken Hintern.«

»Da komm ich ja leicht davon.« Kenneth steht auf, dreht sich um und zieht die Hose runter.

Ich gucke schnell weg. Dieses Spiel ist nicht das Richtige für mich. Ich habe noch nicht mal meine Familie ohne Klamotten gesehen. Nach dem Duschen ziehe ich mich im Bad an. Wenn Nackte im Fernsehen auftauchen, schaltet meine Mutter um und schüttelt den Kopf. Es fühlt sich ziemlich falsch an, Kenneth ohne Hose zu sehen.

»Weiter. Jetzt darfst du die Flasche drehen, Kenneth. Hast du dir mit deinem blassen Arsch verdient.« Natürlich muss Mikkel noch einen draufsetzen. »Ich wollte schon die Sonnenbrille holen. Bekommen wir dieses Jahr weiße Weihnachten? Bin ich schneeblind geworden? Nein, es war wirklich nur Kenneths strahlend weißer Hintern.«

»Jaja, irre komisch«, sagt Kenneth und dreht schnell die Flasche. Sie bleibt liegen und zeigt auf Agnete.

»Wahrheit oder Pflicht?«, fragen wir im Chor.

»Ganz klar Wahrheit«, antwortet Agnete.

»Hm, okay, diesmal übernehme ich«, sagt Mikkel. »Hattest du schon mal Sex im Freien?«

»Ja«, antwortet Agnete und greift nach der Flasche.

»He, warte. Mit wem? Wo?«, fragt Mille neugierig. »Davon hast du ja noch gar nichts erzählt. Und ich bin deine Freundin. Also, mal im Ernst jetzt …«

»Tja, da hättet ihr wohl mal besser gefragt, *wo* ich Sex im Freien hatte«, unterbricht Agnete sie. »Aber das habt ihr nicht. Wie ärgerlich für euch.«

»Im Wald? Am Strand? An einer Bushaltestelle?« Mille lehnt sich weit zu Agnete und schaut ihr tief in die Augen.

»Was redest du denn für einen Müll?«, mischt sich Mikkel ein. »Eine Bushaltestelle ist doch nicht im Freien!«

»Klar ist das im Freien. Wenn man auf dem Land ist, du Idiot.« Mille hat sich so weit zu Agnete gebeugt, dass sie fast liegt. »Ich hab gehört, am Strand soll das total unangenehm sein, mit dem Sand überall.«

»Nein, warum denn? Man braucht einfach ein Handtuch«, sagt Agnete und schubst Mille weg.

»Haha, schon haben wir dich!« Lachend setzt Mille sich auf. »Handtuch am Strand. Wie romantisch. Glaub mir, da werde ich garantiert noch weitergraben.« Sie tut so, als würde sie mit den Händen Sand schaufeln.

»Wie witzig …«, murmelt Agnete. »Ihr seid beide so umwerfend komisch und intelligent. Ich bin beeindruckt. Dass die sich zutrauen, euch irgendwie durch die Abschlussprüfungen zu bringen, ist schon erstaunlich. Und jetzt haltet einfach die Klappe, und wenn ihr mehr wissen wollt, bekommt ihr die Chance … falls die Flasche noch einmal auf mich zeigt. Aber die Wahrscheinlichkeit, dass das zweimal hintereinander passiert, ist minimal.« Sie dreht die Flasche. »Sieh an, da trifft es tatsächlich Sheherazade. Dich müssen wir wohl nicht fragen, ob du schon mal Sex im Freien hattest.« Agnete lacht. »Und, was sagst du? Wahrheit oder Pflicht?«

Ich denke an Kenneths blanke Backen …

»Wahrheit«, sage ich leise. Am liebsten würde ich einfach aufstehen und abhauen, aber das würde sicher komisch wirken. Als hätte ich Angst.

»Hm, was fällt uns da denn wohl ein? Okay, Sheherazade, hattest du schon mal Sex?«

»Sie ist Muslima, du Idiot«, sagt Kim, »also hatte sie selbstverständlich noch keinen Sex. Oder?« Er schaut mich an. »Warum wirst du denn jetzt rot? Etwa doch?«

»Lasst sie in Ruhe!« Mille greift nach der Flasche.

»Nee, sie muss antworten.« Tine reißt Mille die Flasche aus der Hand. »Nicht nur wir müssen uns an die Spielregeln halten. Diese Mädels führen ja das totale Doppelleben. Davon hab ich gelesen. Engelsgleich am Tag, schlampengleich bei Nacht. Stimmt's? Ihr zieht euch auf'm Klo um, damit eure Eltern euch nicht erwischen, schleicht euch heimlich auf Partys, trefft euch mit Typen und legt dann richtig los.«

»Nein, das stimmt nicht.« Ich bin viel zu fucking müde, um ein Doppelleben zu führen. Diese ganzen Lügen, bloß um auf irgendeinem Autorücksitz von einem Typen flachgelegt zu werden, der nach Boss stinkt. Nee, danke, nichts für mich. Aber ich sage nichts. Sitze einfach nur stumm da und starre auf den Boden, während Tine gar nicht mehr aufhört.

»Sheherazade, dann formuliere ich die Frage um. Hattest du schon mal Analsex auf dem Rücksitz eines Autos?«

»Jetzt reicht's.« Agnete nimmt ihr die Flasche ab.

»Das ist ja wohl eine angemessene Frage.« Tine verschränkt die Arme vor der Brust. »Ich habe das in einer Zeitung gelesen. Die machen Analsex, damit sie in der Hochzeitsnacht noch bluten. Nix mit Schwanz in die Muschi, sondern Poposex. Wie fühlt sich das denn an, Prinzessin, wenn etwas Großes und Hartes da hineingeht, wo normalerweise etwas Weiches, Warmes rauskommt?«

»Nee, Tine, also echt ...« Auch Mikkel sieht sie nun vorwurfsvoll an.

Jetzt möchte ich wirklich schnellstmöglich von hier weg, aber ich hab das Gefühl, als würde ich im Schneidersitz am Boden festkleben. Mir ist schlecht.

»Es kann doch nicht sein, dass du jedes Mal eine Sonderbehandlung bekommst, Sheherazade.« Tine wird immer lauter. »Du isst dies nicht. Du machst das nicht. Und wir anderen? Wir sind einfach schlechte Dänen, die alles verkehrt machen, oder wie sehe ich das? Du bekommst sogar deine eigene Haremshütte.«

»Glaubst du, ich hab mir das ausgesucht?«, sage ich und merke, dass meine Stimme bebt.

»Hör auf, Tine. Raffst du nicht, dass du viel zu weit gehst?« Kim steht auf. »Verdammte Rassistin. Spielt euer Scheißspiel, aber ohne mich.«

Auch die anderen stehen langsam auf und ich greife nach meinem Mantel. Aus den Augenwinkeln sehe ich, wie Tine die Flasche in den Mülleimer pfeffert. So, wie es klingt, zerbricht sie.

Ich hole mein Handy aus der Tasche. Eine neue SMS. Sie ist von Thea.

Hallo! Schön, dass du geschrieben hast. Komm einfach zu mir.
Die Blondine :-)

Die können mich alle mal. Ich stapfe wütend hinter das Haupthaus und fische eine Packung Blå Kings aus der Innentasche. Suche nach meinem Feuerzeug. Hoffe, dass ich es nicht im Rucksack vergessen habe. Ich will mit niemandem reden.

»Ich glaube, ich habe eine Erscheinung … die anständige Muslima mit einer Kippe!« Kim kommt auf mich zu. »Ich dachte, die sind verboten?«

»Mann, Kim, lass mich einfach in Ruhe.« Ich hole die Packung wieder aus der Tasche, um die Zigarette zurückzustecken.

»Brauchst du Feuer?«

Meine Lust auf eine Zigarette ist stärker als meine Unlust auf ein Gespräch.

»Hast du welches?«

»Selbstverständlich, meine arabische Prinzessin. Let me light your fire.« Kim grinst breit.

»Haha.«

Er hält mir das Feuerzeug vors Gesicht und schirmt die Flamme mit der anderen Hand ab, bis meine Zigarette endlich zündet. Ich inhaliere tief, puste alles wieder aus und spüre, wie meine Wut mit dem Rauch aus mir entweicht.

»Nimm das nicht so schwer. Das, was die anderen so sagen. Gibt halt immer jemanden, der unbedingt provozieren muss. Dabei erleben sie selbst so 'ne Scheiße. Tines Eltern lassen sich scheiden. Ihr Leben ist im Moment ziemlich kacke.«

»Und deshalb muss sie mich vor allen anderen zu Hackfleisch halāl verarbeiten? Logisch …«

»Na ja, in gewisser Weise schon. Hühner hacken immer nach unten, wie meine Oma zu sagen pflegt.«

»Soll heißen?«

»Hühner hacken nach anderen Hühnern, die in der Rangfolge unter ihnen stehen. Und du bist ein leichtes Opfer, weil du anders bist.«

»Du setzt also Frauen mit Hühnern gleich?« Kim amüsiert mich.

»Nein, nein, ich doch nicht – meine Oma! Ich habe den größten Respekt vor Frauen.« Kim schenkt mir ein charmantes Lächeln. »Spendierst du mir eine? Meine liegen in der Hütte.«

»Klar.« Ich gebe ihm die Packung und er klopft sich eine Zigarette heraus, zündet sie an und zieht einmal ausgiebig daran.

»Ein paar von uns wollen in die Sauna, wenn wir die Zen-Meditation hinter uns haben. Kommst du mit? Oder ist das auch ein No-Go für ein muslimisches Mädchen?«

»Sollen wir vorher lieber meine Mutter anrufen?« Grinsend trete ich meine Zigarette im kalten Gras aus.

Ich behalte meine Unterwäsche an und schlinge das große, braune Badetuch um mich, auf dem ich – *Gott sei Dank!* – bestanden hatte, obwohl meine Mutter mir nur das winzige, leuchtend rote rausgelegt hatte. Ich fühle mich irgendwie noch ganz müde und schwer, nachdem ich vorhin beim Klang von Frau Hansens flüsternder Stimme allen Ernstes eingeschlafen bin.

»Atmet tief ein und entspannt euch.«

Das musste sie nicht zweimal sagen, schon schlief die halbe Klasse. Mikkel schnarchte so laut, dass ich davon wieder wach wurde. Jedenfalls hab ich mir große Mühe dabei gegeben, Frau

Hansens Anleitungen umzusetzen. Meine Hände zu spüren, meine Arme und Beine, meinen Brustkorb, der sich hob und senkte, meine Gedanken zu vertreiben, als wären sie Wolken am Himmel.

»Euer Bewusstsein ist ein blauer Himmel. Wenn ein Gedanke auftaucht, wie zum Beispiel ›Was essen wir heute zu Abend?‹, dann vertreibt ihn einfach und lasst euch weitertragen. *Your mind is a blue sky.*« Frau Hansen hat diese Worte fast gesungen.

Eine Wolke kam angeweht. Sie war dunkelgrau, bewegte sich schnell über den Himmel und wurde dabei immer größer. Ich versuchte, sie zu vertreiben, fuchtelte mit Armen und Beinen, aber sie umschloss mich, kalt und feucht, und Regentropfen schlugen mir ins Gesicht.

»Sheherazade, deine Decke ist verrutscht.« Frau Hansen war ganz plötzlich über mir und dann stopfte sie die Decke um mich wie Mama früher.

Ich hob eine Hand zur Wange. Sie war feucht. Schnell wischte ich mir mit dem Handrücken darüber, kniff die Augen zusammen und öffnete sie erst wieder, als Frau Hansen »Namaste« sagte und wir uns schlaftrunken aufsetzten und in den halbdunklen Raum blinzelten.

Immer noch ein bisschen schlaftrunken, ziehe ich meine Sneakers über die nackten Füße und gehe langsam nach draußen. Es ist dunkel geworden, Wind rauscht in den großen Bäumen, die um die Lichtung mit der Sauna stehen. Jemand hat zwei große Stumpenkerzen vor die Tür gestellt. Drinnen wird gelacht und Rauch steigt aus dem Schornstein. Hinter mir höre ich Schritte. Es ist Katja.

»Sheherazade, bist du das? Himmel, ich hab dich in der Dunkelheit gar nicht erkannt. Willst du in die Sauna?«

»Nein, ich stehe einfach nur mit einem Handtuch bekleidet hier und genieße die Aussicht.«

»Okay.« Katja lacht, geht zur Tür und öffnet. »Ist hier noch Platz für zwei mehr?«, fragt sie hinein.

»Wenn es sich um zwei so flotte Damenpopos handelt wie die euren, ist immer Platz. Und zwar genau hier!« Mikkel sitzt gleich vorn auf einer der unteren Bänke. Er tätschelt sich die Oberschenkel. »Come to daddy. Oh, entschuldige, Sheherazade. Ich hab nicht damit gerechnet, dass du …«

»Dass ich in die Sauna gehe? Dabei kann ich dir versichern, dass meine Vorfahren schon im Hamam saßen, da liefen deine noch mit Keulen rum, machten Tierlaute und rollten sich im Dreck.«

Während die anderen noch lachen, entdecke ich einen freien Platz ganz oben. Den schnapp ich mir! Dann bin ich wenigstens einmal obenauf.

»Da oben ist es superheiß«, sagt Mikkel, während ich hinaufklettere und mein Handtuch mit beiden Händen fest umklammert halte.

»Und ich bin Araberin.«

»Das ist uns nicht entgangen.« Tine sitzt dicht bei Mikkel auf der untersten Bank. »Hältst du die Hitze denn unter deinem Kopftuch aus?«

»Ich war auch mal in einem Hamam«, sagt Katja schnell, während sie ihr Handtuch auf einer der unteren Bänke ausbreitet. »In Istanbul. Meine Mutter wurde von einer türkischen Frau mit nackten Brüsten und einem Oberlippenbart abgeschrubbt, der dichter war als alles, was ihr Jungs in einem Jahr zustande bringt. Das ist mein voller Ernst. Außerdem waren ihre Oberarme doppelt so dick wie meine Oberschenkel.«

»Danke für dieses Bild.« Kim kichert und Mikkel schüttelt sich. »Scary shit.«

Es wird still in der Sauna und ich sauge mit einem tiefen Seufzer die Wärme in mich auf. Die Dunkelheit, dazu der Dampf des Ofens machen mich nur noch schläfriger.

»Wer ist als Erster im See?« Mille steht schon. »Ich bin nämlich schon ziemlich gut durch.«

»Woohoo, Nacktbaden!« Mikkel springt auf.

»Gute Idee.« Agnete schlingt sich das Handtuch um die Schultern. »Die Letzte im Wasser ist eine Schlampe.«

Einen Augenblick später sitze ich allein in der Sauna. Schweißtropfen perlen mir von der Stirn, das Salz brennt und greift mein Mascara an, sodass mir die Tränen kommen. Sie laufen mir die Wangen hinunter und vermischen sich mit dem Schweiß.

Meine Augen sind geschwollen, mein Gesicht rot, als ich in den Spiegel im Bad schaue. Ich habe meine Zahnbürste vergessen, weshalb ich mir die Pasta mit dem Finger durch den Mund reibe. Dann fasse ich meine Haare zu einem Dutt zusammen und ziehe mein Nachthemd an. In der Mädchenhütte ist es still, während sich alle bettfertig machen. Katja versucht, ein Gespräch in Gang zu bringen, aber niemand antwortet ihr. Mille und Tine gucken demonstrativ nicht zu mir und wechseln nur ständig Blicke, verdrehen die Augen oder schütteln die Köpfe. Ich krabble in meinen Schlafsack und krame mein Handy hervor.

Hüttentour zur Hölle.

Sehen wir uns Freitag?

Die Wüstenprinzessin

Passt. :-) Freu mich auf dich!

Ich mich auch.

Irgendjemand löscht das Licht, ich schließe die Augen und denke an Thea. An all das, worüber wir reden und lachen werden, wenn wir uns treffen. Ich darf bloß nicht vergessen, sie nach ihrer Mutter zu fragen.

Ein Geräusch weckt mich. In der Hütte ist es komplett dunkel. Ich kann Katjas Schnarchen hören. Ist ein Tier auf dem Dach? Oder kichert jemand? Ich krabble aus dem Schlafsack, schwinge die Beine über die Kante und suche mit den Zehen nach der Leiter. Klettere hinunter und stelle die Füße auf den kalten Boden. Ich muss pinkeln. Taste mich bis zur Tür vor und dann weiter an der Wand entlang, bis ich den Abzweig zur Toilette finde, in der Licht brennt. Die Tür ist nur angelehnt. Ich höre zwei Stimmen. Die eine klingt nach Tine. Die andere gehört einem Jungen.

»Macht mein Kopftuch dich an?«, flüstert sie kichernd.

»Hältst du mich für bescheuert?«, sagt der Junge. »Nimm das sofort ab, Tine. Das ist nicht witzig.«

»Ich bin eine arme, kleine Muslima, die wegen Mama und Papa nichts darf. Schnief, schnief. Deshalb müssen alle machen, was ich will. Ich bin nämlich zu fein für eure Welt. Wollen wir doch mal sehen, was sie so in ihrer Tasche hat, die kleine Jungfrau. Was glaubst du, was eine Muslima wohl für Unterwäsche trägt?«

»Du kannst doch nicht einfach durch ihre Sachen wühlen …«

»Jetzt hör aber auf, Mikkel. Gehörst du jetzt auch zu denen, die sie verteidigen? Willst du denn nicht noch was davon haben?«

Kussgeräusche und Schmatzen von Lippen drängen in den Flur hinaus, Tine stöhnt leise. Ich drehe um und taste mich durch den dunklen Gang zurück. Schleiche mich ins Zimmer und krabble wieder in den Schlafsack. Meine Füße sind eiskalt. Meine Blase zieht sich zusammen. Ich muss wirklich aufs Klo. Ich lege mich auf die Seite, krümme mich und warte darauf, dass es im Bad wieder still wird.

Ich wache auf, als es draußen schon hell wird und jemand aufs Klo geht. Mein Schlafsack ist nass. Genauso der untere Teil meines Nachthemds. Ich beuge mich über die Kante. Katjas Bett unter mir ist leer. Tine und Mille schlafen noch. Ich pelle mich aus dem feuchten Schlafsack und klettere die Leiter hinunter. Suche schnell mein Handtuch aus dem Schrank und binde es mir auf die Hüfte. Das Bad ist leer. Als ich mich auf die Toilette setze, entdecke ich in der Ecke bei der Klobürste etwas Weißes mit roten Herzen. Es ist die Unterhose, die meine Mutter mir bei Bilka gekauft hat. Ich hatte sie zuletzt an, als ich meine Tage hatte. Da ist immer noch ein leicht bräunlicher Fleck direkt vorn. Ich beuge mich runter und hebe sie auf. Knülle sie zusammen. Ich will nach Hause …

8

Mad as hell

Ich schaue auf das GPS auf meinem Handy und folge dem Pfeil. Østerbro. Trianglen. Ich klingle an der Tür, die eher ein Tor ist. Das hier ist definitiv kein sozialer Brennpunkt, so viel ist klar. Und es riecht ganz anders als in Parkerne. Hier stehen keine Töpfe mit Hühnercurry und Garam Masala auf dem Herd. Die Menschen, die hier wohnen, können es sich vermutlich leisten, ihr Essen unten an der Ecke bei Meyers zu kaufen, wo irgendwas angesagtes Exotisches gekocht wird, ohne dass hinterher stinkende Mülltüten mit Hühnerknochen im Treppenhaus stehen. Ich komme an Türschildern vorbei, auf denen *Clara-Emilie, Viktor-Conrad, Mama und Papa* und *Cornelia und Herman von Obel* steht. In den Wohnungen ist es still. Hier wirft niemand Stühle aus dem Fenster. Da bin ich hundertprozentig sicher.

Hast du noch Kleidung, die du für arme Geflüchtete spenden willst?, steht auf einem Plakat, das am schwarzen Brett hängt. Unterzeichnet von der »Freundlichen Nachbarschaftshilfe«. Wer zur Hölle ist das? Und wären die auch so freundlich, wenn sie in einem beschissenen Betonslum wohnen und beim Weg aus dem zehnten Stock auf den Hühnerknochen der Nachbarn ausrutschen würden?

An Theas Tür steht »Sødergaard«, darunter hängt die Zeichnung eines Kaninchens, das aussieht, als wäre es während eines Reaktorunfalls entstanden und die Mutter außerdem noch zu einem sehr unglücklichen Zeitpunkt der Trächtigkeit von einer Zika-Mücke gebissen worden. *Arn und Askan* steht mit schiefen Buchstaben unter dem Tier. Ich hole tief Luft und klopfe an. Auf der anderen Seite der Tür wird gekreischt.

»She! Komm rein.« Theas lächelndes Gesicht taucht im Türrahmen auf. Sie trägt die Haare offen, die sich ein kleines bisschen kräuseln, und hat sich ein Handtuch um den Körper geschlungen.

»Sorry, ich musste noch schnell duschen.« Sie umarmt mich und sieht irgendwie glücklich aus. »Wie cool, dass du kommen konntest.« Sie riecht teuer.

»Na klar. Soll ich meine Tasche und den Mantel hier irgendwo lassen?«

»Ja, gibt genug Haken. Hier entlang. Echt schön, dass du da bist.« Sie grinst schüchtern, nimmt mir Tasche und Mantel ab und hängt sie an eine Leiste mit Haken in allen Farben des Regenbogens, die garantiert nicht bei Bilka gekauft wurden.

»Möchtest du Tee? Oder ein Glas Wein?«

»Tee, danke. Wie geht es deiner Mutter?«

»Etwas besser. Sie kann die Finger wieder bewegen. Sie sagen, es geht in die richtige Richtung. Mir ist klar, wie komisch das wirken muss, dass ich heute ausgehe, wo meine Mutter doch so krank ist. Aber ich kann ja nicht Monat für Monat zu Hause rumhocken. Ich muss einfach mal vor die Tür. Sonst werde ich wahnsinnig. Mein Vater sagt, das ist in Ordnung. Das Leben kann ja nicht komplett aufhören. Oder …?«

»Mir musst du das nicht erklären.« Ich folge ihr in die Küche.

»Wenn ich warte, bis es meinem Vater besser geht, kann ich das mit dem Ausgehen auch gleich vergessen … Er ist schon so wahnsinnig lange krank.«

»Was hat er denn genau?« Thea holt zwei Tassen aus dem Schrank. Eine blaue und eine weiße, aber mit demselben Muster. Die Küche ist riesig. Größer als unser Wohnzimmer. Thea geht zur Spüle und stellt das Wasser an. Es kommt kochend heiß aus der Leitung. Crazy shit. Was so was wohl kostet? Ich bringe es nicht über mich, das zu fragen.

»Er ist ein bisschen krank im Kopf«, antworte ich. »Was machen deine Eltern eigentlich beruflich?«

»Sie sind Journalisten. Hauptsächlich Auslandsreportagen und so was. Kultur.«

»Okay.«

»Ja, ich weiß, uns geht es ziemlich gut. Manchmal schäme ich mich ein bisschen dafür, dass man für das Geld, das unsere Espressomaschine gekostet hat, sechstausend Kinder in Afrika hätte impfen können. Kinder sterben in Syrien, während wir Tee aus verfickten Kähler-Tassen trinken.« Sie macht Musik an. »Kennst du die? Dixie Chicks?«

Ich lausche kurz.

»Ich glaube, die hab ich schon mal gehört.«

»Das ist eine süße Mädchenband, die so countryangehauchte Musik macht. Aus den USA. Ziemlich große Nummer. Da fangen die USA den Krieg mit dem Irak an und die Mädels stellen sich zur besten Sendezeit hin und rufen *Fuck Bush!* oder so was in der Art. Die Leute flippen aus, zerbrechen ihre CDs, ihre Musik darf nicht mehr im Radio gespielt werden, so nach dem Motto: *Haltet bloß die Schnauze und singt über belanglosen Mädelskram und eure Liebe zu Cowboys!*

Frauen dürfen einfach keine Meinung zu irgendwas haben. Sie sollen hübsch aussehen und sich lasziv auf der Bühne rekeln. Und dann bringen die Chicks dieses Lied. Pass auf: *It's too late to make it right. I probably wouldn't if I could. Cause I'm mad as hell. Can't bring myself to do what it is you think I should.*« Thea singt laut mit.

»Cool.« Meine Zehen krümmen sich. Thea singt nicht sonderlich gut, aber bislang hat ihr das offenbar noch niemand gesagt, denn sie legt los, als wäre sie der übelste Weltstar. Dabei rutscht das Handtuch von einer Brust. Weiße Mädchen haben leuchtend rote Brustwarzen … Darüber habe ich mir noch nie Gedanken gemacht.

»Ja, megacool. Es wurde sogar ein Film drüber gemacht. Wenn du Lust hast, können wir den mal zusammen gucken. *Mad as hell,* so was erlebt man nur einmal.«

»Ja! Und es ist vielleicht auch deutlich leichter, wütend zu werden, wenn man verdammt hübsch und berühmt ist. Dein Handtuch …«

»Was? Oh, Mist. Ich sollte mir mal was anziehen.« Thea nimmt die Ecken des Handtuchs und rafft es vor der Brust zusammen. »Aber wie hast du das gemeint?«

»Na … da schreiben sie eben ein Lied. Das selbstverständlich ein Riesenhit wird.«

»Ja?«

»Es bekommen halt nicht alle einen Hit hin, nur weil sie mal einen schlechten Tag haben. Bei manchen bleibt ein Kacktag halt ein Kacktag … Vergiss es, ich weiß gar nicht so genau, was ich eigentlich sagen will.«

»Gib mir zehn Minuten.« Thea stellt die Tasse vor mich und verschwindet in ihrem Zimmer, um sich anzuziehen. Es duftet leicht nach Minze. Irgendwann werde ich ihr beibringen, wie man richtigen Minztee macht. Mit frischen Blättern, Vollmilch und Zucker. Die Tasse in der Hand, gehe ich ins Wohnzimmer. Sonnenlicht fällt durch die großen Fenster. Ich setze mich aufs Sofa und stelle den Tee auf den Couchtisch. Auf der Platte sind erstaunlich viele Wasserringe von Gläsern und Tassen, dabei scheint sie aus einem ziemlich edlen Holz zu sein. Bei uns zu Hause liegt immer ein Wachstuch von IKEA auf dem Tisch. Wir können nicht einfach was Neues kaufen. Ich lehne mich zurück und schließe die Augen. Die Sonne wärmt mir das Gesicht. Die Wellen schlagen sanft gegen die Jacht, Mary kommt auf mich zu. Sie nimmt den Sonnenhut mit der breiten Krempe ab, sodass ihr das blonde Haar über die nackten Schultern fällt. Ihr Bikinioberteil ist heruntergerutscht, man kann ihre Brust sehen. Sie ähnelt Thea. Es ist Thea. Sie kommt direkt zu mir.

»Dein Oberteil …« Ich schaue auf ihre Brust.

»Ach, dieser kapitalistische Kack.« Sie schmeißt den Sonnenhut über die Reling. Ich betrachte ihre Brüste. Sie sind klein und schön. Rund. Sie lässt sich in einen Liegestuhl fallen und seufzt schwer. Ihre Bauchmuskeln zeichnen sich deutlich ab, ihre Oberschenkel sehen gleichzeitig fest und weich aus.

»Möchtest du ein Glas Wein, bevor wir losziehen?« Theas Stimme holt mich zurück in die Wirklichkeit. Ich räuspere mich und schaue die komplett bekleidete Thea an, die vor mir im Zimmer steht. Ich merke, wie ich rot anlaufe.

»Du sitzt ja in der prallen Sonne, dein Hirn ist bestimmt schon ganz weich gekocht.« Thea sieht mich fragend an. »Wein?«

»Normalerweise trinke ich nicht«, antworte ich, »aber warum nicht? Eigentlich gehe ich ja auch nicht aus.«

»Wie meinst du das?«

»Ich bin meist zu Hause. Oder in der Schule. Im Krankenhaus. Helfe meiner Mutter. Sitze in meinem Zimmer und schreibe.«

»Hier, das ist ein Rosé.« Sie gibt mir ein Weinglas. Sie hat schöne Hände, die Nägel sind knallrot lackiert. »Was schreibst du so?«

»Danke.« Ich rieche am Glas, bevor ich es wage, davon zu trinken. Mama würde mich erschlagen, könnte sie mich mit einem Weinglas in der Hand sehen. Ich setze es an die Lippen und nippe daran. Gerade genug Wein, dass er mir die Zungenspitze benetzt. Er schmeckt sauer, aber ich schätze mal, Thea fände es ziemlich komisch, wenn ich um einen Löffel Zucker bitten würde. »Ich mache Zines und schreibe über das, was ich so erlebe. Über alles Mögliche. Über meinen Vater. Unsere Familie. Ganz allgemeine Gedanken.« Ich stelle das Glas weg. »Schicker Nagellack übrigens.«

»Möchtest du auch welchen?«

»Nein, nein. Meine Mutter würde eine Hirnblutung kriegen, wenn ich mit roten Nägeln ankomme.«

»Im Ernst?«

»Ja. Sie weiß nicht mal, dass ich gerade unterwegs bin. Sie arbeitet nachts. Sie glaubt, dass ich längst im Bett liege und selig schlummere.«

»Warum sagst du es ihr denn nicht einfach? Du bist siebzehn und siehst echt gut aus, warum solltest du nicht die Nächte durchtanzen?«

»Arabische Mädchen gehen nicht weg. Die sitzen hübsch anständig zu Hause, erledigen ihre Hausaufgaben, helfen im Haushalt oder machen irgendetwas anderes Mädchenhaftes. Mit anderen anständigen Mädchen.«

»Na, du machst ja gerade etwas Mädchenhaftes mit einem Mädchen. Also alles gut.«

»Aber so was ist selbstverständlich nicht gemeint. Die mädchenhaften Sachen müssen mit Mädchen gemacht werden, die keinen Wein trinken und nicht rauchen und keinen roten Nagellack tragen und nicht in eine Bar wollen. Verstehst du?«

»Schon klar.« Thea greift nach ihrem Glas. »Ich brauche noch einen Pulli, komm mal mit.«

Mitten in ihrem Zimmer steht ein großes Doppelbett, an den Wänden hängen Plakate zum Thema Frieden und Freiheit. *Willkommen in Dänemark*, prangt in großen Buchstaben auf dem einen, und darunter: *Flüchtlingsfreunde für Frieden*. Vorm Fenster hängt ein blauer Sari, und die Wintersonne strahlt durch den blauen Stoff, was dem Zimmer etwas Märchenhaftes verleiht. In der Ecke steht eine Gitarre.

»Du spielst Gitarre?«

»Ja, ein bisschen. Du auch?«

»Nein. Musik spielt bei uns keine so große Rolle.«

»Du kannst dich gern mal dran versuchen.«

»Vielleicht später«, sage ich. »Aber ich glaube nicht, dass ich viel Talent für so was habe.«

»Nimm sie dir einfach, wenn dir danach ist. So, wo hab ich denn meinen Pulli hingelegt? Siehst du den irgendwo?« Thea hebt einen Berg Klamotten vom Boden auf und schmeißt ihn wieder von sich. »Hier ist er jedenfalls nicht.«

Also suche ich mit. Mir ist warm. Ein Schweißtropfen tritt mir auf die Stirn. Ich tupfe ihn schnell mit dem Zipfel meines Kopftuchs weg. »Der da auf dem Stuhl?«

»Super, danke!« Thea zieht den weiß-blau gemusterten Islandpulli über das bedruckte rote T-Shirt. Schon sind das

Gesicht von Gandhi und sein Spruch *Be the change you wanna see in the world* darunter verschwunden.

»Und du? Willst du dich noch umziehen?«

»Nee.« Ich schaue an mir hinunter, auf meine weite, schwarze Hose und den übergroßen Strickpulli von Bilka. »Oder meinst du, ich muss?«

»Wenn du willst, kannst du gern was von mir haben. Aber damit will ich nicht sagen, dass mit deinen Sachen was nicht stimmt. Ich kann mir bloß vorstellen, dass dir ein kurzer schwarzer Rock mit einem T-Shirt echt gut stehen würde.«

»Hast du denn eine Strumpfhose?«

»Selbstverständlich.« Thea wühlt in einer Schublade, dass ihr Socken und Unterwäsche nur so um die Ohren fliegen. »Hier ist ja schon eine. Ich glaube, wir tragen dieselbe Größe.«

»Ach, ich weiß nicht so recht. Wenn wir jemanden treffen, den ich kenne, dann ist mächtig was los.«

»Wieso?«

»Na … Tratsch halt. Alle tratschen. Ich weiß alles über alle. Ich weiß, wer sie sind, was sie machen. Die Freundinnen meiner Mutter kommen zum Kaffeetrinken. Jeder behält jeden im Auge. Deshalb traut sich niemand auch nur irgendwas. Besser gesagt, traut sich niemand, auch nur irgendwem die Wahrheit über irgendwas zu erzählen. Also lügen alle. So wie ich jetzt gerade.«

»Jetzt gerade?«

»Ja, ich lüge meine Mutter an.«

»Aber Eltern müssen doch nicht alles wissen, oder?«

»Manche Eltern glauben, sie müssen das. Ich habe in gewisser Weise Glück. Mein Vater ist krank, ich habe keine Brüder und meine Mutter ist immer todmüde.«

»Was redest du denn da!« Dann hält Thea ein schwarzes Lederteil hoch. »Was hältst du von dem Rock?«

»Für dich?«

»Nein, für dich. Der würde dir super stehen.«

»Hm.«

»Aber was wolltest du denn nun damit sagen? Welchen Unterschied würde es machen, wenn dein Vater nicht krank wäre, deine Mutter topfit und du Brüder hättest?«

»Wenn ich einen Bruder hätte, der in meinem Handy rumschnüffelt, bei Instagram, auf meinem Computer, der jeden meiner Schritte verfolgt … eine Mutter, die Zeit hätte, meine Sachen zu durchwühlen, dann wäre ich längst eine Gefangene. Wie Sohane.«

»Wer ist Sohane?«

»Ein Mädchen, das auch in Parkerne wohnt. Ich hab nur ein Mal mit ihr gesprochen, aber meine Mutter kennt ihre Mutter. Und ich weiß, dass sie rein gar nichts machen kann. Ihr Bruder hat hundert Kumpel. Sie kann nicht mal bei Netto einkaufen gehen, ohne dass gleich jeder weiß, was im Wagen lag. Im Ernst! Ich weiß, dass ihre Mutter alles kontrolliert. Sie prahlt nämlich immer damit, dass Sohane nur das Richtige macht. Auf Facebook. Und auch sonst. Trägt immer die modischsten Kopftücher und so.«

»Aber warum lässt sich Sohane das gefallen?«

»Was soll sie denn sonst tun?«

»*Nein* sagen! I'm mad as hell … lass die Finger von meinen Sachen! So was in der Richtung.«

»Aber Sohane ist kein hübsches, blondes Popsternchen. Sie ist ›dunkelhäutig‹, ›dick und dumm‹, wenn man dem Klatsch und Tratsch glauben will.«

»Was wird denn noch so getratscht?«

»Dass Sohane schon mal verheiratet war, die Sache aber ziemlich in die Hose ging.«

»Warum?«

»Ihre Mutter sagt, er war ein schlechter Mann.«

»Und das heißt?«

»Keine Ahnung. Seine Mutter sagt selbstverständlich, dass Sohane eine fürchterliche Frau war.«

»Also steht Wort gegen Wort. Aber was ist denn überhaupt eine gute Frau?« Thea sieht mich fragend an und sagt dann: »Also, wenn du das nicht anziehst, nehm ich's.« Sie zieht die Jeans aus und steigt in das Lederteil.

»Wie auch immer«, fahre ich fort, »Sohanes Ruf ist jedenfalls dahin. Und deshalb haben alle sie umso mehr im Blick. Weil sie glauben, dass sie was verheimlicht. Sie ist an der Spitze aller Zeigefinger. Und da möchte niemand sein!«

»An der Spitze aller Zeigefinger?«

»Das ist ein arabisches Sprichwort: Du willst nicht an der Spitze meines Zeigefingers enden. Was so viel heißt wie: Verhalte dich ordentlich, sonst zeigen alle auf dich. Und im Ghetto bedeutet das: Schande, Schuld und Tadel!« Ich zeige auf Thea und runzle die Stirn.

»Oje, das wusste ich nicht, ich Glückliche. Das ist ja beschissen. Aber …«, sie sieht mich lächelnd an, »… wütend steht dir.«

Ich merke, dass ich rot anlaufe, weshalb ich mich schnell abwende, um in meiner Tasche zu kramen. Ich bekomme einen Fettstift in die Finger, den ich so langsam öffne, dass sich mein Gesicht nicht mehr ganz so heiß anfühlt, als ich mich wieder zu Thea drehe.

»Ich hab's so satt, in Parkerne zu wohnen«, sage ich irgendwann. »Das ist so ein Loch. Aber ich wohne nun mal da und deshalb behalte ich lieber meine Hose an. Aber das T-Shirt würde ich mir gern ausleihen.«

»Klar, nimm dir einfach, was du willst.« Thea öffnet den Schrank. »Hier, such dir was aus. Warte, die Jacke würde auch dazu passen.« Sie zeigt auf eine schwarze Lederjacke.

»Cool, die nehme ich.«

»Sehr gut. Und schau mal, hier habe ich auch noch einen ganz dezenten Lidschatten. Der würde dir auch super stehen.«

»Okay.«

»Also dann, setz dich mal dahin.« Thea zeigt aufs Bett und kommt mit dem Lidschatten in der Hand zu mir.

»Augen zu!«, befiehlt sie, während sie den Finger in den pechschwarzen Lidschatten tupft.

Ich schließe die Augen und spüre im nächsten Moment Theas Fingerspitzen. Ihr Gesicht ist so nah. Sie atmet konzentriert. Riecht nach Zahnpasta und Rosé.

»So! Smokey eyes.« Thea reicht mir den kleinen Spiegel, der sich im Deckel verbirgt. »Schön, oder?«

»Allerdings.« Ich sehe mir tief in die Augen. Ich sehe glücklich aus.

Kurze Zeit später sitze ich in einem ihrer T-Shirts, auf dem mit großen Buchstaben »BE FREE« steht, auf Theas Bett. Darüber ziehe ich noch meinen Pulli und die Lederjacke. Dann leere ich das Weinglas in großen Schlucken. Das ist perfekt. Alles ist perfekt.

»Wollen wir?« Thea schaltet Musik und Licht aus.

9

Hall of shame

»Komm, hier ist es.« Thea nimmt meine Hand, und so gehen wir über den Bürgersteig, hin zum Lärm, zu den vielen Menschen, die draußenstehen, rauchen, reden, lachen und Bier trinken.

Mama hätte absolut alles an dieser Bar auszusetzen! Sie würde sicher sagen, dass dies kein Ort für ein anständiges Mädchen ist. Eigentlich müsste ich mir gar keine Sorgen machen, hier jemandem zu begegnen, den ich kenne. Wir sind so weit weg von meinem Viertel.

Ich habe das Gefühl, dass mich alle anstarren. Passiert vermutlich nicht alle Tage, dass sich jemand mit Kopftuch hierher verirrt. Vielleicht bin ich die Erste. Eine Pionierin. Wahrscheinlich wäre es etwas vermessen, zu glauben, dass ich dafür in die Geschichte eingehe. Außer natürlich, es gäbe eine *Hall of shame*, einen Ort für all die Mädchen, die laut Mama und ihren Freundinnen keinen Ruf mehr zu verlieren haben.

»She, alles okay. Die Leute hier sind lieb und nett«, sagt Thea und drückt mir lächelnd die Hand, als hätte sie meine Gedanken gelesen.

»Hey.« Thea grüßt einen Kerl mit riesigem Bart, Flanellhemd, einem Bier in der einen und einer Zigarette in der anderen Hand.

»Wie geht's, Thea?« Er umarmt sie so fest, dass sie mich loslassen muss.

»Sag Hallo zu meiner Freundin She.«

»Hallo, She«, sagt er und reicht mir mit einem freundlichen Lächeln die Hand. »Ich bin Klaus. Genau genommen, nennen mich alle den großen Klaus. *She*, das ist ja ein ungewöhnlicher Name. Wie sind deine Eltern denn da drauf gekommen?«

»Eigentlich heiße ich Sheherazade. Du weißt schon, wie die Prinzessin aus *Tausendundeiner Nacht*. Aber du kannst gern *She* sagen.«

»*Tausendundeine Nacht*. Cool. Kommst du auch aus dem Morgenland wie deine Namensvetterin?«

»Ja … Also, meine Eltern. Ich bin mittlerweile eher Dänin. Oder so was wie eine Mischung. Keine Ahnung, wie ich das erklären soll …« Ich kichere nervös.

»Du bist auf der Welt zu Hause. Eine globale Bürgerin. Scheiß auf die nationalen Grenzen, wir gehören alle zusammen.« Der große Klaus trinkt einen Schluck Bier. »Ich war fünf Monate lang im Westjordanland. Superschönes Land. Ich hab darüber gebloggt. Allerdings entsetzlich, was dort passiert.«

»Klaus arbeitet hier, ist aber außerdem freier Journalist«, erklärt Thea. »Er gehört niemandem. Er beschreibt die Welt, wie er sie erlebt und sieht, ohne dabei Rücksicht auf etwas anderes nehmen zu müssen als seine Suche nach der Wahrheit.«

»Hey, Thea, du solltest meine Agentin werden. Bisher hat noch niemand meinen Job so lässig rübergebracht wie du gerade.«

»Deine Agentin? Ich denk mal drüber nach. Aber das wird teuer. Los, gehen wir rein ins Warme.« Sie schaut mich an und ich nicke ihr zu.

»Gute Idee.« Klaus trinkt noch einen großen Schluck von seinem Bier. »Wir veranstalten immer mal wieder eine offene Bühne, wo Leute was vorlesen oder Musik machen. Vielleicht hast du ja Bock und kommst mal vorbei, She.«

»Klingt spannend. Ich schreibe selbst. Also, ein bisschen …«

»Wenn du mitmachen willst, Sheherazade, meld dich. Du bist mehr als willkommen«, versichert er mir, während wir die Treppe hinunter und in die kleine Bar gehen, die proppenvoll ist. Die meisten stehen, und es wird quer durch den Raum geschrien, wenn jemand ein Bier oder einen Gin Tonic haben will, weil bis zur Bar kein Durchkommen ist. Ich habe die ganze Zeit das Gefühl, dass sie mich anschreien. Ausländerparanoia.

»Sag mal, Thea, sind Bart und Flanellhemd gerade in?« Ich muss brüllen, die Musik ist so laut. »Oder ist das hier ein Bart-und-Flanellhemd-Club?«

»Mega-in, Süße!«, brüllt Thea zurück. »Was möchtest du trinken?«

»Eine Cola.«

»Nur Cola?«

»Ja.«

»Geht klar, bleib einfach hier stehen. Und dann setzen wir uns, sobald irgendwo zwei Plätze frei werden.«

»*Drei* Plätze!«, ruft jemand laut.

»Bjørk!« Thea dreht sich um und umarmt ein schmales Mädchen mit kurzem, blondiertem Haar, grauem Kapuzenpulli und Jogginghose. »Alte Scheiße, ich dachte, du bist in London!«

»Da war ich auch. Teuerste Stadt der Welt. Der Hammer, außer du bist blank.« Sie grinst. »Ich konnte mir nicht mal eine

Scheibe Zitrone für mein chlorhaltiges Leitungswasser leisten. Und du kennst mich. Meine Drinks lass ich mir nicht ausgeben. Das ist doch reine Prostitution!«

»Stimmt, sähe dir auch gar nicht ähnlich, in London rumzuhuren.« Thea grinst. »Was würdest du denn sagen, wenn ICH dir was zu trinken hole?«

»Da würde ich sagen: Danke, du bist ein Schatz.« Bjørk küsst Thea direkt auf den Mund. »Geht es deiner Mutter inzwischen besser?«

»Es geht aufwärts. Das ist übrigens meine Freundin She.«

Ich strecke ihr die Hand hin, aber Bjørk breitet die Arme aus und drückt mich fest.

»Schön, dich kennenzulernen, She.«

»Dahinten ist was frei«, sagt Thea. »Setzt euch schon mal, ich bin gleich mit den Getränken da. Das Übliche, Bjørk? Oder bist du zu Bloody Mary übergegangen, wo dein blutiger Blog endlich online ist?« Sie grinst.

»Igitt, nein, ich kann Tomate nicht ausstehen!« Bjørk steuert eilig den freien Tisch an und signalisiert zwei Mädels in engen, schwarzen Röcken und Stöckelschuhen, dass der nun besetzt ist, damit sie ihn uns nicht vor der Nase wegschnappen.

»Das soll ihnen eine Lehre sein, mit Stöckelschuhen auszugehen.« Bjørk zwinkert mir zu, als auch ich am Tisch bin. »Nike, wenn du weiterkommen willst!« Sie knallt ihren Schuh auf den Tisch und stößt so fast die Kerze um, die sowieso schon wacklig im mit Alufolie verstärkten Kerzenständer steht.

»Musst du She vom Fleck weg mit deiner feministischen Propaganda überfallen?« Thea ist schon mit zweien der Getränke da und stellt das Bier vor Bjørk, die Cola und ein Glas mit Eiswürfeln vor mich. »Mein Weißwein fehlt noch.« Sie läuft wieder Richtung Bar, ruft aber über die Schulter zurück: »Und Bjørk, du weißt schon, dass Nike unter übelsten Bedingungen in armen Ländern produziert, oder? Kapitalistische Ausbeutung auf dem schlimmsten Niveau.«

»Ich wähle meine Kämpfe mit großer Sorgfalt«, murmelt Bjørk, nimmt den Fuß wieder vom Tisch und trinkt einen großen Schluck Bier. »She, woher kennst du Thea eigentlich?«

»Wir haben uns im Krankenhaus kennengelernt, in dem ihre Mutter liegt. Mein Vater ist auch krank.«

»Krankheiten sind scheiße.« Sie dreht sich zur Bar, wo Thea gerade bezahlen will. »Denk an die Nüsse!«, ruft sie so laut, dass sich ein paar nach ihr umdrehen. »Sorry, ich hab einfach riesigen Hunger. Hab seit heute Morgen nichts gegessen.«

»Okay.« Ich weiß irgendwie nicht, was ich sagen soll. Schaue mich nach Thea um, die gerade dem trendigen Kellner mit den Tattoos und dem superengen Superman-Shirt Geld gibt.

Wir schweigen und sehen uns ein bisschen um, bis Thea endlich mit einem Glas Weißwein in der einen, einer Schale Erdnüsse in der anderen Hand und ihrem unter den Arm geklemmten Portemonnaie zu uns zurückkehrt.

»Hier, nimm schnell, bevor ich alles fallen lasse.« Sie dreht sich so, dass ich das Portemonnaie unter dem Arm hervorziehen kann.

»Danke, Süße.« Sie lächelt mich an.

»Du hast mich also für eine andere sitzen lassen?«, stellt Bjørk fest. »Da bin ich gerade mal ein paar Monate weg und du lässt gleich alles hinter dir. Kleines Flittchen.«

»Halt die Klappe.« Thea schiebt ihr die Schale mit Erdnüssen hin. »Hau rein, mein Schwein.«

»Apropos! Ich hab ja gedacht, ich hätte in London meinen

Traumjob gefunden. Aber ich musste leider passen.« Bjørk steckt sich eine Handvoll Nüsse in den Mund.

»Wieso denn das, wenn es doch dein Traumjob war?«, frage ich. Dabei würde ich viel lieber wissen, was sie mit dem Spruch davor genau meinte. Aber da nachzubohren, wäre vielleicht ein bisschen komisch.

»Es gab einen Haken. Einen ziemlich großen, der echt schwer zu schlucken war.«

»Und zwar?«

»Ich sollte vor laufender Webcam essen. Ja, man könnte glauben, das ist gelogen. Aber es gibt Männer, die Geld dafür zahlen, einer Frau beim Essen zuzugucken. Sie schicken dir Lebensmittel. Ein Stück Torte oder einen riesigen Eimer von KFC. Sensual eating. Das gibt's wirklich. Ganz krasse Form von Unterdrückung. Ich habe selbstverständlich abgelehnt. Geld hin oder her. Ich kann schließlich nicht mal besonders verführerisch essen.« Bjørk schmatzt, dass man freie Sicht aufs Erdnusspüree hat.

»Nee, den Job hättest du sicher nicht lange behalten.« Thea lacht. »Hätte aber super in deinen Lebenslauf gepasst. Free bleeder and sensual eater.«

»Free bleeder?« Ich schaue Bjørk fragend an.

»Ja, Bjørk ist der Meinung, dass Tampons Frauen unterdrücken. Stimmt doch, oder?« Thea schaut Bjørk verschmitzt grinsend an.

»Grins du nur. Aber hast du schon mal über die Scham nachgedacht, die seit Jahrtausenden an uns Frauen klebt?«

»Ja, hab ich. Aber hauptsächlich, weil du permanent davon redest. Verdammte Free-Bleeding-Fundamentalistin.« Thea nippt an ihrem Wein.

»Wenn ihr euch das nächste Mal mit einer Binde im Ärmel versteckt aufs Klo schleicht, fragt euch mal selbst: Wofür schäme ich mich?«

»Ich schäme mich doch gar nicht. Als ich meine Periode bekam, hat meine Mutter mir die handsignierte Ausgabe eines feministischen Aufklärungsklassikers geschenkt.«

»Deine Mutter ist aber auch ein Hippie, Thea. Bei vielen Frauen ist das total anders. Da ist das Ganze blutiger Ernst. Schuld und Scham und ›Ich hab die rote Pest!‹, *das* verbinden sie damit. Denk mal darüber nach, wie negativ es ist, so über seine eigenen Körperflüssigkeiten zu sprechen. Würden Männer menstruieren und hätten den stärksten Muskel der Menschheit, die Gebärmutter, dann würden sie sicher damit angeben. Dann wäre es cool, ein bisschen zu bluten. Da bin ich mir absolut sicher. Ich weiß, wie schräg das klingen muss, dass ich mich da so reinsteigere. Die Leute reagieren auch jedes Mal, als hätte ich sie nicht mehr alle. Aber ist es nicht umgekehrt? Es ist doch viel verrückter, dass wir uns für etwas völlig Natürliches schämen sollen! Wie ist das denn bei dir gelaufen, She? Würde mich allein aus kultureller Perspektive interessieren, ich hoffe, es ist in Ordnung, dass ich das frage.« Bjørk schreit fast, um den Lärm zu übertönen, und prompt drehen sich mehrere Köpfe zu uns um.

Fünfte Klasse, Schule vorbei für heute. Ich schmeiße die Schultasche in den Flur und gehe in die Küche.

– Maschallah, die Nachbarin hat noch einen Sohn bekommen. Mama lächelt und zeigt auf die große Schachtel mit leckeren Laddu vom Sweet Palace, die geöffnet auf dem Küchentisch liegt und die der Tradition folgend an alle Nachbarn im Haus verteilt werden. Ich breche mir ein Stück des runden, süßen Bällchens ab. Weizenmehl, Zucker, Butter, Pistazien und Rosenwasser zerschmelzen auf meiner Zunge. Ich habe Kopfschmerzen.

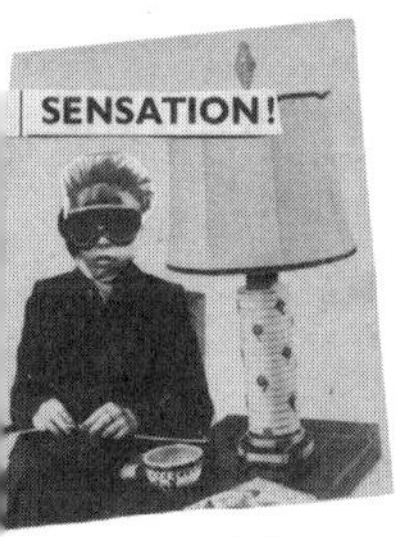

– Musst du noch Hausaufgaben machen? Mama pflückt Minzblätter von dem großen Büschel, das in einer Vase auf der Fensterbank steht. Sie fragt mich das jeden Tag, obwohl sie die Antwort längst kennt: Nein, ich habe schon alles in der Schule fertig bekommen. Das anständige und perfektionistische Mädchen hat seinen Scheiß im Griff.

Mama legt die Minzblätter in einen Topf, gießt Milch darauf, füllt fünf Löffel Zucker dazu und hängt zwei Teebeutel hinein.

– Gut für die Muttermilch. Mama rührt mit einem Kochlöffel im Tee. Es klingelt an der Tür. Ich laufe hin und öffne. Es ist die Nachbarin. Auf Strümpfen mit Babyboy Nummer vier auf dem Arm. Sie sieht stolz und glücklich aus.

– Herzlichen Glückwunsch. Komm rein. Mama macht glucksende Geräusche, als sie das kleine, schrumpelige Baby entgegennimmt. – Oooooh, was für ein Süßer.

Die Nachbarin nickt.

Ich finde, er sieht aus wie etwas, was zu lange gekocht wurde.

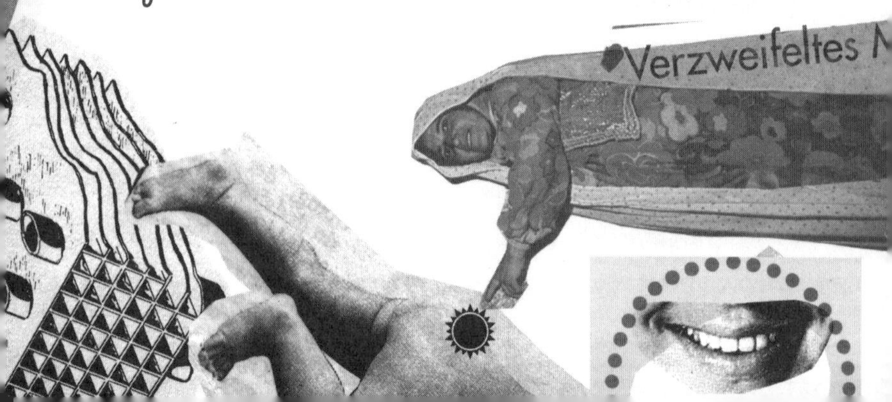

Mensch oder Puppe??
ENGLAND'S No1 TEA
EST. SINCE 1930
PG Tips
– Sheherazade, kümmerst du dich um den Milchtee? Dann setzen wir uns mit dem Prinzen aufs Sofa. Was ist der niedlich! So einen musst du deiner Mutter auch schenken ... Sie lächelt mich an. – ... und nicht nur einen. Wenn du Ärztin bist.

– Okay.

Ich hab Bauchweh. Ein bisschen wie Seitenstechen. Als ich aufs Klo gehe, entdecke ich einen großen Blutfleck in meiner Hose.

Ich wische mich mit Klopapier ab, aber es kommt mehr. Ich stehe auf und schaue in den Badezimmerschrank. Mamas Migränepillen, Papas Rasierer und Aftershave, Zahnpasta und Cremes.

Das Blut läuft mir am Bein hinab. Ich haste zurück zum Klo.

– Der Tee!, ruft Mama.

– Moment. Ich lege Toilettenpapier in meine Hose.

Die Nachbarin bleibt eine Stunde. Das Blut sickert durchs Klopapier, während das Baby rülpst. Ich schenke Tee ein und lege Halva auf einen Teller. Später am Tag ist das Blut auch durch die Hose gesickert. Ich gehe früh schlafen.

Am nächsten Morgen ziehe ich das blutige Laken vom Bett, rolle es zusammen mit meiner Hose zu einem Ball und stecke es zuunterst in den Wäschesack. Finde ein paar Make-up-Pads. Mein Bauch ist aufgebläht. Und ich bin ein mit Watte gepolsterter Wal. Als ich aus der Schule komme, liegt eine Packung Libresse auf der Toilette. Auch später wird kein Wort darüber verloren.

»Was habt ihr nun am großen Tag deiner ersten Menstruation gemacht?«, hakt Bjørk nach.

»Uns umarmt, Tee getrunken und Kuchen gegessen.« Wie soll ich ihr erklären, dass man in meiner Familie lieber über das Blut spricht, das im Fernsehen vergossen wird, statt über das, was zwischen den Beinen herauskommt. »Worum geht es bei deinem Blog?«

»Darum, stolz darauf zu sein, dass wir Frauen sind. Ich lasse das Blut frei laufen«, erklärt Bjørk. »Verbannt sind die Binden. Mein großes Vorbild ist diese Frau, die einen Marathon ohne Tampon gelaufen ist und mit Blut an beiden Beinen ins Ziel kam. No shame! Manchmal muss man eben etwas lauter werden. Besonders, wenn man was ändern will, das viele Menschen als selbstverständlich ansehen.«

»Ja, aber … was machst du denn, wenn du in die Schule musst, oder so?«, erkundige ich mich. Was Mama wohl zu freiem Bluten auf ihr Velourssofa sagen würde?

»Ich ziehe mich oft um.«

»Geht das beim Waschen denn wieder raus?«

Bjørk zwinkert mir zu. »Ich habe Unterstützer, die mir Unterwäsche schicken.«

»Scheiße, ist das kalt.« Die Kälte schlägt uns entgegen, als wir hinaus auf die Treppe treten. Bjørk hat einige andere Freunde getroffen und noch keine Lust, zu gehen. Weil ich mit dem Gähnen gar nicht mehr aufhören konnte, hat Thea kurzerhand vorgeschlagen, heimzugehen. Sie zündet eine Zigarette an und gibt sie mir. Weil ich so friere, schiebe ich nur die Fingerspitzen aus dem Ärmel, um sie entgegenzunehmen. Thea schüttelt sich und legt sich den großen Strickschal fester um Hals und Kopf.

»So eine verdammte Kälte … Alles in Ordnung bei dir?«

Ich nicke. »Ja, gehen wir.«

»Willst du nach Hause? Du kannst nämlich genauso gut bei mir pennen, wenn du willst.«

»Was sagt denn dein Vater dazu, wenn jemand Wildfremdes bei euch übernachtet?«

»Wieso, was soll er denn sagen?«

»Na, zum Beispiel, dass es seltsam ist, wenn plötzlich eine Fremde in der Wohnung rumrennt?«

»Der kennt doch eh nicht alle meine Freundinnen.«

Ich versuche, mir vorzustellen, wie Mama reagieren würde, wenn da eines Morgens eine in unserer Küche stünde, die sie noch nie gesehen hat. Bei mir hat noch nie jemand übernachtet. Aber das wäre auch ein ziemlich großer Schritt, schließlich hat sich aus meiner Klasse bisher nicht mal jemand zu uns in den zehnten Stock gewagt. Aber wie hätte das auch aussehen sollen: *Hey, das ist mein Vater. Er muss noch eben ein paar Möbel aus dem Fenster werfen. Und dann essen wir …*

Doch, einmal war eine aus meiner Klasse zu Besuch. Mama hatte extra was gebacken, wir saßen im Wohnzimmer und tranken Tee, während Papa fernsah. Tags drauf rief die Mutter des Mädchens an und sagte, Caroline hätte Albträume gehabt und dass es schädlich für Kinder sei, verstümmelte Leichen zu sehen. Mama entschuldigte sich. Ich lud nie wieder jemanden ein.

»Ich glaube, mein Vater ist nicht mal zu Hause«, fährt Thea fort. »Er und meine Brüder sind zum Essen bei Freunden meiner Eltern.«

Wir erreichen die Bushaltestelle. Die digitale Anzeige verkündet, dass der Bus in einer Minute kommt.

»Mensch, da haben wir echt Glück.« Thea kramt in ihrem Rucksack. »Du kannst auf mein Ticket mitfahren.«

Ich erstarre, als ich zwei Typen sehe, die ebenfalls zur Bushaltestelle kommen. Ich kenne den einen von ihnen. Es ist Hamza von *Hamza und Fatima forever.*

»Thea, wir müssen gehen.«

»Gehen? Warum?«

Ich bewege mich möglichst unauffällig von der Haltestelle weg und Thea folgt mir zögerlich.

»Was ist denn los?«, fragt sie. »Der Bus kommt doch gleich.«

Ich werde schneller.

»Warte. Was hast du vor?«

»Da ist ein Typ, der mich kennt. Ich darf hier unmöglich gesehen werden. Vor einer Bar um zehn Uhr abends.«

»Ich kapier's immer noch nicht, was …«

»Mann, Thea, die Leute reden. Gerüchte verbreiten sich bei uns im Ghetto schneller, als der Wind durch die Straßen pfeifen kann.«

»Aber du hast doch gar nichts Verkehrtes gemacht.«

»Das verstehst du nicht.«

»Dann erklär es mir.« Thea bleibt stehen. »Mir friert hier gleich die Nase ab, außerdem kann ich den Bus schon sehen. Wenn ich bis nach Hause laufen soll, wüsste ich einfach gern, warum.«

»Ein ordentliches Mädchen ist so spät nicht mehr unterwegs.«

»Aber die sind doch auch unterwegs.«

»Aber das sind Jungs.«

»Und?«

»Thea, so ist das halt! Meine Mutter weiß nicht, dass ich hier bin, und ich bekomme jede Menge Ärger, wenn sie es herausfindet.«

Der Bus hält an der Haltestelle. Thea hakt sich bei mir unter.

»Also gut, dann gehen wir eben zu Fuß.« Sie drückt meinen Arm leicht, und dann entfernen wir uns, dicht aneinandergedrängt im kalten Gegenwind, von der Haltestelle.

10

Ein schäbiges Stück Stoff

Es ist so dunkel im Schlafzimmer, dass ich fast nichts erkenne. Thea hat das Fenster auf Kipp gestellt und den blauen Sari davorgezogen, sodass er sich nun leicht im Wind bewegt. Gerade zündet sie eine Kerze an.

»Ein bisschen Licht, damit du nicht gegen die Möbel rennst.« Sie zieht ihren Rock aus. »Verdammt, bin ich müde. War ganz in meinem Sinne, dass wir gegangen sind. War ein langer Tag.«

»Ich bin auch ziemlich kaputt.« Ich schaue mich um, wo ich meine Sachen hinlegen kann. Worin soll ich schlafen? In T-Shirt und Unterhose … Ich nehme das Kopftuch ab und stecke die Nadel an den Saum, damit sie nicht verloren geht.

Wenn Mama wüsste, dass ich woanders übernachte! Bei einem Mädchen, das sie nicht mal kennt. Während Mama unterwegs ist, um zu putzen, war ich erst in einer Bar und fahre jetzt noch nicht mal nach Hause. Der Gedanke versetzt mir einen Stich.

»Tut dir gut, auch mal vor die Tür zu kommen«, sagt Thea, als hätte sie meine Gedanken gelesen. »Jeder Mensch braucht mal eine Pause.«

»Ja.« Ich löse mein Haar, lasse es über die Schultern fallen. Ich spüre, dass Thea mich betrachtet. Schnell puste ich die

Kerze aus, schlüpfe aus der Hose und hänge sie über die Stuhllehne. Ich denke an Mama. Sehe sie vor mir, über einen Eimer mit Putzwasser gebeugt. Sie glaubt, dass ich zu Hause im Bett liege. Das ist wirklich nicht okay von mir. Sie schuftet Nacht für Nacht, um mir ein gutes Leben zu ermöglichen. Und wie revanchiere ich mich? Mit Lug und Trug. Für den Bruchteil einer Sekunde denke ich darüber nach, doch nach Hause zu fahren. Aber der letzte Zug nach Hundige ist längst weg. Ich ziehe meine Strümpfe aus und hänge sie neben die Hose.

Es ist komisch, neben jemandem zu liegen, den man kaum kennt. Das habe ich noch nie gemacht. Sollte ich mich auf die Seite drehen? Oder etwas sagen? Ich kann mein Herz schlagen hören. Und Thea, die direkt neben mir atmet. Die Bettdecke riecht nach Geld, Østerbro und Weil-ich-es-wert-bin. Was könnte ich bloß sagen?

»Deine Bettwäsche riecht echt gut …«, murmle ich schließlich.

»Das ist Lavendel. Meine Mutter pflückt den, wenn wir im Sommer in Südfrankreich sind. Wir haben dort ein Sommerhaus. Sie trocknet die Blüten und stopft sie in kleine Stoffsäckchen, die sie dann zwischen die Wäsche im Schrank legt. Ich weiß schon, dass …«

»Du musst dich nicht dafür entschuldigen, dass ihr unfassbar reich seid. *Meine* Mutter benutzt Billigweichspüler. Mit Allergie-Garantie! Mein Vater war übrigens auch Journalist. Dichter. Aber …«

»Aber?«

»Er hat das ›Falsche‹ geschrieben, über Menschen, die im Krieg plötzlich verschwanden. Deshalb wurde er festgenommen.«

»Unfassbar! Alles hat ein Recht, geschrieben und gelesen zu werden.«

»Das stimmt.« Für eine Weile lausche ich den Autos, die unten am Haus vorbeifahren.

»Hast du mal drüber nachgedacht, das Kopftuch nicht mehr zu tragen? So für immer?« Thea greift nach einer meiner Strähnen und wickelt sie sich um den Finger. »Hast du mal drüber nachgedacht, deine Haare zu zeigen?«

»Keine Ahnung. Ja, vielleicht.« Am liebsten würde ich Thea erzählen, dass es in Parkerne von Vorteil ist, Hidschab zu tragen. Wenn ich bedeckt bin, ruft mir kein Mann auf der Straße hinterher. Alle nehmen mich als anständiges Mädchen wahr. Ein anständiges Mädchen fliegt unterm Radar. Je heller du strahlst, desto mehr Augen richten sich auf dich. Aber ich weiß nicht, ob sie das nachvollziehen kann. Hier in Østerbro, eingehüllt in den Duft von Lavendel, wirkt das alles so weit weg. Selbst für mich. »Meine Mutter findet es wichtig. Sie sagt, das sendet die richtigen Signale.« Ich ziehe die Decke bis zur Nase und atme tief ein.

»Welche denn?«

»Dass ich keinen Freund habe und nichts anstelle. Dass ich Jungfrau bin, wenn ich heirate. Was dort, wo ich wohne, eben wichtig ist.«

»Aber ist es dir denn wichtig?«

»Meinen Eltern ist es wichtig.«

»Und dir?«

»Keine Ahnung. Nicht so richtig. Trotzdem trage ich das Kopftuch ja freiwillig. Ich werde nicht gesteinigt, wenn ich's weglasse. Wir sind ja nicht alle wilde Tiere, die Flaggen verbrennen.«

»Nein, das ist mir schon klar.« Thea kichert leise. »Aber stell dir vor, du könntest anziehen, was du wolltest. Ohne irgendwelche Konsequenzen fürchten zu müssen. Würdest du dann auch das tragen, was du jetzt so trägst? Plus Kopftuch?«

»Nein, wohl nicht.«

»Aber dann ist es eben doch nicht freiwillig! Ich will damit nur sagen, dass deine Entscheidungen vielleicht auch anders ausfallen würden, wenn du woanders wohnen würdest. Da kann man also schlecht von freier Wahl sprechen, nicht wahr? Der Druck kommt von außen. Und es erleichtert dir nur das Leben, ein Kopftuch zu tragen.«

»Also, ich trage das sehr wohl freiwillig!« Ich setze mich im Bett auf. »Das ist so typisch dänisch. Immer schön glauben, wir sind alle unterdrückt und so ein Scheiß. Und nur wegen eines schäbigen Stück Stoffs. Bist du etwa nicht unterdrückt, weil deine Eltern reich sind? Das, was du anziehst, passt doch auch genau hierher. Du siehst aus wie alle anderen, verwöhnten Østerbro-Sprösslinge. Niemand schreibt mir vor, was ich zu glauben und zu denken habe, und ich entscheide selbst, ob ich nun Kopftuch trage oder nicht!«

»Jetzt werd doch nicht sauer, She.«

»Ich bin nicht sauer. Ich sage nur, dass wir nicht alle das Glück haben, zwei erfolgreiche Journalisten als Eltern zu haben, in einer riesigen Wohnung in einer teuren Gegend zu wohnen und noch dazu total hübsch zu sein, mit langem, blondem Haar und allem Drum und Dran.« Ich lasse mich wieder ins Kissen fallen.

»Du findest mich also hübsch?« Obwohl es dunkel ist, kann ich sehen, dass Thea mich breit angrinst.

»Äh, nein. Also, doch, aber nicht …« Mein Gesicht wird

warm, und ich bin sehr dankbar darüber, dass man gerade keine Farben erkennen kann.

»Dann mal danke fürs Kompliment. Und ich kann es nur zurückgeben. Du bist schön. Wie eine Märchenprinzessin. Wie die echte Sheherazade aus *Tausendundeiner Nacht*.«

Draußen fährt ein Moped vorbei und ein Windstoß bewegt die improvisierte Gardine.

»Magst du die Geschichte von Sheherazade aus *Tausendundeiner Nacht* hören? Mein Vater hat mir das Märchen häufig erzählt, als es ihm besser ging.«

»Willst du etwa das Thema wechseln und mir jetzt eine Gutenachtgeschichte erzählen?«

»Ja, das wäre doch gemütlich, oder? Du schweigst, ich rede!«

Thea rückt näher an mich heran und dreht sich auf die Seite, Gesicht zu mir. »Dann schieß mal los, Kopftuchmädchen.«

»Fick dich! Also … Wir fangen am Anfang an.«

»Sehr gute Idee.« Thea lacht und kuschelt sich in die Decke.

»Okay, da gab es diesen König, der hieß Shahrayar. Er herrschte über Indien und Indochina, sein jüngerer Bruder, Shahzaman, herrschte in Samarkand. Die beiden Könige hatten sich lange nicht gesehen, weshalb Shahzaman beschloss, seinen Bruder zu besuchen. Also packte er und machte sich auf den Weg. Nach der ersten Nacht kehrte er jedoch noch einmal zurück in seinen Palast, um seiner Frau noch einen Abschiedskuss zu geben, sie fehlte ihm nämlich schon sehr.«

»Okay, das ist schon mal sonderbar …«

»Vielleicht, aber so war es nun mal. Vielleicht war sie ja so reizend, dass er nicht ohne sie sein konnte. Was weiß denn ich. Anyway, er fand sie jedenfalls im Bett mit der Küchenhilfe. Schock! Er wurde rasend vor Wut und kam zu dem Schluss, dass man Frauen nicht trauen konnte. Er tötete seine Gattin und den Küchenjungen auf der Stelle. Einfach so, zack, zack, Köpfe ab. Als er am Hofe seines Bruders ankam, wurde der müde und ziemlich fertige König freundlichst aufgenommen.«

»Der musste ja auch völlig k. o. sein, der Arme. Erst die Frau, dann den Küchenjungen. Das nenn ich mal einen echt harten Arbeitstag.«

»Ja, ein ziemlicher Kacktag.« Ich muss kichern. »Aber jetzt pass auf: Der Bruder musste zur Jagd und ließ Shahzaman allein im Schloss zurück. Und dort musste der arme Kerl ein weiteres Mal miterleben, wie schlimm Frauen sind, weil sie an nichts als Sex denken. Er sah mit an, wie die Gattin seines Bruders und zehn ihrer Hofdamen sich mit einem ganzen Haufen Männersklaven vergnügten.«

»Shit.«

»Ja, vermutlich nicht der schönste Anblick. Selbstverständlich erzählte er seinem Bruder davon. In ihrem Kummer fassten die beiden den Entschluss, den Hof zu verlassen. Auf einer Lichtung trafen sie eine Frau, deren Mann versucht hatte, ihre Rein- und Keuschheit dadurch zu sichern, dass er sie an einen Dämon übergab. Der sperrte sie nämlich in eine Kiste mit vier Schlössern und warf sie dann ins Meer. Trotzdem gelang es ihr, nach der Hochzeitsnacht mit achtundneunzig Männern zu schlafen, und durch die beiden königlichen Brüder kam sie auf glatte einhundert.«

»Nein!«

»Doch!«

»Wie?«

»Es ist ein Märchen.«

»Moment mal, also die beiden Brüder waren sich einig, dass

Frauen die Wurzel allen Übels sind, aber dann rennen sie los und vögeln die Frau eines anderen Mannes, der sie in eine Kiste gesperrt hat? Ist das nicht ein bisschen ...«

»Krank.«

»Doppelmoralisch.«

»Doch, aber es geht ja noch weiter. Nach diesem Zwischenfall waren die Brüder sich ihrer Sache also sicher: Frauen waren verdorbene Schlampen, denen man nicht trauen konnte.«

»Na ja ... die beiden sind jetzt auch nicht gerade vorbildlich. Vögeln die Frauen anderer Männer in Kisten.« Thea schüttelt den Kopf.

»Jedenfalls haben die beiden sich auf den Rückweg in ihre jeweiligen Schlösser gemacht. Shahrayar befahl seinem Diener, ihm jeden Tag eine neue Frau zu bringen. Erst brachte dieser ihm die Tochter eines Prinzen. Shahrayar schlief mit ihr, und am nächsten Morgen bat er den Diener, sie zu töten. Tags drauf war es die Tochter eines Offiziers, tags drauf die eines Kaufmanns, tags drauf die eines Untertanen. Und so ging es ewig weiter. Bis nur noch die Tochter seines Dieners übrig war. Sheherazade.«

»Du«, sagt Thea lächelnd. »Schade für den Diener.«

»Vielleicht, vielleicht auch nicht. Er hatte sowieso damit rechnen müssen, dass sie früher oder später als Hundefutter enden würde. Aber sie war klug und hübsch. Also, die Sheherazade im Märchen.«

Thea grinst. »Ja, ja. Die im Märchen. Du ähnelst ja eher einer Bulldogge von hinten.«

»Das ignoriere ich jetzt mal. Sie ging jedenfalls zum König, aber bevor er sie überhaupt anfassen konnte, überredete sie ihn, ihre Schwester herzubringen, damit sie ihr Gute Nacht sagen konnte. Die Schwester schlief dann unter dem Bett und bat Sheherazade, ihr, bevor die Nacht zu Ende war, eine Geschichte zu erzählen. Und dann ging es erst richtig los.«

»Warte mal eben. Dein Vater hat dir im Ernst ein Märchen erzählt, in dem es im Großen und Ganzen um nichts anderes als Sex und Gewalt geht? Wie alt warst du denn bitte, als du das zum ersten Mal gehört hast?«

»Keine Ahnung. Mein Vater hat gesagt, ich soll alle klassischen Märchen kennen. Die schlüpfrigen Details hat er damals natürlich ausgelassen.«

»Hm.« Thea schüttelt den Kopf. »Also, wenn in einem der Bücher, die meine Mutter mir vorgelesen hat, auch nur ein Meerschwein starb, dann hat sie immer dazugedichtet: Und dann wachte es wieder auf und lief zu seinen Freunden, um mit ihnen zu spielen.«

»Der ganze Krieg und Tod und die Verwüstung, die dauernd im Fernsehen gezeigt werden, sind doch viel schlimmer als so ein Märchen. Und noch dazu sind sie die Realität. Aber hör zu, jetzt kommt die Pointe. Jede Nacht erzählte die junge Braut also ihrer Schwester und ihrem Gatten eine Geschichte, aber ohne das Ende. Cliffhanger! Shahrayar war aber neugierig und wollte mehr hören. Und so erzählte sie tausendundeine Nacht lang. Und sie lebten glücklich bis ans Ende ihrer Tage.«

»OMG. Okay, Frauen sind also Schlampen, auf die man sich nicht verlassen kann. Deshalb muss man sie einsperren, sie gefangen halten oder sie vögeln und danach töten.«

»Das würde ich so jetzt nicht sagen.«

»Frauen dürfen nicht allein vor die Tür. Und müssen sich bedecken.«

»So auch nicht. Und ich trage das Kopftuch freiwillig!«

»Du hast so schöne Haare.« Thea fasst in meine Haare, die sich über das Kissen ausbreiten. »So dick und glänzend. Ich wünschte, ich hätte solche Haare.«

»Hm, und ich wünschte, ich wäre blond und souverän. Und reich. Mit Journalisten als Eltern.«

»Was soll das denn heißen? Ich bin so wie alle anderen, aber du …«

Thea rutscht noch ein Stück näher. Ich höre jeden ihrer Atemzüge.

»Lauf! Weit weg!« Der weiße Engel wedelt mit der roten Karte und bläst so energisch in die Pfeife, dass die eh schon dicken Backen doppelt so dick aussehen.

»So do what you want, what you want with my body.« Der schwarze Engel windet sich Gaga-like mit heftigem Goth-Make-up. »Do what you want, don't stop, let's party!«

Ich habe das Gefühl, das bin nicht ich, die hier liegt. Nicht das Mädchen aus dem zehnten Stock von Parkerne. Das alle lieb anlächelt, wenn sie von Verlobung, Falafel und Telefonkarten für Ferngespräche sprechen. Das ist eine andere, die hier mit klopfendem Herzen neben Thea liegt. Im Zimmer ist es still, als Thea dieses andere Mädchen vorsichtig küsst. Ihre Lippen schmecken nach der Pfirsichlippenpflege aus der kleinen, mintgrünen Dose, die auf der Kommode steht. *Enough for a thousand kisses*, steht am Rand der Dose. Das andere Mädchen erwidert den Kuss und will mehr davon. Tausend Küsse. Ich weiß nicht, wer sie ist, diese andere, die neben Thea liegt. Ich kenne sie nicht, aber sie hat das Ruder übernommen. Und sie will Theas Haare berühren. Und sie tut es. Thea schiebt ihre

Decke beiseite und kriecht unter die des anderen Mädchens. Sie liegen ganz dicht beieinander. Theas Hand streichelt den Bauch des Mädchens, dann die Hüfte. Küsst sie noch einmal. Diesmal mit geöffneten, sanften Lippen, und das Mädchen spürt Theas Zunge. Ihre Beine verflechten sich miteinander, Haare kitzeln im Gesicht. Das Mädchen legt die Arme um Thea, sie pressen sich aneinander. Haut gegen Haut. Mama wird mich erschlagen …

11

Fahrt in die Vergangenheit

Als ich aufwache, ist es noch dunkel. Ich habe ein Mädchen geküsst. Thea schläft tief und fest. Ihr eines Bein liegt über der Decke, sie hat ein Kissen im Arm und atmet tief. Ich muss hier weg. Sofort. Bevor Mama von der Arbeit kommt. Ich stehe so schnell auf, dass mir schwindlig wird. Gehe zum Stuhl, ziehe meine Hose an, fasse meine Haare mit einem Gummi zusammen und binde hastig mein Kopftuch. Ich habe die nackten Oberschenkel eines Mädchens berührt. Sie zwischen den Beinen angefasst. Ihre Brüste. Das ist doch krank. Fucking verkehrt. Mit mir stimmt was nicht.

Ich werfe noch einen letzten Blick auf Thea und schleiche dann aus dem Zimmer.

Kaum bin ich im Flur, höre ich knarzende Schritte. Shit. Mein Herz klopft schnell und laut. Die Schritte nähern sich.

»Hallo, wer bist du?« Ein kleiner, verschlafener Junge mit strubbeligem Haar steht im Türrahmen.

»Du musst einer der Zwillinge sein«, flüstere ich, weil mir nichts besseres einfällt.

»Ich bin Askan«, sagt der Junge und gähnt.

Theas Vater und die Jungs scheinen zurückgekommen zu sein, als wir schon eingeschlafen waren. Ich habe nicht mal die

Tür gehört. Und ich habe absolut keine Lust, ausgerechnet jetzt Theas Vater zu begegnen.

»Ich bin eine Freundin von deiner großen Schwester und ich muss jetzt nach Hause.« Schnell schlüpfe ich in meine Sneakers und eile zur Tür hinaus. Ich habe ein Mädchen geküsst. Im Flur ist es eiskalt. Meine Hände zittern, als ich mich hinknie, um die Schnürsenkel an meinen Schuhen zuzubinden. Und dann haste ich zum Hundige-Zug. Dabei wird der Heimweg definitiv zu lange dauern.

IN A GALAXY MILLIONS OF LIGHT YEARS AWAY.
DSB

Papa hat zwei große Einkaufstaschen von Bilka, eine in jeder Hand. Es ist Dezember vor acht Jahren. Ich trage das Klopapier und habe meine Schultasche auf dem Rücken. Wir sitzen uns im Zug gegenüber, draußen fliegt Vestegnen vorbei. Beton und Schrebergartenkolonien. Die Wohnungsfenster sind mit Lichtertreppen, Weihnachtsmännern und roten Herzen geschmückt. Dunkle Balkone, die bis unters Dach mit Schnickschnack versehen sind, fransigen Gardinen und hässlichen Graffiti.

Plötzlich steht Papa mit einem Satz auf.

- Ich habe die Fahrkarte vergessen.
- Was?
- Ich habe die Fahrkarte vergessen. Und da kommt ein Kontrolleur. Er flüstert. – Komm.

Ich werfe einen Blick durch den Gang des Hundige-Zugs und entdecke einen Kontrolleur in schwarzer Uniform, der sich durch die Wagen auf uns zubewegt und Fahrkarten kontrolliert.

Papa rennt durch den Zug. Ich folge widerstrebend, schon sind wir in einem der ersten Wagen und der Kontrolleur kommt näher und näher. Es ist noch ein Stück bis zum nächsten Halt.

– Papa, wir können nichts tun. Aber so schlimm ist das auch nicht. Wir kommen dafür doch nicht ins Gefängnis. Das ist nicht die Polizei. Wir müssen höchstens ein Bußgeld zahlen.

Papas Blick ist gehetzt.

– Wir müssen laufen, jetzt mach schon!

– Aber Papa, wo willst du denn jetzt noch hin?

Papa hat die Einkaufstaschen abgestellt, seine Hände zittern. Wir sind inzwischen im vordersten Wagen. Der Zug rollt in den Bahnhof ein. Avedøre. Papa drückt hektisch auf den Knopf, die Tür öffnet sich und Papa rast nach draußen.

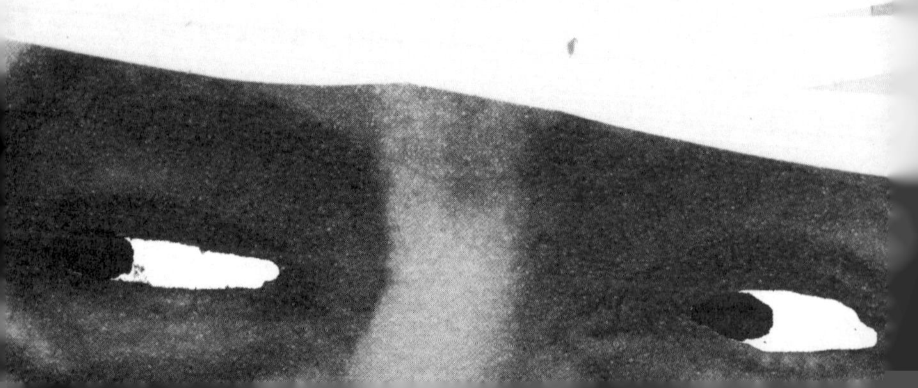

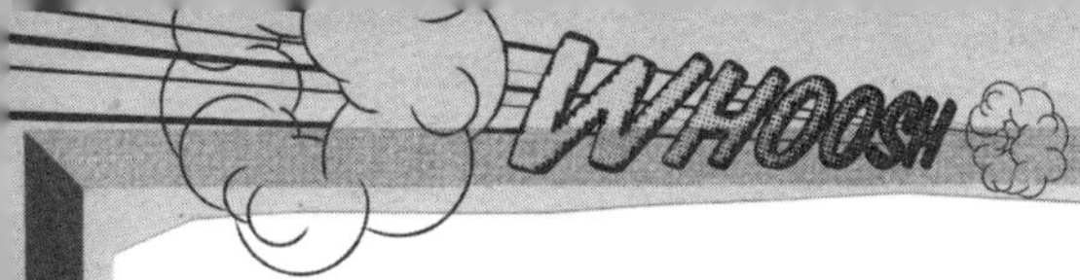

Er rennt, ohne sich umzusehen.
Ohne mich. Und dann ist der
Kontrolleur bei mir.

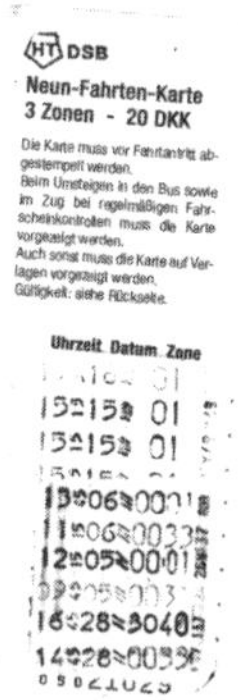

- Dürfte ich deine Fahrkarte sehen?
- Mein Vater ist gerade weggerannt.
- Weggerannt?
- Ja, ich habe keine Fahrkarte.
- Und er offenbar auch nicht.
- Nein.
- Und jetzt ist er weggerannt.
- Ja.

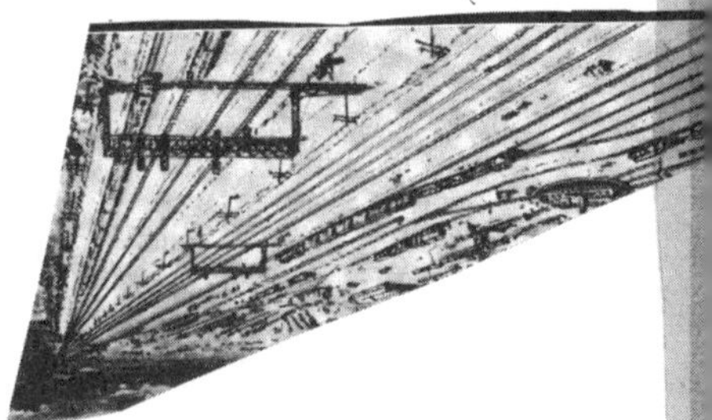

In Brøndby Strand hilft mir
der Kontrolleur mit den schweren
Taschen aus dem Zug.
- Fröhliche Weihnachten.
Er tätschelt mir den Kopf.

Als ich in Brøndby Strand aussteige, ist es hell. Ich steuere den nächstbesten Kiosk an und kaufe zwei Mohnbrötchen. Folge den schmalen Wegen nach Parkerne. Ich habe ein Mädchen geküsst. Mir wird übel, plötzlich schmeckt es bitter in meinem Mund. Ich öffne die Haustür und nehme den Aufzug in den zehnten Stock. Mama ist schon da.

»Ich habe Frühstück geholt.« Ich werfe die Tüte mit den Brötchen auf den Küchentisch. »Soll ich Tee machen?«

»Danke dir, Habibti, wie lieb. Dann ess ich noch schnell etwas, bevor ich mich schlafen lege. Du bist so ein gutes Mädchen.«

Ich hetze ins Bad, stelle schnell das Wasser an, damit Mama nicht hört, dass ich mich übergebe, beuge mich über die Kloschüssel und merke, wie sich mein Magen in Wogen leert. Gallengelben Wogen. Während mein Körper schwer über der Schüssel hängt, fällt mir ein, was Papa mal erzählt hat: dass die alten Chinesen der Meinung waren, die Wut säße in der Leber, wo die Galle produziert wird. Meine Wut liegt jetzt im Klo. Ich bin wütend auf mich selbst. Wenn ich das getan hätte, was meine Eltern von mir erwarten – in meinem Bett schlafen –, gäbe es jetzt keinen Grund zum Würgen. Selber Schuld. Eine weitere Woge drängt sich meinen Hals hinauf, ich kann mich wimmern hören. Ich bin so ein Riesenrind. Ein Widerling. Ich habe ein Mädchen zwischen den Beinen berührt. Und sie mich. Und ich konnte es nicht lassen. Nicht aufhören. Ich habe dabei völlig vergessen, wie falsch das ist. Und jetzt sind Theas Hände weg, und das Einzige, was noch da ist, ist ein Brennen im Hals. Mein Bauch tut weh, und ich spüre, dass sich Kopfschmerzen hinter meinen Augen ankündigen.

»Alles in Ordnung?« Mama klopft an die Badezimmertür.

Ich ziehe schnell ab.

»Ja, ja. Alles in Ordnung.«

»Sag mal, könntest du gleich eine Wäsche anstellen? Unten im Waschkeller? Ich hole sie dann später hoch, wenn ich wieder wach bin.«

»Ja, mach ich.« Ich betrachte mich im Spiegel. Mein Gesicht ist blass. Meine Haare sehen aus wie ein Tier, das sich zum Sterben auf meinen Kopf gelegt hat. Für einen Moment erkenne ich die Augen meines Vaters in meinem Spiegelbild. Erschrocken, traurig, ängstlich. »Selbstverständlich, Mama.« Ich stelle das Wasser ab und krümme mich auf dem Boden zusammen, den Kopf auf den Knien. »Ich bin gleich da.«

»Allah, du siehst aus wie der leibhaftige Tod.« Mama schüttelt den Kopf, während sie nach der Tasche mit der Schmutzwäsche greift. »Was ist denn passiert?«

»Ich habe schlecht geschlafen.«

»Du hast die ganze Nacht lang eine von diesen Netflix-Serien geguckt! Glaub mal nicht, dass ich dich nicht durchschaue.« Sie droht scherzhaft mit dem Zeigefinger. »Du solltest lernen, rechtzeitig das Licht auszumachen. Du bist kein kleines Mädchen mehr. Glaub nicht, du könntest hier die Puppen tanzen lassen, wenn dein Vater und ich nicht zu Hause sind.«

»Nein, nein, Mama. Keine Sorge, Puppen tanzen lassen ist nichts für mich.« Ich nehme ihr die Tasche ab und schließe die Tür hinter mir.

Unten im Waschkeller laufen nur zwei Maschinen. Ich stopfe die Sachen in die Trommel. Auch das, was ich gestern anhatte. Es riecht nach Lavendel und teurer Østerbro-Wohnung. Und nach etwas wirklich Schlimmem. Papas blauer Pulli riecht nach seinem Aftershave. Ich kippe extra viel Weichspüler in die Maschine. Apfel.

»Sheherazade …«

Ich drehe mich um.

Es ist Sohane. »Hallo«, murmelt sie, schlurft zu einer der beiden laufenden Maschinen und wirft einen Blick aufs Display. »Noch sieben Minuten. Mist. Ich hasse Wäschewaschen. Sag mal, bist du krank, oder so? Du siehst ganz schön müde aus.«

»Nein, nein, ich hab nur viel zu wenig geschlafen.«

»Das kenn ich gut.« Sohane setzt sich. »Ich kann fast gar nicht schlafen. Liege immer nur wach und denke über alles Mögliche nach. Und draußen wird es heller und heller. Und dann fangen die bescheuerten Vögel an zu zwitschern. Und dann kommt der Morgenzug. Und dann muss ich aufstehen, um meiner Mutter beim Frühstück zu helfen. Und Wäsche zu waschen …«

»Das klingt übel«, sage ich und drücke auf den Knopf, um die Maschine zu starten. »Wie laufen die Hochzeitsvorbereitungen?«, frage ich dann. *»Hamza und Fatima forever?«*

»Darf ich ehrlich sein?«

»Wie du magst«, sage ich. »Wär mal eine Abwechslung, wo doch sonst die ganze Zeit nur gelogen wird.«

»Also, ich find's fantastisch. Wir haben permanent Besuch, der den Tee trinkt, den ich literweise koche. Hamza macht es sich gemütlich und ich mache alles allein. Und ich freue mich wahnsinnig. Morgen ist Planungstreffen. Hast du auch Lust? Es kommen massenweise Mädels. Das wird sicher supernett.«

»Freust du dich wirklich?«

»Wenn alles vorbei ist.« Sohane verzieht das Gesicht. »Entschuldige, das war jetzt nicht gerade anständig von mir.«

Ich pruste los. »Nein, sogar sehr unanständig.« Mein Hals brennt und ich habe ein Mädchen geküsst. Und ich will sie wieder küssen. Wieder sehen. Wieder mit ihr sprechen.

»Und? Was meinst du ... Kommst du morgen? Das wäre richtig schön, wenn du dabei wärst! Also, ich meine ... wenn du Lust hättest ...?«

»Hm, ich weiß nicht recht. Ich finde dieses ganze Hochzeitsbuhei immer unglaublich öde. Oder ... könnte ich vielleicht jemanden mitbringen? Eine Freundin. Ich kann mir gut vorstellen, dass ihr das Spaß machen würde, so was mal mitzuerleben.«

»Natürlich kannst du sie mitbringen«, sagt Sohane erfreut. »Du weißt doch, wie das ist. Je mehr kommen, desto besser.«

»Cool! Also, ich hab keine Ahnung, ob sie Zeit hat. Aber ich werde sie fragen. Wollen wir eine rauchen? Obwohl, du rauchst ja vermutlich immer noch nicht?«

»Genau.« Sohane hüstelt. »Kann aber sein, dass das hinter einem Busch ganz anders aussieht ...«

Äste knacken unter unseren Füßen, als wir uns hinter dem großen immergrünen Gebüsch direkt an der Hauswand positionieren. Hier kann uns garantiert niemand sehen.

»Darf ich dich was fragen?«

»Klar.« Sohane lehnt sich gegen die Wand.

»Stimmt es, dass du verheiratet warst, oder ist das nur dummes Gerede?«

»Es stimmt.« Sohane seufzt. »Leider.«

»Was ist denn passiert? Keine Sorge, ich versprech dir, dass ich das für mich behalte. Ich rede ja sowieso mit fast niemandem hier.«

»Hm.« Sohane räuspert sich und fummelt an dem Zigarettenpäckchen herum. »Und du versprichst es …?«

»Ich schwöre!«

»Okay, also, ich bin genäht worden.«

»Genäht? Wie jetzt?«

»Ich hatte eine Jungfernhäutchen-OP.«

»Was …«

»Ich wurde genäht, weil ich sicher sein wollte, dass der Mann, den ich heiraten würde, nicht herausfindet, dass ich schon einmal mit einem anderen vor ihm geschlafen habe.«

»Mit wem hast *du* denn vorher geschlafen?« Ich bin richtig erschüttert. »Ich dachte, du gehörst zu den Mädchen, die niemals auch nur auf die Idee kämen, so was zu tun!«

»Na toll, und ich dachte, ich kann mich auf dich verlassen!« Sohane stößt sich von der Wand ab. »Ich dachte echt, du bist nicht so wie alle anderen.«

»Sorry, so war das nicht gemeint«, sage ich schnell. »Mann, entschuldige. Siehst du, jetzt bin ich diejenige, die sich entschuldigt.« Ich lächle sie an. »Also, ab jetzt keine doofen Kommentare mehr.«

»Na gut. Ich sollte heiraten, vierzehn Tage nachdem ich genäht worden bin.« Sie lehnt sich wieder gegen die Hauswand.

»Warte mal. Wen solltest du denn heiraten?«

»Den Sohn von guten Freunden meiner Eltern.«

»Kanntet ihr euch schon?«

»Wie man's nimmt. Ich wusste, wer er war. Aber richtig unterhalten haben wir uns nie. Das war … Na, du weißt, wie das läuft. Die Eltern reden, man trinkt Tee, und jeder sitzt an seinem Ende des Sofas, betrachtet den anderen und denkt: Okay, das könnte gehen.« Sohane lächelt müde.

»Du hast zugestimmt.«

»Das könnte man so sagen. Jedenfalls hab ich nicht abgelehnt.«

»Und was war das für ein Typ?«

»Definitiv nicht der Sportlichste. Stell dir jemanden vor, der zu lange vorm Computer sitzt und nur von Spaghetti und Cola lebt. Lange, dünne Arme, blassgelbes Gesicht, Spitzbart. Aber sehr nett. Er war freundlich, lächelte und so … Na ja, dann kam die Hochzeit, und das Einzige, was ich denken konnte, während die Leute um mich herum tanzten, klatschten und Geschenke brachten, war: Ist das jetzt das Richtige? Soll ich abhauen? Wird er was merken? Ich hatte echt Angst und das sieht man auf jedem Hochzeitsfoto. Noch dazu behielt eine Frau, die zu seiner Familie gehörte, ganz genau im Blick, mit wem ich sprach, wer kam und ging. NUR SEINE Familie durfte Fotos machen, weil sie Angst hatten, meine Freundinnen würden sie ihren männlichen Freunden zeigen.«

»Warum war ich eigentlich nicht dabei?« Ich zünde eine Zigarette an und reiche sie Sohane. Sie behält sie.

»Vielleicht wegen deines Vaters …«

»Oh, okay … Und wie ging's weiter?«

»Irgendwie hab ich gehofft, dass die Hochzeitsfeier nie aufhören würde, damit ich nicht mit ihm nach Hause musste. Aber dann gingen die Gäste allmählich, einer nach dem anderen.«

»So ein Scheiß.« Ich zünde auch mir eine Zigarette an und atme den Rauch tief ein. Mein Hals brennt noch immer. Thea …

»Meine ehemalige Lehrerin war auch da. Sie hörte nicht auf, mir Zeichen zu geben und irgendetwas zu flüstern, was ich aber nicht verstand. Dann, gegen Ende des Abends, kam sie zu mir und sah mir tief in die Augen. Und in dem Moment begriff ich, dass sie die Einzige war, die wirklich kapierte, dass ich nur noch wegwollte. Sie umarmte mich und flüsterte mir ins Ohr: ›Hab keine Angst.‹ Und dann steckte sie mir ihre Telefonnummer zu. Ich nahm ihre Hand und flehte sie an, mich nicht alleinzulassen, ich zitterte richtig. Aber sie konnte natürlich nicht bei mir bleiben, und so blieb ich mit den letzten Gästen zurück, während ich darauf wartete, dass mich der Mann, mit dem ich mein Leben verbringen sollte, abholte. Ich saß also brav auf einem Stuhl und beobachtete durch eins der Fenster, wie er sich mit einem breiten Grinsen von seinen Freunden verabschiedete. Als das Fest fast vorbei war, kam mein Mann herein. Mein Herz schlug schnell, mir stiegen die Tränen in die Augen. Auf seine Frage, warum ich weinte, antwortete ich, weil mir meine Eltern fehlen würden, die nun nicht länger die Verantwortung für mich trugen und bei denen ich nun nicht mehr wohnen würde. Er reichte mir den traditionellen Goldschmuck, bat mich, den Hochzeitsmantel anzuziehen und mein Gesicht unter der Kapuze zu verstecken. Als wir im Auto saßen, hielt ich die Hand meiner Mutter richtig fest umklammert. Ich konnte gar nicht mehr aufhören, zu weinen. Außerdem tat mir der Nacken schon richtig weh, weil ich die ganze Zeit den Kopf so gesenkt halten musste, aber der Fahrer sollte mein Gesicht nicht sehen. Mein Mann wäre wütend geworden, hätte mich ein anderer Mann angeschaut.«

»Er klingt recht … altmodisch?«

»Ja, aber meine Eltern sagten halt, dass er aus gutem Hause kommt. Guter Job. Alles gut. Du weißt, wie das ist.«

»Allerdings.«

»Als wir bei der Wohnung ankamen, wo wir zusammenleben würden, folgten meine Mutter und meine Geschwister uns nach oben und küssten uns beide zum Abschied. Kaum hatte er die Tür hinter ihnen geschlossen, drehte er sich mit dem breitesten Grinsen zu mir um. Mein Herz klopfte so heftig, dass er es garantiert bemerkte. Er fing an, mich zu küssen. Auf die Stirn, dann legte er die Arme um mich. Ich war total angespannt, bis in die letzte Zelle. Das hat er natürlich gespürt. Aber ich nehme mal an, er ging davon aus, dass es an meiner Jungfräulichkeit lag und dass ich einfach Angst davor hatte, entjungfert zu werden, aber daran lag es nicht.«

»Du musst nicht weitererzählen, wenn du nicht willst.« Ich bin mir nicht sicher, ob ich das sage, weil ich Sohane das erneute Durchleben der Geschichte ersparen will oder mir das Zuhören. »Wirklich nicht, Sohane.«

»Ich würde aber gern.« Sie hat Tränen in den Augen. »Ich spreche ja sonst mit niemandem. Mir geht das alles permanent durch den Kopf. Wie ein Film, der sich wieder und wieder abspielt.«

»Das nennt man Flashbacks. Die kommen, wenn man etwas wirklich Schlimmes erlebt hat.« Ich betrachte sie. »Warum traust du mir eigentlich? Also, das kannst du beruhigt tun. Ich meine nur, bei all dem Klatsch und Tratsch hier … Ich verrate niemandem irgendwas. Keine Angst. Aber ich frage mich halt nur: Warum ich?«

»Weil du anders bist.« Sohane trocknet sich die Wangen mit dem Ärmel.

»Bin ich das?«

»Na, du gehst woanders zur Schule. Du hängst hier nicht fest. Du hast keine große Familie, die permanent über dich wacht. Du wirkst einfach nicht wie alle anderen. Oder willst du mir grad sagen, dass ich dir doch nicht trauen kann?«

»Doch, doch, Wallah, du kannst mir trauen.«

»Jetzt klingst du echt ghettomäßig.« Sohane lächelt mit feuchten Augen.

»Ghetto-Girl forever!« Ich erwidere ihr Lächeln, werde aber gleich wieder ernst. »Wie ging es weiter?«

»Er legte mich aufs Bett.« Sohanes Stimme wird immer leiser. »Ich habe noch nie solche Schmerzen gehabt. Nicht, weil ich so angespannt war, sondern weil es sich anfühlte, als würde ich vergewaltigt. Es tat fürchterlich weh, er kam kaum in mich rein. Aber geblutet hab ich nicht. Er schaute mich an und sagte: Ich glaube nicht, dass du noch Jungfrau bist!«

»Scheiße!«, flüstere ich.

Sohane will sich von der Wand abdrücken, rutscht aber ab. Schnell reiche ich ihr die Hand und ziehe sie hoch.

Allmählich wird es kalt hinter dem Busch an der Mauer.

»Was meinst du?«, frage ich. »Wollen wir erst mal reingehen und den Trockner anstellen? Ich möchte den Rest hören, aber mir ist so verdammt kalt.«

Sohane schluckt, dann nickt sie. »Okay.«

Im Waschkeller scannt Sohane ihre Waschkarte am Trockner, nimmt unsere Mäntel, wirft sie hinein und startet das Ding, damit sie schön warm werden.

»Und wie ging es dann weiter?«

»Ich hab total wütend reagiert und ihn gefragt, ob ich seiner Meinung nach wie eine Schlampe aussehe. Also, damit wollte ich natürlich nicht alle Mädchen verurteilen, die keine Jungfrauen mehr sind. Sondern halt so klingen, als wäre ich gegen Sex vor der Ehe und durch seine Worte verletzt.«

»Sehr klug!«

»Na ja …« Sohane zuckt mit den Schultern. »Ich hab also behauptet, dass ich vor unserer Hochzeitsnacht selbstverständlich noch Jungfrau war. Und dass ich mal irgendwo gelesen hätte, nicht alle Mädchen würden beim ersten Mal bluten. Er hatte nämlich mit jeder Menge leuchtend rotem Blut gerechnet, weil seine Kumpels ihm das so geschildert hatten. Und er war rasend vor Wut, weil er so heiß darauf gewesen war, vor ihnen damit rumzuprahlen.«

»Warum hat er seine Kumpels denn nicht einfach angelogen?«

»Gute Frage. Irgendwie war er wie besessen von diesem Blut. Sprach mehrere Tage von nichts anderem. Er konnte einfach nicht begreifen, warum ich nicht geblutet hatte. Tja … und dann … wurde er immer unzufriedener. Fing an, mich zu schlagen, sperrte mich ein und ließ mich hungern. Ich habe oft bei meinen Eltern angerufen, hab geweint und ihnen alles erzählt. Sie sagten aber immer nur, dass ich ihn halt nicht reizen solle, und eine Scheidung sei schließlich die größte Schande überhaupt! Dabei hatte ich ja gar nichts gemacht. Er war nur mit allem unzufrieden, egal, was ich tat. Wenn er zu Hause war und ich fernsah, bekam ich Dresche. Wenn ich zu viel mit meinen Freundinnen telefonierte, bekam ich Dresche. Im Prinzip musste ich immer auf der Hut sein. Und er prügelte auf mich ein, auch wenn ich laut schrie, er solle es lassen. Manchmal habe ich extralaut geschrien, damit die Nachbarn es hören. Aber niemanden hat interessiert, was bei uns los war. Dabei war er wirklich brutal, packte mich, hob mich hoch und warf mich zu Boden, trat mich, hob mich wieder hoch und rammte meinen Kopf gegen die Wand oder gegen die Schranktür.«

»Meine Güte …«

»Ich bin mindestens fünf Mal pro Monat zu meinen Eltern abgehauen, aber sie haben mich jedes Mal wieder von Hamza zurückbringen lassen. Als mein Mann dann anfing, mich einzusperren, damit ich gar nicht mehr vor die Tür kam, fühlte ich mich ganz allein auf der Welt. Ich hab stundenlang geweint. Ich hatte nichts zu essen, niemanden, mit dem ich reden konnte, niemanden, der mich mal in den Arm nahm, nichts.«

»Konntest du nicht weglaufen?«

»Bin ich ja. Schlussendlich. Weil ich Angst um mein Leben hatte. Ich hatte nur meine Hose und eine Strickbluse an, als ich abgehauen bin. Ich schnappte mir mein Handy und rannte die Treppe runter, so schnell ich konnte. So weit weg, wie ich nur konnte. Seitdem bin ich nicht wieder bei ihm gewesen.«

»Und dann hat deine Familie dich wieder aufgenommen?«

»Es war ja nicht zu übersehen, dass es zwischen mir und ihm nicht funktionieren würde. Außerdem war es für Hamza auch lästig, ständig meinetwegen hin und her zu fahren. Und mein Mann wurde immer wütender und wütender. Es war nur eine Frage der Zeit, bis er anfangen würde, mich schlechtzureden. Zu behaupten, ich sei eine schlechte Frau. Deshalb hat meine Familie mich wieder aufgenommen. Aber es ist schwer. Ich fühle mich einfach nicht mehr zu Hause hier. Manchmal sprechen sie tagelang nicht mit mir. So als eine Art Strafe. Weil ich Schande über sie gebracht habe. Immerhin reden im Moment alle nur über Hamza und Fatima. Niemand bemerkt mich. Solange heißer Tee in der Kanne und gekochtes Hühnchen in der Küche stehen, sind alle zufrieden.«

Es ist still im Waschkeller. Der Trockner hat sich abgestellt und Sohane holt unsere Sachen heraus.

»Hier.« Sie reicht mir meinen warmen Mantel. »Tja … Jetzt kennst du also meine Geschichte.«

Ich ziehe den Mantel an und spüre richtig, wie mein Körper sich entspannt. Die Wärme lässt mich sofort wieder an Thea denken, an ihren weichen, warmen Körper unter der Bettdecke, und ich schließe kurz die Augen.

»Hab ich dich mit meinen Worten umgehauen?«

»Nein, nein. Entschuldige. Das war einfach wirklich eine lange Nacht. Danke, dass du mir das anvertraut hast.«

»Danke dir. Normalerweise spricht ja niemand mit mir. Niemand mag ein schlechtes Mädchen.«

»Doch, ich!« Ich schließe die Augen und denke an das schlechte Mädchen, das mit Thea im Bett lag. Ich will sie wiedersehen!

12

Wild Wedding Plans

Mit einem Kribbeln im Bauch nehme ich die letzten Stufen zum Bahnsteig. In drei Minuten fährt der Zug ein und Thea sitzt drin.

Ich hab lange dagesessen und auf die SMS gestarrt, in der ich sie fragte, ob sie zu dem Wedding-Planner-Treffen bei Sohane mitkommen will. Hab echt bezweifelt, dass es eine gute Idee ist, auf *Senden* zu drücken. Irgendwie wirkte es einfacher, es nicht zu tun. Thea nicht wiederzusehen. Aber …

»Tu's!«, säuselte der schwarze Engel. »Das wird richtig gut. Theater, Trubel und Trara. Woohoo.«

»Tu's nicht«, flüsterte der weiße und polierte seinen Heiligenschein. »Du wirst es so bitterlich bereuen. Denk doch mal nach, meine Liebe. Ist es das wirklich wert?«

»Das wird so schön, sie wiederzusehen.« Der schwarze Engel machte einen Kussmund. »Ihre weichen Lippen, ihr Geruch, ihre Hände zwischen deinen Beinen. Das brennende Gefühl von …«

»Khallas! Stopp!«, schrie der weiße Engel kopfschüttelnd. »Tickt ihr beide nicht mehr ganz sauber? Das ist doch fucking verkehrt. Entschuldigt, dass ich fluche. Aber das ist der direkte Weg in die Hölle. Mädchen sollen keine Mädchen küssen. Mäd-

chen sollen, wenn wir schon dabei sind, vor der Ehe überhaupt niemanden küssen. Und wenn sie dann heiraten, auf jeden Fall jemanden mit Penis und kein Mädchen!«

»Mach mal halblang, Bruder.« Der schwarze Engel führte einen wohlplatzierten Kreisritt aus und traf den weißen Engel mit solcher Wucht an der Schulter, dass der es gerade noch schaffte, die Flügel auszubreiten, bevor er auch schon auf den Hintern knallte.

»Das sage ich unserem Vater«, zischte der weiße Engel, holte seinen Notizblock hervor und fing an zu schreiben.

»Wer petzt, bekommt eins versetzt«, stichelte der schwarze und stellte sich ganz gerade hin. »Alle haben ein Recht auf Liebe. Du bestimmst selbst über deinen Körper. Lass dir nichts anderes einreden. Du hast ein Recht darauf, zu leben!«

Der weiße Engel wurde ganz still. Er sah plötzlich sehr nachdenklich aus und ließ den Notizblock sinken.

Ich drückte auf *Senden.*

Thea antwortete sofort.

JA! Ich komm gern zum Wedding-Planner-Treffen!
Freu mich drauf, dich zu sehen :-)

Kann etwas gleichzeitig richtig und falsch sein? Ich habe Lust, ihr alles zu zeigen. Wo ich wohne. Wer meine Familie ist. Und ich möchte alles von ihr wissen. Was sie zum Frühstück gegessen hat und was sie an jedem einzelnen Tag gemacht hat, bis ich sie das erste Mal dort im Krankenhaus traf. Fühlt es sich so an, wenn man verliebt ist? Kann man als Mädchen in ein Mädchen verliebt sein?

Als die Anzeige von drei auf zwei Minuten schaltet, krampft

sich mein Magen zusammen. In wenigen Minuten ist es zu spät. Dann steht sie hier. Was mach ich dann? Sage ich einfach nur Hallo? Umarme ich sie? Einen Kuss geb ich ihr auf keinen Fall. Schnell schaue ich mich um – nicht dass hier jemand herumschwirrt, den ich kenne oder der mit Mama oder Papa befreundet ist. Blicke über die Schulter. Aber überall sind nur unbekannte Gesichter, die auf ihre Handys oder dumpf in die Gegend starren oder Ausschau nach dem Zug halten. Eine Minute. Kann ich noch abhauen? Genau in dem Moment erscheint der Zug in der Ferne. Die Leute um mich herum treten an die Bahnsteigkante. Der Zug fährt ein. Leute strömen heraus. Ich suche blonde Haare. Eine schwarze Lederjacke. Theas Gesicht taucht weiter hinten am Bahnsteig auf. Sie winkt mir zu. Ich winke zurück, meine Beine gehen los, ohne meine Einwilligung. Sie gehen schnell, treffen Thea auf halbem Weg. Sie umarmt mich und schon bin ich wieder umfangen von ihrem Geruch.

»Hallo.« Thea wirkt fast schüchtern. »Echt schön, dich zu sehen, She.«

»Herzlich willkommen im wilden Vestegn.«

Thea lacht und schultert ihren Rucksack. »Und jetzt? Zeigst du mir den Weg?«

»Aber klar, bitte folgen Sie mir unauffällig.«

»Okay, ich bin gespannt.« Sie grinst.

Schweigend schlendern wir nebeneinander.

»Worum geht es denn eigentlich konkret bei so einem Wedding-Planner-Treffen?«, bricht Thea schließlich das Schweigen.

»Man isst massenweise Kuchen und Herzhaftes und spricht mit der Braut über die bevorstehende Hochzeit. Hast du schon mal eine arabische Hochzeit miterlebt?«

»Einmal in Marokko. Aber das ist ganz schön lange her.

Meine Eltern sollten dort eine Reportage schreiben. Das war ein riesiges Fest! Es wimmelte nur so von Menschen. Aber sag mal, werden die Leute es nicht komisch finden, wenn ich da einfach so auftauche?«

»Wir sind Araber, schon vergessen? Je mehr, desto besser. Alle lieben Gäste. Und ich dachte … also, nachdem ich ja schon gesehen hab, wo du wohnst, dass es vielleicht ganz cool wäre, wenn du siehst, wo ich herkomme.«

»Absolut!«, erwidert Thea. »Ich hab mich echt gefreut, dass du gefragt hast. Weil es außerdem noch eine schöne Gelegenheit ist, dich zu treffen.« Sofort bekomme ich feuchte Hände. Zum Glück kann Thea mein Gesicht nicht sehen, ich bin sicher knallrot. Ich räuspere mich.

»Wir sind gleich da.« Ich werde ein bisschen nervös. »Keine Ahnung, ob ich das so ausdrücklich sagen muss, du weißt schließlich, dass nicht alle so liberal denken wie du und deine Familie … Hier darf jedenfalls niemand jemals etwas davon erfahren. Du weißt schon, wovon.«

»Was meinst du mit ›du weißt schon, wovon‹?«

»Mädchen-küsst-Mädchen-Piktogramm.« Ich schaue starr geradeaus.

»Check.« Thea nimmt meine Hand und drückt sie.

»Dazu gehört auch das Mädchen-hält-Händchen-mit-Mädchen-Piktogramm.«

»Check.« Thea lässt mit einem Zwinkern meine Hand wieder los.

Im Hausflur riecht es nach Essen. Vor der Tür im vierten Stock sieht es aus, als hätte jemand ein halbes Schuhgeschäft ausgekippt. Thea und ich werfen unsere Sneakers auf den Haufen.

»Knast auf Kebab?«, frage ich grinsend.

Thea macht sofort mit. »Total Tikka und mega Masala«

»Tikka Masala ist indisch, Blondie. Und pakistanisch«, sage ich. »Wir sind hier zu Gast bei Arabern.«

»Hm ... Dürüm, Darling?«

»Das ist türkisch, du Dummerchen.« Ich lache etwas zu laut. Es hallt durch den ganzen Flur.

»Damned! Döner?«

»Auch türkisch.«

»Heiliger Halāl. Verdammt. Was ist denn nun arabisch?«

»Das hier.« Ich öffne die Tür und gehe vor. »Folgen Sie mir.«

»*Salam aleikum.*« Eine breit lächelnde und extrem geschminkte Minna begrüßt uns im Flur und gibt mir einen Kuss auf jede Wange. »Willkommen, meine Schöne. Und wen hast du uns da mitgebracht?« Thea wird umarmt und ebenfalls auf beide Wangen geküsst.

»Das ist meine Freundin Thea. Sohane meinte, es wäre in Ordnung, wenn ich ...«

»Ja, selbstverständlich.« Minna nickt. »Alle, die an unserer großen Freude teilhaben wollen, sind willkommen. Kommt deine Mutter auch?«

»Leider muss sie heute Nachmittag arbeiten. Aber ich soll sehr herzlich grüßen. Sie wäre gern dabei gewesen.«

»Es muss schwer sein, wenn man einen Mann hat, der ... die eigene Familie nicht versorgen kann.« Minna streichelt mir über die Wange. »Aber nun kommt doch erst mal herein. Schaut einfach, wo ihr ein Plätzchen findet.«

Ich entdecke Sohane, die gerade Teller und Besteck auf den Tischen verteilt. Sie winkt mir zu und deutet auf zwei freie

Sitzkissen in einer Ecke des Wohnzimmers. Wir müssen uns durch fünfzig unterschiedliche Parfums und dazugehörige vorgereckte Wangen kämpfen, bevor wir dort ankommen.

Ich setze mich neben Thea und schaue mich rum. Wenn die wüssten! All die Frauen hier im Wohnzimmer. Wenn die wüssten, was wir getan haben. Im Dunkeln. Sie würden sich in heulende Hyänen verwandeln. Sie würden uns am Stück fressen, nur um uns angeekelt wieder auszuspucken. Aber sie wissen ja nichts. Ich bin nur ein ganz gewöhnliches, bekopftuchtes Mädchen, das einem weißen Mädchen zeigt, wie eine Hochzeit auf arabisch arrangiert wird.

»Wo ist die Braut?«, fragt Thea leise und beugt sich so dicht zu mir, dass ich ihren warmen Atem im Gesicht spüre. Sie riecht nach Pfefferminze und einer Spur Tabak. Ich bekomme prompt Lust auf eine Zigarette.

Ich lehne mich näher zu ihr, spüre ihr Bein an meinem. Ihre Hände liegen in ihrem Schoß. Roter Nagellack und ein großer Ring an der einen Hand, eine Schlange, die sich um ihren Finger wickelt.

»Sie ist sicher in der Küche. Ich vermute, sie stößt gleich dazu.« Ich löse den Blick von ihren Händen und schaue mich um. Auf dem Tisch stehen kleine Teegläser mit Goldrand. Drei Teekannen und ein Teller mit Obst. Medjool-Datteln gefüllt mit Walnüssen, mit Sirup übergossene Baklava, kleine, gedrehte Blätterteigstangen mit Sesamsamen, weiße Kürbiskerne und honiggeröstete Mandeln. Auf dem großen Esstisch warten längliche Teller mit gemischtem Salat, dekoriert mit Zitronenspalten, glatter Petersilie und Pinienkernen.

»Sollten wir nicht helfen?«

»Nein, bleib sitzen. Du bist Gast.«

Alle klatschen und pfeifen, als Fatima mit einem großen Kuchenteller aus der Küche kommt. Sie senkt den Blick, läuft rot an und stellt den Teller auf den letzten freien Flecken auf dem Sofatisch.

Hamza und Fatima forever, steht in silberner, schnörkeliger Schönschrift auf pinkem Fondant.

»Wunderschön!«, kreischt eine Frau neben uns.

Fatima lächelt und setzt sich auf den großen Ledersessel, der extra für sie frei gehalten wurde. Sie schaut auf ihre Hände, die sie andächtig im Schoß gefaltet hat, und wird wieder rot.

»So ein gutes Mädchen«, flüstert eine Frau einer anderen zu. »So rein.«

»Maschallah«, flüstert diese zurück. »Mögen sie viele Söhne bekommen.«

»So Allah will.«

Minna stellt sich hinter Fatima und legt ihr die Hände auf die Schultern.

»Danke, dass ihr heute gekommen seid.« Sie spricht Aarabisch und Thea schaut mich fragend an.

»Was hat sie gesagt?«

»Sie hat uns begrüßt. Warte, ich übersetze für dich.« Ich rücke noch näher an Thea heran, sie legt den Arm um meinen Rücken.

»Die Hochzeit, der Tag, auf den alle warten. Der größte Tag im Leben.« Minna streichelt Fatima über den Kopf und setzt sich dann auf einen Stuhl, den Sohane für sie direkt neben Fatimas Sessel gestellt hat.

Alle nicken.

»Und?«

Theas Gesicht ist ganz nah an meinem. Würde ich den Kopf drehen, unsere Lippen würden sich berühren. Ich schaue steif nach vorn und übersetze weiter: »Alle träumen davon, zu heiraten.«

»Ich nicht.«

»Nein, aber du bist auch keine Araberin.«

»Wir haben heute eine Menge vor. Bitte, stärkt euch. Es gibt Tee. Es gibt Kuchen.«

Sohane steht auf und füllt Tee in die Gläser. Ich nehme zwei entgegen, eins für Thea, eins für mich.

»Fatima, heute präsentieren wir dir das Beste des Besten vor der Hochzeit. Wir alle sind hier, um dabei zu helfen, dass es der schönste Tag in unserem Leben wird.«

Fatimas Blick ist noch immer auf ihre Hände gerichtet, die artig gefaltet in ihrem Schoß liegen.

»Sohane, bringst du eben die Kiste?« Minna nickt zur Vitrine, und Sohane geht hin, um eine Pappkiste zu präsentieren. *My wedding plan,* steht mit großen Buchstaben darauf.

»Ich habe kleine Glückwunschschachteln vorbereitet, die an jedem einzelnen Platz liegen werden.« Minna nimmt mit stolzer Miene eine kleine Schachtel aus dem Karton, löst das Seidenband und hebt den Deckel ab. Darin liegen ein paar Mandeln mit hellblauer Zuckerglasur. Sie holt nach und nach alle Mandeln heraus und legt sie vor sich auf den Tisch. »Eine für Fruchtbarkeit. Eine für Reichtum. Eine für Glück, Gesundheit und einen Sohn als Erstgeborenen. Die Bitterkeit der Mandeln gepaart mit der Süße des Zuckers, als Zeichen der Bittersüße einer Ehe.«

»Was hat sie jetzt erklärt?« Thea lehnt sich neugierig vor und betrachtet die Mandeln.

»Wenn du die Mandeln isst, wird alles super.«

»Im Ernst?«

»Die Mandeln symbolisieren das, was man gern erreichen will. Im Leben. In der Ehe.«

»Das ist doch nett, oder?«

»Möglich. Wenn man an so was glaubt.« Mama würde das lieben. Sie spricht ja jetzt schon ständig von dem Tag, an dem ich heiraten werde. Wen sie einladen will, was ich tragen soll. Fehlt nur noch der Mann. Der ist allerdings eher ein belangloses Detail in Mamas Tagträumen. Außerdem gibt es da ja noch Papa, der gerade sowieso nicht vorzeigetauglich ist. Ich kann mir lebhaft vorstellen, wie er einen Anfall bekommt, weil laute Musik läuft und alle durcheinanderreden.

Minna nimmt eine der Mandeln vom Tisch und lehnt sich damit zu Fatima.

»Bitte, mein Kind.« Sie hält Fatima die Mandel vor den Mund. Fatima kaut und tupft sich dabei mit einer geblümten Serviette den Mund ab.

»Hochzeitsfotograf, Limousine, maßgeschneidertes Brautkleid. Make-up und Schönheitsbehandlungen, Kuchen, Deko, Tanz, Unterhaltung und das beste Essen. Nichts ist zu gut für meinen Jungen.« Minna holt nun ein großes Buch aus der Kiste. »Hier haben wir das Allerbeste zusammengetragen. Fatima, schau mal, ein Schokoladenbrunnen. Und die Eisskulptur eines Schwans. Das wird die beste Hochzeit. Aller Zeiten.«

Lächelnd öffnet Fatima das Buch, das gefüllt ist mit unzähligen Ausschnitten aus Hochzeitskatalogen und -prospekten. Ein paar der Gäste sind aufgestanden, um ihr über die Schulter zu schauen. Ich bleibe neben Thea sitzen, spüre die Wärme ihres Oberschenkels an meinem.

»Sie müssen sehr verliebt sein«, sagt Thea. »Wenn sie sich so viel Mühe mit der Hochzeit geben. Ist es die große Liebe?«

»Vielleicht. Sie müssen sich ja erst mal kennenlernen.«

»Wir haben eine kleine Überraschung für dich, meine Liebe.« Minna klatscht in die Hände, und schon tritt ein Mädchen aus dem Schlafzimmer, hinter ihr ein weiteres, dann noch eins. Plötzlich stehen drei Mädchen mit glänzendem Hochzeitsklunker im Wohnzimmer.

»Eine kleine Modenschau, um das Neueste vom Neuen vorzuführen.« Die Mädchen treten nacheinander vor und drehen sich, alle anderen applaudieren. Eine türkisfarbene Braut mit goldenem Besatz. Eine königsblaue mit Silber und eine im klassischen roten Kleid mit Sari-Schnitt. »Beachtet die ausgefeilten Details. Den chinesischen Kragen, der den Hals bedeckt und so den Hidschab besonders elegant aussehen lässt.«

»Redet sie über das Kopftuch?«, flüstert Thea.

»Genau. Der Hidschab muss zum Kleid passen und wird deswegen extra angefertigt. Es sieht bescheuert aus, wenn ein Stück Hals zwischen Kopftuch und Kleiderkragen freiliegt.«

»Beachtet die Hennaverzierungen an Händen, Armen und Füßen. Und hier, ein kleines, modernes Detail. Dreht euch noch mal um, Mädchen.« Minna hebt die Hand wie eine Dirigentin, sofort drehen die Mädchen uns den Rücken zu, sodass wir auch die Hennazeichnungen direkt unterm Haaransatz sehen können.

»Sinn für Details«, sagt Minna zufrieden. »Ist schon was dabei, das dir gefällt, Fatima?«

Fatima nickt. Wieder klatschen alle und die drei Mädchen verschwinden im Schlafzimmer.

»Sohane, hilfst du den Mädchen aus den Kleidern?« Minna richtet ihr Kopftuch. Sie hat rote Flecken bekommen im Gesicht und am Hals. Es ist warm im Wohnzimmer. »Und danach kannst du das Essen aus der Küche holen.«

»Das wird ja ein gigantisches Fest.« Wir stehen am Buffet, Thea füllt sich gerade Hühnchen und Hummus auf den Teller. »Eine Hochzeit wie aus *Tausendundeiner Nacht.*«

»Ja …« Ich nehme mir ein paar Blätterteigstangen.

Thea beißt herzhaft in das Hühnerbein. »Und das Essen ist leckerlecker!«, sagt sie zu Sohane, die gerade aus der Küche kommt, um Teller und Schüsseln nachzufüllen.

»Danke, das freut mich«, antwortet Sohane und lässt den Blick über die Tische schweifen. »Hat auch ein paar Tage gedauert, das alles vorzubereiten.« Sie hat dunkle Schweißflecke auf dem hellblauen Kleid, das über Brust und Bauch spannt.

»Du siehst erschöpft aus, Sohane.« Ich lege ihr die Hand auf die Schulter.

»Du weißt ja, ich kann gerade nicht gut schlafen.« Sie macht einen Schritt beiseite, um einen Teller mit Kebab wieder an seinen Platz zu rücken.

»Amüsiert ihr euch?« Minna schiebt sich zwischen Sohane und mich. »Wie ist es, die Vorbereitungen zu einer richtigen Hochzeit mitzuerleben?« Sie lächelt Thea an.

»Ganz großartig.« Thea nickt höflich und tupft sich den Mund mit einer Serviette ab.

Es ist dunkel, als wir vor der Haustür stehen. Ich atme tief ein und spüre, wie die kalte Luft in meine Lunge strömt. Ich kann wieder atmen.

»Danke, dass du mich mitgenommen hast.« Thea fasst nach meiner Hand. Ich schaue mich um. Kein einziges Augenpaar. Werfe einen Blick zu den Balkonen. Niemand zu sehen.

»Ich fand's richtig spannend, mitzuerleben, wie eine arabische Hochzeit vorbereitet wird. Aber ich wäre ernsthaft fast vom Stuhl gekippt, als die zukünftige Schwiegermutter plötzlich die Spitzenunterwäsche aus der Pappschachtel zog. ›*Und jetzt dürft ihr alle mal begutachten, was meine zukünftige Schwiegertochter anhaben wird, bevor sie mit meinem Sohn vögelt.*‹«

»Moment, so hat sie das doch gar nicht gesagt.«

»Das *hätte* sie aber genauso gut sagen können. Kannst du dir vorstellen, dass deine zukünftige Schwiegermutter aussucht, was du in deiner Hochzeitsnacht trägst? Das ist doch fürchterlich grenzüberschreitend. Außerdem dachte ich, Araber sprechen nicht über Sex. So offen jedenfalls, bam, alles auf'm Tisch.«

»Du bist verrückt. Arabische Frauen reden ziemlich viel über Sex. Solange keine Männer anwesend sind und wenn es halāl ist.«

»Halāl? Was bedeutet das?«

»So was wie zulässig, was halt erlaubt ist. Wenn es um Sex mit dem Ehemann geht.«

»Also, bevor man heiratet, ist es verboten. Und danach …«

»Immer raus damit«, sage ich lachend. »Da kann man es nicht oft genug treiben. Und in der Hochzeitsnacht muss es selbstverständlich im besten Fall aussehen, als hättest du direkt auf dem Laken ein mittelgroßes Kuscheltier – halāl – geschlachtet.«

»Abgefahren! Und was machen wir jetzt?« Thea lässt meine Hand los und holt ihr Handy aus der Tasche. »Es ist erst halb zehn.«

»Keine Ahnung. Worauf hättest du denn Lust?«

»Musst du nach Hause?«

»Ist eh niemand da. Wir können gern ein Stück gehen … Vielleicht runter zum Wasser?«

Thea nickt, und so schlendern wir den stillen Weg entlang, der direkt zum Ufer führt.

»Sohane ist die ganze Zeit nur rumgerannt und hat serviert. Sie wirkte nicht gerade glücklich. Also, im Verhältnis zu den anderen. Ist denn alles in Ordnung mit ihr?«, fragt Thea.

»Kann ich nicht sagen. Ich weiß, dass sie nicht gerade der Partyknaller ist. Aber es ist sicher auch kein Spaß, die Schwester des Bräutigams zu sein. Eine Hochzeit vorzubereiten, grenzt an Arbeitslager.«

»Aber sie macht es trotzdem?«

»Hat sie eine andere Wahl?«

»Man hat immer eine andere Wahl.«

»Hat man?«

»Ja!«, sagt Thea entschieden.

»Nicht alle können immer frei entscheiden.«

»Doch, ich finde schon. Aber es ist eben nicht jeder bereit, die Konsequenzen zu tragen.«

»Soll heißen?«

»Manchmal ist es eben nicht leicht, wenn andere etwas von einem erwarten, was man selbst nicht will.«

»Also, ich weiß nicht … Man kann doch nicht alles steuern oder selbst bestimmen. Ich habe mir zum Beispiel nicht ausgesucht, dass mein Vater krank und meine Mutter den lieben langen Tag müde ist.«

»Nein, aber du kannst immer noch das Beste aus der Situation machen.«

»Hm.« Ich kicke einen Stein vom Weg.

»Aber vielleicht hast du in einem Punkt recht.« Thea bleibt stehen.

»In welchem?« Ich schaue sie an.

»Man kann sich zum Beispiel nicht aussuchen, in wen man sich verliebt.«

»Nein. Du Thea, … Da gibt es übrigens etwas, was ich dich längst fragen wollte, aber ich wusste nicht, wie. Und auch nicht, ob das überhaupt okay ist.«

»Schieß los.«

»Bjørk. Sie hat was gesagt, das so klang, als wäret ihr beide …«

»Du willst wissen, ob ich mal mit Bjørk zusammen war?«

»Das geht mich natürlich nichts an …«

»Wir haben geknutscht. Ein paar Mal. Aber das war nichts Ernstes.«

»Also warst du schon einmal mit einem Mädchen zusammen.«

»Das kann ich wohl so stehen lassen. Mit zweien, um genau zu sein.«

Wir sind vor einem Haus stehen geblieben. Eine Frau ist in der hell erleuchteten Küche und macht irgendwas an der Spüle. Hinter ihr steht ein Mann, er hat die Arme um sie gelegt. Sie sehen glücklich aus. Er gibt ihr einen Kuss in den Nacken. Ich wende mich ab.

»Ich mag dich, Sheherazade.«

»Ich mag dich auch.« Die Worte klingen fremd, fühlen sich fremd an in meinem Mund, meine Stimme zittert. Das habe ich noch nie zu jemandem gesagt. Mein Herz hämmert, ich halte die Luft an.

Die Zeit steht still, als Thea die Arme um meinen Hals legt und mich mit weichen Lippen küsst. Ich habe das Gefühl, mein ganzer Körper bebt, während ich ihren Kuss erwidere.

Man kann sich also in ein Mädchen verlieben. Das weiß ich jetzt.

13

Abartig anders

»*Wo kommt das beste Spielzeug her?*«, dröhnt es aus dem Wohnzimmer, als ich meine Tasche im Flur abwerfe.

»Natürlich von BR!«, brüllen die Kinder, die mit einer Schale Chips und roter Saftschorle vorm Fernseher sitzen.

Mama passt heute auf die drei kleinsten Kinder unserer Nachbarin auf, die beim Arzt ist. Die Kleinen kommen hin und wieder zu Besuch. Ihr Mann ist nämlich Taxifahrer und fast nie zu Hause. Mama liebt es, die Kinder zu hüten. Dann kocht sie für die Kleinen, spielt mit ihnen und hat gute Laune.

»Na, ihr Knirpse.«

Sie kleben förmlich am Fernseher, drehen sich nicht mal nach mir um, sondern sagen wie aus einem Mund: »*Salam aleikum, Sheherazade.*«

Das Kleinste liegt auf dem Boden und nuckelt an der Ecke des Teppichs.

»Meinst du nicht, du solltest ihnen was zu essen geben, bevor sie auch noch anfangen, die Möbel anzuknabbern?«, rufe ich Mama zu, die in der Küche steht. Sie lacht laut.

»Bin doch schon dabei, Habibti. Deckst du den Tisch?«

»Ich muss eigentlich sofort wieder los.«

»Wohin denn? Du wusstest doch, dass Ahmed, Ayvaz und der kleine Deniz heute hier sein würden.«

»Wir treffen uns in der Schule wegen einer Gruppenarbeit.«

»So kurz vor den Weihnachtsferien?« Mama streckt den Kopf zur Tür hinaus.

»Ja. Wenn ich Ärztin werden soll, muss ich schließlich büffeln. Selbst wenn bald Weihnachtsferien sind.«

»Isst du denn trotzdem mit, bevor du gehst?«

Ich werfe einen Blick zur Uhr.

»Okay, das müsste gerade noch hinhauen.«

Die Kinder sitzen um den Küchentisch, ich habe den kleinen Deniz auf dem Schoß und halte ihm eine Pommes direkt vor die Nase.

»Schau mal, kleiner Mann, schmeckt das nicht viel besser als Teppichboden?«

Er greift mit seinen kleinen, dicken Fingern nach der Pommes und versenkt sie im Mund.

»Was würdest du lieber machen: dir die Augen ausstechen, von einem Krokodil gefressen oder in einen riesigen Eimer mit Feuerquallen gesteckt werden?« Ahmed betrachtet mich neugierig, während Mama ihm ein regelrechtes Festessen aus Frittiertem auf dem Teller anrichtet. Nuggets, Pommes und irgendwas Undefinierbares.

»Und ich muss mich für eins entscheiden?« Ich schnappe mir einen Mozzarellastick und tunke ihn ins Chutney.

»Ja, für eins.« Ahmed sieht mich mit großen braunen Augen an.

»Okay, also, wenn ich mir die Augen aussteche, bin ich blind. Wenn ich von einem Krokodil gefressen werde, bin ich tot. Deshalb nehme ich die Feuerquallen. Wisst ihr, was man macht, wenn man eine Feuerqualle berührt hat?«

»Nein.« Ahmed und Ayvaz schütteln die Köpfe.

»Man pullert auf die Stelle.«

»Pullert!« Ayvaz und Ahmed grölen vor Lachen.

»Pullermann!«, kreischt Ahmed.

»Sheherazade, du drehst sie ja total auf. Los, esst, Jungs.«

»Darauf pullern.« Ayvaz spritzt vor lauter Lachen die Cola aus dem Mund.

»Jetzt hört ihr damit auf.« Mama wischt mit einer Serviette über die Tischplatte.

»Klopf, klopf.« Ahmed tippt mir auf die Schulter, während ich versuche, Deniz' Mund mit einem Nugget zu treffen.

»Wer ist da?«

»Anna.«

»Anna wer?«

»Anna Tür hat wer geklingelt.« Ahmed klopft auf den Tisch und lacht, dass ihm das Essen aus dem Mund fliegt. Deniz hüpft begeistert auf meinem Schoß und Ayvaz hat sich je eine Pommes in die Ohren gesteckt.

»Sheherazade, wolltest du nicht gehen? Du bist mir hier nicht gerade eine Hilfe.« Mama sieht mich müde an.

»Dann bin ich jetzt weg.«

»Wann kommst du zurück?«

»Früher Abend. Allzu spät wird es nicht.«

»Ich muss um acht zur Arbeit. Bist du dann schon wieder zu Hause?«

»Nein, so schnell geht es dann doch nicht. Ist ein recht kompliziertes Chemieproblem, das wir lösen müssen. Wir sehen uns erst, wenn du morgen früh zurückkommst.« Ich setze ihr

Deniz auf den Schoß. Die Jungs winken, als ich im Flur verschwinde, um meinen Mantel anzuziehen. Ich rufe Mama noch schnell »Tschüss« zu, hole die Tasche, die ich gestern schon gepackt habe, unter dem Schuhregal hervor und schließe die Wohnungstür hinter mir.

Ich stecke fünf Kronen in den Automaten vor den Toiletten des Hauptbahnhofs. In einem der WCs stelle ich die Tasche auf das Waschbecken, öffne sie, hole mein Make-up-Etui heraus und lege es auf die Ablage. Betrachte mich im Spiegel.

Blaues Kopftuch, frostrote Wangen und trockene Lippen. Sofort gehe ich auf die Suche nach meiner Lippenpflege und trage eine dicke Schicht auf. Auf Lippen, die Thea geküsst haben. Verteile Concealer unter den Augen, zu beiden Seiten der Nase, da, wo ich so rot bin, und am Kinn, wo mir ein Pickel gewachsen ist. Verteile den Concealer mit den Fingern, bis er eins mit meinem restlichen Gesicht geworden ist. Tupfe dünn Puder auf und verteile ihn mit dem großen, weichen Pinsel. Reibe vorsichtig mit dem Zeigefinger im Rouge und fahre mir schräg damit über die Wange. Trage hellen Lidschatten auf und male noch einen schwarzen Strich an die Ränder. Dann noch ein bisschen dunkler Lidschatten dazu und schließlich Wimperntusche.

Ich begutachte mich.

Große braune Augen, lange Wimpern, weiche Lippen und schön geformte Brauen. Ich ziehe die Nadel aus dem Kopftuch, nehme es ab, löse das Zopfgummi, sodass mir das Haar über die Schultern fällt. Sie ist es, die Thea sieht. Sie, die nackt unter der warmen Decke in der teuren Wohnung in Østerbro lag. Ich betrachte mein Spiegelbild, schaue dem Mädchen in die Augen, das auf Thea steht. Ich fasse die Haare wieder zusammen, mache sie mit dem Gummi auf dem Kopf fest und binde das Kopftuch darüber. Jetzt erkenne ich sie wieder. Sheherazade, die fromme Tochter von Amal und Jamil Jenin.

Ich lese Theas Nachricht noch einmal. In der letzten Nachricht steht, dass wir uns am Hauptbahnhof vor der Anschlagtafel treffen. Die Weihnachtsfeier an der Schule hat Tradition. *Last christmas I gave you my heart*, Weihnachtsbier, Tanzen und Würfelspiele. Normalerweise gehe ich allein, aber diesmal kann ich Thea als Gast mitbringen. Sie wiedersehen. Sie hat sofort zugesagt, als ich vorsichtig anfragte, ob sie mitkommen wollte, kurz bevor wir uns nach dem Wedding-Planner-Treffen am Bahnsteig verabschiedet haben. Es war dunkel, als wir uns hinter dem Bahnhofsgebäude küssten, wo fast nie jemand ist. Trotzdem bin ich bei jedem kleinen Geräusch zusammengezuckt und hab mich umgesehen.

»Na, Süße.« Thea kommt mir entgegen, schwarze Lederjacke, enge Jeans, offenes Haar und roter Nagellack. Wir umarmen uns. Sie riecht nach Seife und Shampoo. Der Hauptbahnhof ist ein Ort der Wiedersehensfreude, des Abschieds und des Küssens. Hier gibt es niemanden, der Notiz von zwei Mädchen nimmt, die sich einen Kuss geben. Wir werden eins mit der Menschenschlange auf der Rolltreppe und springen schnell in den Zug, der schon eingefahren ist.

Im Zug sitzen wir zwei Damen gegenüber, die sich so laut unterhalten, dass auch noch der letzte Passagier alles über ihre dysfunktionalen Familienverhältnisse mitbekommt. Dame Nr. 1 hat eine Schwiegertochter, die sie als Kuh bezeichnet. Beziehungsweise, um ganz genau zu sein: als fette Kuh. Die fette Kuh bestimmt, wo der Schweinebraten zu stehen hat, um es mal so zu sagen. Und der arme Sohn muss sich schwitzend mit der Soße abmühen, während seine Frau wiederkäuend auf dem Sofa rumlungert. Die Dame klagt, wie gern sie Weihnachten mit ihrem Sohn feiern würde, aber sie kann sich wegen der Schwiegerkuh nicht überwinden. Dame Nr. 2 nickt. Sie kennt das alles nur zu gut. Sie findet, es ist kein Zufall, dass sich Ex auf Hex reimt. Die Exfrau ihres Mannes ist eine wahre Schreckschraube. Eine kontrollsüchtige Frau, die aufs Übelste die Kinder gegen ihn aufbringt. Aufs Übelste!

»Fröhliche Weihnachten«, flüstert mir Thea ins Ohr und grinst. Ich grinse mit. Wie gut zu wissen, dass nicht nur meine Familie so gestört ist. Ich fühle mich fast normal.

Schon vor der Schule riecht es nach Glühwein und Tannenzweigen. Ein Mädchen in sehr knappem Weihnachtskostüm steht am Eingang und versucht, sich eine Zigarette anzuzünden. Als wir näher kommen, erkenne ich, dass es Tine ist.

»Hallo. Wusste gar nicht, dass du kommst.« Sie schüttelt das Feuerzeug. »Dreckding.«

»Selbstverständlich. Die Feier lasse ich mir doch nicht entgehen. Brauchst du Feuer?«

»Hast du etwa Feuer?« Tine sieht überrascht aus. »Du darfst doch nicht mal rauchen.«

Ich fische mein Feuerzeug aus der Tasche und reiche es ihr. »Das brauche ich, um die Bombe zu zünden, die ich mir um den Bauch gebunden habe.«

»Sehr witzig.« Tine zündet sich ihre Zigarette an. »Du rauchst also. Gibt es noch mehr, was wir nicht über dich wissen?«

»Es gibt eine ganze Menge, was du nicht über Sheherazade weißt«, sagt Thea und grinst.

»Und du bist?« Tine gibt mir das Feuerzeug zurück.

»Das ist meine Freundin Thea. Wir sehen uns drinnen.« Ich hake mich bei Thea unter. »Komm, wir gehen rein.«

Gedämpftes Licht, laute Musik. Die Leute stehen in kleinen Grüppchen zusammen und quatschen.

»Wie ich sehe, steuerst du was Leckeres zum gemeinschaftlichen Buffet bei!«, ruft Mikkel so laut, dass sich alle zu uns umdrehen.

»Cool, junges knackiges Gemüse!« Kenneth lacht, Thea schüttelt bloß den Kopf.

»Schön, dass du gekommen bist.« Kim umarmt mich und begrüßt Thea.

Um Platz in der Kantine zu schaffen, sind Tische und Stühle an die Wände geschoben worden, in der Mitte hängt eine Discokugel von der Decke. *Jingle Bells* dröhnt aus zwei großen Lautsprechern, ein paar vereinzelte Mädels aus der Parallelklasse mit Weihnachtsmützen und blinkenden roten Rudolfnasen sind auf der Tanzfläche. Wir hängen unsere Mäntel auf.

»Stell mich mal der weihnachtlichen Augenweide vor.« Mikkel blinzelt Thea zu. »Wie wäre es mit etwas warmem Wein?«

Thea nickt zustimmend.

»Und für dich?« Mikkel schaut mich an. »Kranenburger?«

»Ich hätte auch gern Glühwein, danke.«

»Okay, zweimal Glühwein für die Damen.«

Kurz drauf kommt Mikkel mit zwei Plastikbechern zurück. Der Inhalt sticht in der Nase und schmeckt wie warmer Saft. Nur schlechter. Ich wärme meine kalten Hände am Becher, während ich meine Mitschüler beobachte, wie sie um Thea herumhüpfen, als wären sie die Hausfrauen von Vestegnen und Thea der neue Aldi-Prospekt. Kenneth lächelt charmant und fordert Thea zum Tanzen auf, denn gerade läuft der absolute Weihnachtsklassiker und die Tanzfläche ist auf einmal gerammelt voll. Abgesehen von der Ecke, in der der Mistelzweig hängt.

»Sie will doch gar nicht mit dir tanzen!« Mikkel schubst Kenneth spielerisch beiseite, der dasteht und Thea dämlich angrinst. »Mich will sie, oder?«

»Kaum geht der Alkohol oben rein, geht der Verstand unten raus, hat meine Oma immer gesagt«, sagt Thea trocken und nimmt meine Hand.

Mikkel und Kenneth schauen uns nach, als Thea mich auf die Tanzfläche zieht, wo der etwas schnellere Song von *Last Christmas* abgelöst wird. Alle grölen mit. Wir werden geschubst und gestoßen, weshalb wir ganz dicht aneinanderrücken. Thea legt mir die Arme um den Hals. Die laute Musik dröhnt mir in den Ohren …

»Thea, mir gefällt das nicht! Die Musik ist zu laut. Und es sind zu viele Menschen hier.«

Die kleinen Probleme daheim

1. Mekka
2. Jerusalem
3. Nein, immer Richtung Mekka
4. Krim
5. Ein Schneemensch
6. Fakir
7. Iran
8. Der Stör
9. Afrikanische Elefanten haben größere Ohren
10. Brillenschlangen

Der Nachbar von oben hört so laut Musik, dass der Bass durch die ganze Wohnung dröhnt. Papa läuft in die Küche und schnappt sich den Besen. Kickt die Flipflops von den Füßen und klettert aufs Sofa, wo er leicht schwankend steht, bis er das Gleichgewicht wiederfindet. Dann rammt er mit aller Kraft den Stiel gegen die Decke.

– Mach die Musik aus, brüllt er.

– Khallas!

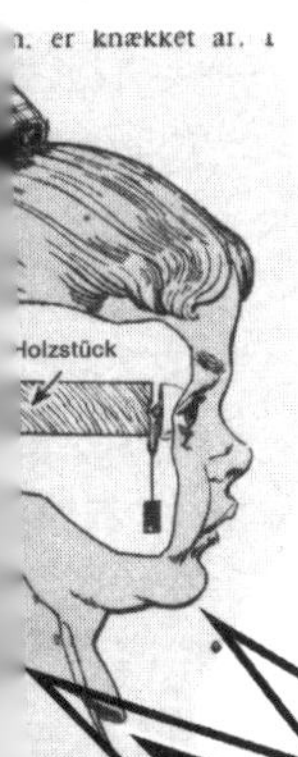

OHN MACHT

Die Musik wird nicht leiser. Jedes Mal, wenn der Stiel gegen die Decke rammt, rieselt weißer Putz aufs Veloursofa.

– Hör damit auf. Mama sieht nervös aus.

– Sie stellen es sicher bald leiser. Und außerdem ist Samstag. Die Leute müssen ab und zu mal ausgelassen sein.

– Lass das doch, Papa. Ich gehe zu ihm rauf.

Aber er hört mich nicht.

– Khallas.
Aufhören!

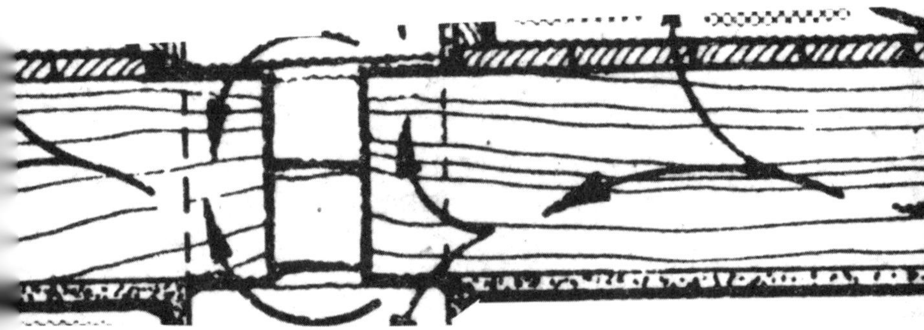

Die Musik wird noch lauter. Papa schleudert den Besen weg, direkt in die Glasvitrine. Mama rennt hin.

– WAS MACHST DU DENN? JETZT IST DIE SCHEIBE KAPUTT. Sie hat Tränen in den Augen.

Papa krabbelt auf allen vieren auf dem Boden herum und sucht seine Flipflops. Findet einen unterm Sofa, den anderen unterm Esstisch, zieht sie an und marschiert zur

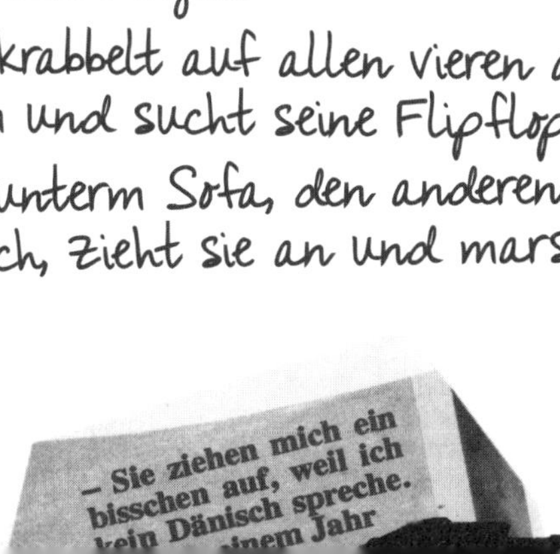

Wohnungstür, die er krachend hinter sich zuwirft. Wir können hören, wie er oben gegen die Tür klopft. Die Musik läuft weiter. Er klopft noch einmal. Lauter diesmal.

– Wir müssen ihn aufhalten. Ich gehe zu Mama, greife nach ihren Händen, die sie vors Gesicht geschlagen hat. Schaue ihr in die Augen, die rot und feucht sind.

ÄNGSTE IM GHETTO

– Mama, hörst du? Wir müssen ihn aufhalten. Das nimmt sonst kein gutes Ende.

– Ich kann nicht mehr. Ich will nicht mehr. Ich will sterben.

Krise

Fesche Junggesellin

Werden sie schreiben und sprechen wie Einheimische

– Mama, hör auf. Sag doch so was nicht.

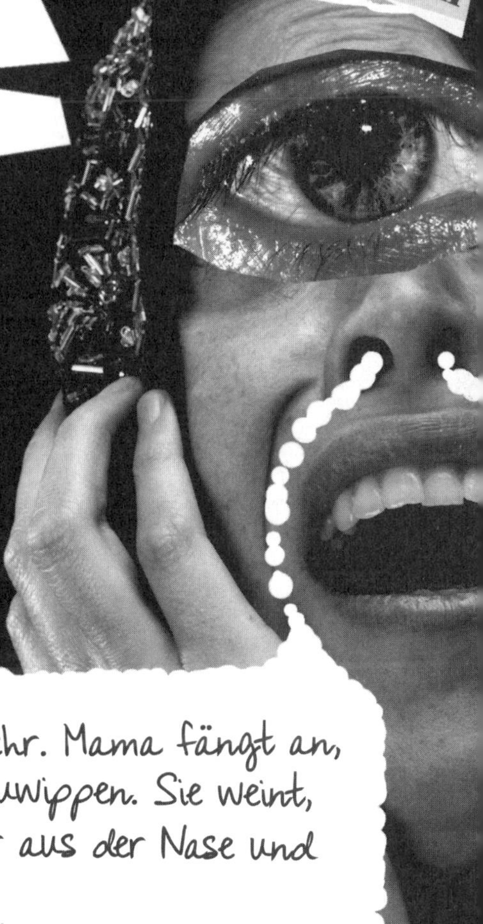

EUES
OBBY
esonders geeignet für junge Damen

– Ich kann nicht mehr. Mama fängt an, vor- und zurückzuwippen. Sie weint, der Rotz läuft ihr aus der Nase und sie wimmert.

– Mama, hör auf. Bitte.
Ich lege die Arme um sie, aber sie stößt mich weg.

Und nächste Woche:
Ein Mädchen aus dem Ghetto,
das niemand leiden kann

– Ich bin tot. Ich bin tot. Ich habe kein Leben. Wir hätten bleiben sollen, uns von den Bomben in Stücke reißen lassen. Dann hätte ich jetzt Frieden.

– Und ich?

– Und du? Was ist mit dir, Sheherazade?

Mama schaut mich an. – Es geht doch um dich. Wir sind geflohen, deinetwegen.

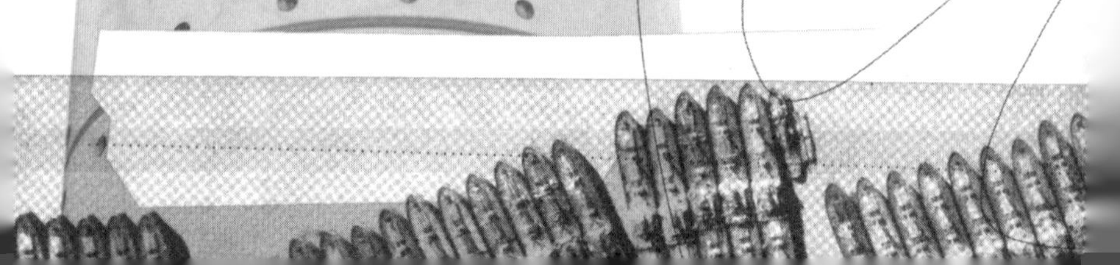

Du hast eine
Zukunft. Ich habe nichts.
Ich bereue es, dich geboren zu
haben. Ich bereue es, geheiratet
zu haben. Ich bereue es,
selbst geboren worden zu sein.
Sie schlägt wieder
die Hände vors Gesicht.

»Was hast du gesagt?« Thea dreht ein Ohr in meine Richtung.

»Entschuldige, Thea, ich komme gerade nicht klar. Die Musik ist zu laut.«

»Was?!«

»Ach, nichts.« Ich schüttle den Kopf. »Entschuldige.«

»Du musst dich nicht entschuldigen. Komm mit aufs Klo, da kann ich dich besser verstehen.«

Wir steuern die Toiletten an. *If you want to achieve greatness, stop asking for permission*, hat dort jemand an die Wand gesprayt.

»Mir ist das zu viel«, erkläre ich Thea. »Ich bin so viele Menschen nicht gewöhnt. Und die Musik macht mich nervös. Sie erinnert mich an etwas, an das ich gerade nicht denken will. Und sprechen möchte ich darüber auch nicht.«

»Alles gut.« Thea streichelt mir über die Wange. »Ich geh mal eben aufs Klo, wartest du hier auf mich? Ich beeil mich auch.«

»Du steckst voller Überraschungen, nicht wahr, Sheherazade?« Kim steht ebenfalls vor den Toiletten und schaut jetzt von seinem Handy auf.

»Wovon redest du?«

»Ja, wovon wohl? Ich bin schließlich nicht blind.«

»Du hast zu viel Glühwein getrunken.« Ich werfe einen Blick zur Toilettentür.

»Okay, dann bohre ich nicht weiter.« Kim steckt das Handy in die Tasche. »Aber ich möchte betonen, dass ich überrascht bin. Ich hätte nicht gedacht, dass du den Mut hast.«

»Welchen Mut?«

»Ich meine ja nur. Ich hätte nicht gedacht, dass du dich so was traust.«

»Keine Ahnung, was du meinst.«

»Ach, komm. Das riecht selbst auf Entfernung ziemlich nach *love.*« Kim formt ein Herz mit den Händen.

»Kim, das ist nicht lustig.«

»Nein, das ist mir klar.« Kim sieht plötzlich ernst aus. »Ich bin doch nicht blöd. Und obwohl du nicht mit Jungs in einem Zimmer schlafen darfst, lässt dir das trotzdem noch lange keine freie Hand bei den Mädels. Sonst wäre das eine ziemlich freie Deutung von girls only, oder? Aber mach dir keine Sorgen! Ich halte die Klappe. Du solltest nur wissen, dass man es sehen kann.«

»Was sehen kann?«

»Dass da was läuft zwischen euch beiden. Etwas, das weit über Freundschaft hinausgeht.«

»Worüber lästert ihr denn hier?« Tine kommt angewankt. Ihr Kostüm sitzt schief und ihre Netzstrumpfhose hat mittlerweile eine Laufmasche.

»Wir haben gerade entschieden, dass du definitiv schon genug Glühwein intus hast«, sagt Kim.

»Fickt euch.« Tine öffnet die Klotür, als Thea gerade herauskommt.

»Lass uns abhauen. Wir gehen zu mir. Komm.« Sie nimmt meine Hand.

»Viel Spaß!«, ruft Kim uns nach.

Thea hält meine Hand fest umklammert und so laufen wir zusammen hinaus in die Kälte.

Es kribbelt in meinen Fingern und Zehen, als die Wärme langsam zurückkehrt. Wir liegen im Dunkeln zusammen unter Theas Bettdecke.

»Du bist schön, She.« Thea streicht mir eine Strähne aus dem Gesicht und küsst mich auf die Schulter. »Wunderbar und klug. Ganz anders als alle anderen, die ich kenne.«

»Anders? Ist das jetzt gut oder schlecht?« Ich spüre Theas Lippen an meiner Schulter und stelle mir vor, wie die beiden Engel verschreckt und verwirrt auffliegen, weil sie nicht mehr wissen, was richtig und falsch ist. Vielleicht wurden sie schon vom himmlischen Vater zur Unterredung einbestellt.

»Sie wirkt durchaus verliebt.« Der weiße Engel putzt sich die Federn. »Also, Verliebtsein gehört ja definitiv auf die Pro-Seite, also auf meine. Aber der Zeitpunkt ist Mist und völlig falsch. Vor der Ehe. Und noch dazu mit einem Mädchen … Sie muss da was fundamental missverstanden haben. Das ist doch völlig verkehrt.«

»Es ist verkehrt.« Der schwarze Engel grinst diabolisch. »Es ist vielleicht sogar abartig anders.«

Ich stelle mir vor, wie der himmlische Vater dort auf seiner Wolke sitzt und sich nachdenklich durch den Bart fährt.

»Das ist in der Tat kein leichter Fall. Aber ich kümmere mich darum, wenn ich den Konflikt im Gazastreifen gelöst habe.«

»Anders ist definitiv gut. Wenn ich jemanden nach seiner Meinung frage, dann kann ich meist die Antwort vorhersehen. Bei dir ist das anders, da weiß ich vorher nie, was du denkst. Außerdem bist du so hübsch. Hab ich das eigentlich schon mal erwähnt?« Thea lacht leise.

»Kann sein.« Ich merke, dass ich rot anlaufe, aber das bekommt Thea zum Glück nicht mit. Da ist es ja egal. Alles ist egal. Thea küsst mich auf den Hals, dabei streichelt sie mein Gesicht.

»Versuch mal, dich zu entspannen.« Theas Stimme ist nicht mehr als ein Flüstern, ganz nah an meinem Ohr. Ich schließe die Augen und atme tief ein.

»Ich mag dich sehr.« Theas warmer Atem dringt warm in mein Ohr, ich bekomme sofort eine Gänsehaut.

»Ich …«

»Ich weiß«, sagt Thea und schiebt ihre Hand zwischen meine Beine.

»Ist das in Ordnung?« Thea hat ihre Beine um meinen Oberschenkel geschlungen, ihre Hand bewegt sich. Ich halte die Luft an und presse mich gegen ihre Hand.

»Küss mich«, sagt Thea. Ich drehe den Kopf, meine Lippen treffen ihre. Es gibt nichts und niemanden mehr außer uns.

14

Du kommst in die Hölle

Die Krankenhauskantine ist proppenvoll. Es ist Frühstückszeit. Die Leute stehen mit Tabletts an. Ich finde einen Teller mit Brot, Fischfilet und Fischfrikadelle. Massenweise Remoulade. Und eine Cola, um den Kloß im Hals hinunterzuspülen. Ich habe bei Papa im Zimmer gesessen. Er war ganz still. Die Krankenschwester meinte, das läge an den Medikamenten, die sie ihm geben. Ich suche einen freien Platz und entdecke einen in der hintersten Ecke. Von hier habe ich alles im Blick, ohne selbst bemerkt zu werden.

Mein Handy verrät mir, dass es noch lebt. Ich habe eine SMS von Thea bekommen.

Ich bin im Krankenhaus. Wollen wir uns treffen?

Ich bin in der Kantine. Und du?

Kakaoautomat.«

»Okay. Bin in 20 min da.

Okay.

»Was ist passiert?«, frage ich Thea, als ich kurz darauf beim Kakaoautomaten eintreffe. Das Tablett mit meinem Essen steht noch unberührt in der Kantine. Irgendetwas stimmt nicht mit ihr. Sie sieht aus, als hätte sie geweint. Trotzdem muss ich lächeln. Es ist so schön, sie wiederzusehen. Ich spüre plötzlich, wie wahnsinnig ich sie vermisst habe.

»Ich kann nicht mehr.« Sie nimmt meine Hand, ich drücke sie. Es fühlt sich gut an, sie wieder zu berühren. »Es ist einfach so verdammt hart. Mit meiner Mutter. Immerhin sagen sie, die Chancen stehen gut, dass sie wieder gesund wird. Du kannst dir nicht vorstellen, wie heftig das ist.«

»Hm.«

»Na, okay. Du kannst das. Aber andere eben nicht. Es ist so merkwürdig. Das Leben geht für alle einfach weiter, als wäre nichts passiert. Und man selbst sitzt da und nichts stimmt mehr.«

»Das sagst du der Richtigen.«

»Die haben auf der Station megaviel zu tun. Allen anderen Patienten geht es auch supermies. Ich weiß schon, dass meine Mutter nicht die Einzige hier ist. Dass es noch andere gibt, um die sie sich kümmern müssen. Trotzdem …«

»Ja?«

»Ich komme her, um sie zu besuchen, komme ins Zimmer. Da liegt sie da im Bett.« Thea hat Tränen in den Augen. »Da liegt sie da im Bett …«

»Ja?«

»Und die Sonne knallt durchs Fenster direkt auf ihren Kopf. Ich habe keine Ahnung, wie lange sie so dagelegen hat. Tränen kullern ihr aus den Augen. Sie kann sich doch nicht bewegen. Kann weder wegrücken noch die Gardine vorziehen. Sie kann sich doch nicht bewegen.« Thea weint jetzt richtig.

Ich drücke sie an mich. Wische ihr die Tränen mit der Hand vom Gesicht.

»Thea, ich bin für dich da. Ich versprech dir, dass du das Ganze hier durchstehen wirst. Und du bist doch nicht allein. Ich bin da.«

Wir stehen dicht beieinander. Ich spüre ihren Atem an meinem Hals. Sehe mich um. Wir sind ganz allein auf dem Flur. Ich nehme ihr Gesicht in beide Hände und schaue ihr tief in die Augen. Küsse ihre feuchten Wangen, ihre Lippen. Sie erwidert den Kuss. Ich weiß nicht, wie lange wir so dastehen. Alles andere ist unwichtig. Das Einzige, was zählt, sind Theas Hände auf meinem Rücken und ihre Lippen.

»SHEHERAZADE JENIN!« Scharf wie geschliffener Stahl. Fährt mir in den Bauch wie ein Messer. So heftig, dass ich den stechenden Schmerz des Stoßes direkt unterhalb der Rippen spüre. Mein Gesicht glüht. Mama …

»Scheiße.« Ich stoße Thea weg.

»Was ist los?«, fragt sie verwirrt.

»Sheherazade, wir gehen jetzt sofort nach Hause!« Mama steht hinter uns im Flur, ganz bleich im Gesicht, die Hände sind zu Fäusten geballt.

»Mama, ich …«

Sie kommt zu mir und zwickt mir in den Arm. Wirft Thea dann einen wütenden Blick zu.

Thea sammelt erschrocken ihre Sachen zusammen und schaut mich groß an.

»Geh ruhig, Thea, ich komme schon klar. Geh jetzt.«

Thea dreht sich mehrfach nach Mama und mir um, während sie mit großen Schritten den Flur entlangläuft und dann verschwindet. *»Alles in Ordnung?«*, fragen ihre Augen.

»Ja, alles in Ordnung«, antworten meine.

»Ab nach Hause, und dann reden wir!« Mama macht auf

dem Absatz kehrt und geht nun ihrerseits den Flur entlang, in die entgegengesetzte Richtung von Thea.

Ich folge ihr.

»So eine Schweinerei!«, ruft Mama genau in dem Moment, in dem die Wohnungstür hinter uns ins Schloss fällt. »Was hast du getan? Was habt ihr getan? Ihr habt euch geküsst. Ich habe es selbst gesehen. Streite es bloß nicht ab. Antworte mir!«

Was soll ich denn sagen? *Nein. Wir haben uns nicht geküsst. Selbstverständlich nicht. Ich habe sie nur getröstet, weil ihre Mutter krank ist. Du musst dich verguckt haben. Und in einem Jahr kannst du den tollen Typen einer feinen Familie für mich aussuchen. Einen Mann mit einem guten Job. Und dann gibt es eine große Hochzeit unten im Gemeinschaftssaal mit vielen Gästen. Und dann fabriziere ich einen Blutfleck aufs Laken, damit alle sehen können, dass ich eine fromme Frau bin.*

»Was wir alles für dich getan haben. Welche Schritte wir für dich gewagt haben! Dein Vater und ich. Du warst immer unsere Nummer eins. *Wie können wir Sheherazade die beste Zukunft ermöglichen?*, haben wir uns gefragt. *Ein besseres Leben?* Und so zeigst du deine Dankbarkeit? Indem du Schande über uns bringst? Denkst du überhaupt an jemand anderen als nur an dich?«

»Ja, ich denke permanent an dich und Papa …«

»Das ist doch gelogen. Du bist krank! Ein Mädchen küssen. Verstehst du, was du da getan hast? Oder bist du so krank, dass du das nicht mal selbst merkst?«

»Ich bin nicht krank, Mama.«

»Wenn du nicht krank bist, dann bist du einfach nur durch und durch böse. Böse oder krank, das sind die beiden einzigen

Möglichkeiten. So jemanden habe ich nicht auf die Welt gebracht!« Mamas Gesicht ist eine einzige Falte. Ihre Mundwinkel sind nach unten gebogen und die Ringe unter ihren Augen wirken noch dunkler als sonst. »Findest du nicht, dass schon genug Scham und Schande an unserem Namen klebt?« Ihr Gesicht ist so nah vor meinem, dass ich bei jedem Wort, das sie ausspuckt, mikroskopisch kleine Tropfen abbekomme.

»Alle wissen, dass dein Vater nicht ganz richtig im Kopf ist. Und jetzt das! Du kommst in die Hölle. Weißt du das? Du kommst in die Hölle. Deinem Vater erzählst du nichts davon. Das versetzt ihm den Todesstoß.« Sie zeigt auf mich. »Du! Du bist nicht meine Tochter! Oh, mein Kopf. Ich bekomme Migräne. Deinetwegen.«

Ich gehe in die Küche, um einen Lappen mit warmem Wasser zu benetzen, so wie ich es immer mache, wenn Mama Migräne bekommt. Das Geschirr vom Frühstück steht noch in der Spüle. Ich stelle die beiden Teller und Teetassen in die Spülmaschine, wische die Krümel vom Küchentisch und kehre mit dem warmen Lappen zu Mama zurück. Hocke mich neben das Sofa, auf dem sie mit geschlossenen Augen liegt. Ich lege den Lappen auf ihre Stirn.

»Merkst du nicht, was du da machst, Sheherazade? Du zerstörst alles, was wir aufgebaut haben. Was glaubst du denn, was passieren wird, wenn das rauskommt?« Ihre Stimme klingt schwach.

Ich weiß nicht, was ich sagen soll. Also setze ich mich auf den Boden und lasse den Blick durchs Wohnzimmer wandern. Die Vitrine mit den neuen Glastüren und dem eingebauten Licht, Mamas feine Gläser, die nur genutzt werden, wenn es etwas Besonderes zu feiern gibt. Es ist sehr lange her, seit zuletzt daraus getrunken wurde. Das kleine Modell der Kaaba in Mekka, das Papa letztes Jahr von Osama bekam, nachdem er und Nadia auf Hadsch gewesen waren, auf der Pilgerfahrt, von der Mama und Papa schon so lange sprechen, die aber wieder und wieder hinausgezögert wurde, wegen Papas Krankheit. Der Heimtrainer auf dem Balkon, den Mama ihm zum Fastenbrechen geschenkt hat, damit er wieder in Form kommt – und weg vom Fernseher. Nur ein paar Mal benutzt. Die Birne in der Stehlampe, die brach, als Papa seinen letzten Wutanfall hatte. Sie sitzt noch immer in der Fassung und erinnert mich an die Dunkelheit jenes Tages. Der Efeu auf der Fensterbank, der Papa an Großmutters Garten erinnert. Die ganze Wohnung stinkt nach zerschlagenen Träumen und enttäuschten Erwartungen. Und jetzt stehe auch ich auf der Liste der verlorenen Hoffnungen.

»Enkel. Enkel. Wer sorgt denn für mich, wenn ich alt bin und du lesbisch? Ich bin jetzt ganz allein. Mein Mann hat den Verstand verloren. Meine Tochter hat den Verstand verloren. Vielleicht sollte auch ich den Verstand verlieren. Dann komme auch ich ins Krankenhaus und andere sorgen für mich.«

»Ich werde schon für dich sorgen, Mama.«

Mama wimmert leise und fasst sich an die Stirn.

»Du bringst mich um. Du bringst deinen Vater um. Wenn er davon erfährt, wird es ihm wie ein Messer ins Herz fahren. Es wird auf der Stelle stehen bleiben. Und dann kannst du dir bei der Beerdigung sicher sein, dass du es warst, die zugestoßen hat.«

»Versuch zu schlafen, Mama.« Ich streichle ihr über den Arm, stehe vom Boden auf und gehe zu meinem Mantel, um mein Handy zu holen.

Ich kann das nicht. Ich mache alles kaputt.

She.

Drücke auf *Senden.*

Ich lege mich mit dem Handy ins Bett und starre aufs Display. Was wird Thea dazu sagen? Es ist einfach zu kompliziert. Zu hart. Falsch. Ich bin der Pfeil in die Zukunft. Ich soll doch Ärztin werden und meinen Eltern helfen, wenn sie alt sind. Sie haben ja nur mich. Thea hat noch einen Haufen Geschwister. Es ist richtig so. Der weiße Engel tanzt den Siegestanz auf meiner Schulter. Der schwarze hat sich ein Ende von meinem Kopftuch um den Hals gewickelt und wippt mit suizidaler Absicht auf meinem Schlüsselbein.

Was kannst du nicht? Das ist sicher schwer grad mit deiner Mutter. Wie kommst du klar? Ich drück dich, Thea.

Ich kann dich nicht wiedersehen. S

Ich sperre den Bildschirm. Schließe die Augen. Öffne sie wieder und schaue zum Handy. Das Display ist schwarz. Ich drehe mich auf die Seite, ziehe die Knie an die Brust und kneife die Augen zusammen. Schlaf! Wenn ich morgen früh aufwache, mache ich Tee und Frühstück für Mama. Vielleicht kann ich ja eine von ihren Schichten übernehmen. Sie ein bisschen entlasten. Ich drehe mich um und werfe einen Blick zum Handy. Stehe auf und lege es auf den Schreibtisch, unter ein halb fertiges Zine, dann gehe ich zurück zum Bett. Werfe einen Blick zum Schreibtisch, während ich unter die Decke krabble. Es leuchtet durch die Seiten des Zines, als wolle es sagen: *Schau mich an. Hol mich. Lies, was sie geschrieben hat!*

Mit schnellen Schritten gehe ich hin und nehme es in die Hand. Ein verpasster Anruf. Von Thea. Sie hat versucht, mich zu erreichen. Außerdem eine SMS.

She, wollen wir nicht erst mal abwarten?
So schlimm wird es schon nicht werden.

Es ist schon schlimm.

Wir schaffen das. Zusammen! Ich helfe dir.
Du kannst morgen noch mal mit deiner
Mutter sprechen.

Wie soll ich Thea erklären, dass sich das nicht einfach durch ein Gespräch klären lässt? Sie kennt Mama nicht. Weiß nicht, was sonst noch alles daranhängt.

Ich muss jetzt aufhören. Entschuldige!

Ich sperre den Bildschirm erneut und lege das Handy in eine Schreibtischschublade.

15

Mann + Frau = Baby, Baby, Baby

Mama geht rastlos in der Wohnung auf und ab. Immer mal wieder öffnet sie die Tür zum Hausflur und späht die Treppe hinunter. Dann wirft sie einen Blick auf die Küchenuhr, deren kleiner Zeiger sich allmählich der Sieben nähert. Sie hat den ganzen Tag noch kein Wort mit mir gewechselt.

Saß schweigend da und aß das Ei, das ich mit Chili gemacht hatte, dazu die zwei Brötchen mit Butter und Honig, die ich ihr geschmiert und auf einen der feinen Teller ohne Sprung gelegt hatte, die normalerweise Gästen vorbehalten sind. Sie nahm den süßen Minztee ohne ein Wort entgegen. Schüttelte den Kopf, als ich ihr anbot, ihre heutige Schicht zu übernehmen.

Ich habe die Wohnung auf Vordermann gebracht. Die Schubladen aufgeräumt, alle Handtücher und die ganze Bettwäsche aus dem Schrank geholt und neu gefaltet, damit alles schnurgerade gestapelt ist. Alle Oberflächen mit einem, feuchten Tuch abgewischt, den Boden im Bad geschrubbt und alle langen braunen Haare aus dem Abfluss in der Dusche gefischt.

Jetzt sitze ich müde und still auf dem Sofa und starre in die Luft. Mama bleibt vor mir stehen und sieht mich an. Dann sagt sie mit belegter Stimme: »Dein Vater wird das nicht dulden. Du weißt, was passiert, wenn er wütend wird!«

Die Musik vom Nachbarn obendrüber dröhnt in meinen Ohren. Mama sitzt auf dem Boden und wippt pausenlos vor und zurück. Papa ist dort oben. Im Flur werden Stimmen laut. Schnelle Schritte auf der Treppe.

– Sie sind ja ein Psychopath!, ruft jemand.

– Halt ihn fest!, ruft jemand anderes.

– Der Mann ist doch verrückt.

Ich renne hinaus und in Windeseile hinauf in den II. Stock. Zwei junge Männer haben Papa gepackt, der auf Arabisch schimpft und schreit.

– Ihr Sauhunde, ihr!
Mit eurem teuflischen Lärm.
Wisst ihr denn nicht, dass hier noch andere Menschen wohnen?

Papa zittert am ganzen Körper.
- Das ist mein Vater, sage ich laut.
- Sollen wir ihn deshalb loslassen?
Der dreht hier schließlich gerade durch,
antwortet einer der beiden.
Trotzdem sehen mich die beiden
Männer entschuldigend an.

Laute Schritte auf der Treppe,
dann: zwei Polizeibeamte im Wohnzimmer.
– Wir nehmen ihn mit, sagt der eine. –
Wir stellen ihn einem Arzt vor, der ihm hoffentlich etwas zur Beruhigung gibt.

– Das ist **mein Vater**.
– Wir wollen nur helfen, sagt der andere Polizist, nimmt meine Hand und drückt sie kurz. – Alles wird gut.

Wir passen gut auf ihn auf. Jetzt muss er sich nur erst einmal etwas beruhigen. Das passiert schließlich nicht zum ersten Mal, oder?

– Nein.

– Ist diesmal jemand zu Schaden gekommen? Deine Mutter oder du?

– Nein, mit uns ist alles in Ordnung. Nur die Vitrine hat es getroffen.

– Versucht, ein bisschen zur Ruhe zu kommen. Morgen ist er schon wieder bei euch. Wenn was sein sollte, ruf diese Nummer an.

Tränen

Er reicht mir eine Visitenkarte und lächelt. – Mach dir keine Sorgen. Das Schlimmste ist jetzt vorbei.
Ich bleibe in der Tür stehen und schaue Papa nach, der sich mit hängendem Kopf und nackten Zehen in Flipflops, die auf den Beton klatschen, von den Polizisten zum Fahrstuhl bringen lässt. Papa verliert einen seiner Flipflops. Er will sich danach bücken, aber die Beamten hindern ihn daran.

– Lassen Sie mal, den nehmen wir mit.

Papa sagt nichts, sondern steigt folgsam in den Aufzug mit einem nackten Fuß.

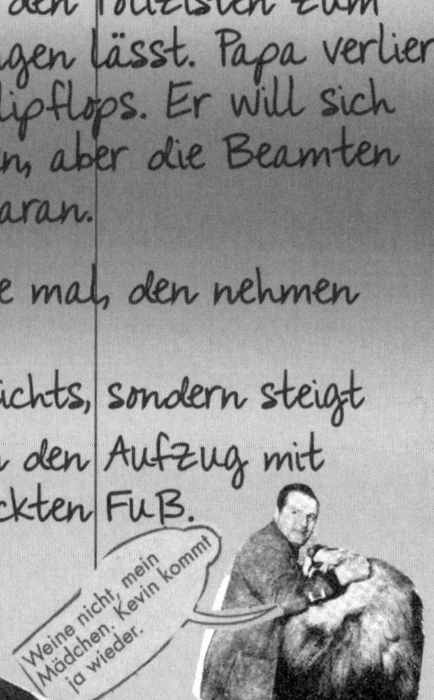

Mama rennt hin und her. Hin und her. Kaum sind da Schritte auf der Treppe, läuft Mama zur Tür, bereit für den Menschen, der vor der Tür steht, noch ehe er den Finger auf die Klingel legen kann.

»*Salam aleikum,* Bruder«, höre ich Mama sagen.

»Wa aleikum salam«, antwortet eine Männerstimme.

»Sheherazade, komm her und begrüße Wahid.« Neben meiner Mutter steht ein Mann mit langem Bart, langem weißem Gewand, weißer Hose und einer blauen Weste mit Knöpfen, die wegen seines nicht gerade kleinen Bauchs offen steht.

»*Salam aleikum,* Schwester.« Er hebt die Hände vors Herz und senkt den Kopf.

»*Wa aleikum salam.*« Auch ich senke respektvoll den Kopf. Er ist ein sehr wichtiger Mann.

»Möchten Sie Tee, Bruder?«, fragt Mama.

»Ja, gern.« Er lächelt. »Das wäre nett.«

»Dann können Sie in der Zwischenzeit mit Sheherazade sprechen.«

»Ja, danke.« Wahid setzt sich gegenüber von mir aufs Sofa und faltet die Hände, dazu bewegen sich seine Lippen beim Beten. »*Al-hamdu li-llahi rabbi l-alamin ar-rahmani r-rahim.*«

Ich fummle an der Nadel meines Kopftuchs herum. Versuche, einen Fixpunkt im Wohnzimmer zu finden. Etwas, auf das ich mich konzentrieren kann, damit ich nicht Wahid und seine betenden Lippen betrachten muss.

»Sheherazade, ich bin heute auf Wunsch deiner Mutter gekommen. Weißt du, warum sie mich hergebeten hat?«

»Ja.«

»Also weißt du auch, dass das, was du getan hast, als *haram* gilt? Du erkennst das Falsche an deiner Wegwahl?«

»Hmm.« Ich wäge meine Möglichkeiten ab. Wird der Heilige Bart irgendwann die Klappe halten, wenn ich einfach nur still bin und ihm lausche? Und warum müssen überhaupt andere in diese Angelegenheit verwickelt werden? Als wäre es nicht so schon peinlich genug …

»Etwas verrät mir, dass du noch nicht ganz verstanden hast, was daran falsch ist. Ich möchte es dir gern erklären.«

»Hm.«

»Unser Schöpfer, der allmächtige Herr, hat die Menschen so erschaffen, dass es nur Liebe zwischen Mann und Frau geben kann. Mann und Frau! Und damit meine ich nicht die platonische Liebe zwischen Freunden oder Geschwistern. Nein, ich meine die Liebe zwischen zweien, die körperlich intim miteinander sind.«

»Okay.«

»Also nicht *Mann plus Mann*! Nicht *Frau plus Frau*!«

»Nein, nein, denn nur *Mann plus Frau gleich Baby, Baby, Baby, Baby* … So viel hab ich kapiert.«

»Du wirkst wütend. Lass mich dir eine Frage stellen, Sheherazade.« Er lächelt geduldig und faltet die Hände. »Was glaubst du? Ist Homosexualität genetisch angelegt? Etwas, womit man geboren wird? Etwas, wofür man nichts kann, weil es nicht die eigene Schuld ist? Etwas, dem man einfach nachgeben muss?«

»Ich habe tatsächlich mal gehört, dass man so geboren wird, aber ich glaube nicht, dass ich lesbisch bin.«

»Das stimmt so nicht, Sheherazade«, sagt Wahid mit lauter Stimme. »Man wird nicht homosexuell geboren. Denn Allah hat die Menschen so geschaffen, dass sie Liebe zum anderen Geschlecht empfinden. Allah macht keine Fehler. Die Vorstellung, dass er mal einen schlechten Tag bei der Arbeit hat und dabei ein Schwuler entsteht, ist falsch.« Wahid lacht laut. »Nein, nein, so ist es wirklich nicht.«

»Okay.« Ich bekomme Lust, mich zu übergeben. Mich aus meinem Körper zu befreien und zu fliehen. Zu Thea.

»Ich werde dir erklären, wie man homosexuell wird. Man hat hier Sex. Man hat da Sex. Schon bald hat man eine Menge probiert. Man bekommt Lust auf etwas Neues. Unnatürliches. Man fängt an, seine Bedürfnisse auf falschem Weg zu befriedigen. Hat Sex mit jemandem vom selben Geschlecht. So wird man homosexuell. Es ist eine Krankheit. Aber das Gute ist: Krankheiten kann man heilen. Die meisten zumindest.«

»Dann heilen Sie doch meinen Vater! Er kann Ihre Hilfe besser brauchen als ich.«

»Du bist wütend.« Wahid lächelt. »Das ist auch völlig in Ordnung. Wut ist eine ganz natürliche Reaktion, wenn man Süßigkeiten von jemandem angenommen hat, der eben noch vor einem saß, davon aß und dabei schwärmte: *Hmmm, wie gut das schmeckt!* Aber das macht sie nicht gesünder. Oder weniger gefährlich. Oder weniger kriminell. *It will not take you to heaven. It will take you to hell.*«

»Minna ist da.« Mama steckt den Kopf zur Tür herein.

Sohanes Mutter? Was will die denn hier?

Mama hat Tee und Kuchen auf den Wohnzimmertisch gestellt. Wahid hat sich ins Schlafzimmer zurückgezogen, um seinen Teppich auszurollen und sein Abendgebet zu sprechen. Minna sitzt mir gegenüber. Genau da, wo Wahid kurz zuvor saß.

»Ich habe gedacht …«, Mama arrangiert die kleinen Teilchen kreisförmig auf dem Teller, sodass die hellen in der Mitte liegen, »dass es dir guttäte, mit einer Frau zu sprechen, die nicht deine Mutter ist. Die aber weiß, wie man so etwas erklärt. Wie man wieder auf den rechten Weg findet.«

»Du bist so hübsch, Sheherazade«, sagt Minna. »So ein hübsches Mädchen wird eines Tages einen Mann sehr glücklich machen. Hier, trink doch etwas Tee.« Sie reicht mir eine Tasse.

»Danke.«

»Ich weiß, das war ein langer Tag. Und wir plaudern gerade auch nur ein bisschen, nicht wahr?«

»Ja, aber …«

»Ich möchte dir gern einen Rat geben. Von erfahrener Frau und Mutter zu jungem, unerfahrenem Mädchen.«

»Danke.« Ich hoffe, sie hört die Ironie in meiner Stimme.

»Sprich ordentlich!«, herrscht Mama mich an. »Weißt du was, Minna? Dieses Mädchen hier darf alles! Die Klasse will auf Klassenfahrt. Ich erlaube es. Obwohl alle meine Freundinnen mich gewarnt haben. Also stelle ich die Bedingung, dass sie das Zimmer nicht mit Jungen teilt, nur mit Mädchen. Was ist das jetzt für ein grausamer Scherz? Sitzt der Teufel gerade irgendwo und lacht sich tot?« Mama reckt die Arme zur Decke. »Allah, warum? Habe ich nicht alles richtig gemacht? Ist sie besessen?«

»Du bist eine fantastische Mutter.« Minna nimmt sich eins der Teilchen. »Entspann dich, ich spreche doch gerade mit deiner Tochter.«

Mama lässt die Arme sinken, schüttelt den Kopf und verschwindet wieder in der Küche.

»Heirate. Gehe eine islamische Ehe ein.« Minna schaut mich an und spricht mit vollem Mund.

Ich versuche, nicht auf die weiche Masse zu starren, die sich hinter ihren schmalen, roten Lippen hin und her bewegt.

»Beim Sex mit seinem Ehemann ehrt man Allah. Das ist nicht *haram*. Selbst Studien beweisen, dass die, die nur einen Sexpartner haben, viel glücklicher sind als die mit vielen wechselnden. Einer ist gut. Viele sind schlecht.«

Es wird laut an die Wohnungstür geklopft.

»Mama, Mama!«, ruft eine Männerstimme. »Du musst kommen! Sofort!«

»Was ist passiert?« Minna und ich stehen gleichzeitig auf. »Was ist los?«

Ich sehe, wer vor der Tür steht. Es ist Hamza von *Hamza und Fatima forever.*

»Sohane wacht nicht auf.« Er hat rote Flecken auf den Wangen. Seine Hände zittern.

»Mein Gott!« Minna stürzt hinaus in den Hausflur und rennt die Stufen hinunter bis in den vierten Stock.

Mama und ich folgen ihr.

»Sie müssen sofort herkommen!« Hamza hat die 110 gewählt, während er vor uns herläuft, immer zwei Stufen auf einmal nehmend. »Parkerne Nummer 8. Vierter Stock. Ja … Nein … sie schläft … Das weiß ich nicht … Sie hatte Bauchschmerzen. Regelschmerzen. Deshalb hat meine Mutter gesagt, sie soll eine Tablette nehmen und sich hinlegen.«

Die Wohnungstür steht offen. Drinnen ist es still. Minna kommt aus Sohanes Zimmer. Sie ist blass und bricht wimmernd im Flur zusammen. Mama und Hamza rennen zu ihr. Der Heilige Bart ist auch da.

Ich laufe in Sohanes Zimmer. Sie liegt im Bett. Ganz ruhig. Auf der Seite, die eine Hand unter der Wange. Auf dem Fensterbrett stehen eine Ballerina aus weißem Porzellan, ein

Plastikblumenstrauß in einer pinken Vase und eine Uhr, die *tick tack* sagt. Auf der Bettwäsche sind Blumen, das Kopfkissen ist pink mit Spitze. Sohane gleicht Dornröschen, aber hier ist alles viel zu ruhig. Die Sekunden vergehen, ohne dass ich Sohane atmen höre. Ihr Gesicht hat dieselbe Farbe wie das der Porzellanfigur. Mein Blick bleibt am Blau ihrer Fingerspitzen hängen. Ich wende mich ab und renne ins Bad. Schließe die Tür hinter mir und setze mich auf den Klodeckel, den Kopf zwischen den Knien. Als meine Lebensgeister zurückkehren, wird eine Sirene lauter und lauter.

Das Heulen der Sirene hat die Leute von ihrem Abendessen und den blutigen Nachrichten aus dem Gazastreifen weggeholt. Ich stehe unten auf der Straße in der Menschenmenge.

Andere neugierige Nachbarn haben die Fenster geöffnet. Jetzt gibt es endlich etwas, was alle sehen und worüber sie sich dann das Maul zerreißen können. Ganz wie damals, als Papa richtig krank wurde. Ich hatte es daran bemerkt, wie die Nachbarn geguckt haben. Oder vielmehr und ganz besonders daran, wie die Nachbarn nicht mehr geguckt haben. Sie schauten zu Boden, als schämten sie sich dafür, dass sie wussten, dass ich wusste, dass sie wussten, dass bei uns die Kacke am Dampfen war. Ich habe schon oft gedacht, dass die Dinge häufiger, als man glaubt, nicht das sind, was sie zu sein scheinen. Die glückliche Familie, die sich hinter geschlossenen Türen streitet. Die perfekte Tochter, die sich des Nachts hinausschleicht. Das anständige Mädchen, das tagsüber fromm das Haar versteckt und nachts irgendwo in Østerbro ihre Beine um die eines anderen Mädchens schlingt. Ich habe ein Mädchen geküsst. Und ich will es wieder tun. Tausend Mal. Ich wünschte, Thea wäre hier.

»So eine gute Familie«, schnieft eine Frau neben mir. »Möge Allah ihnen beistehen.«

»Was ist denn passiert?«, fragt eine andere.

Ich habe mir den Mantel nur über die Schultern gehängt. Mama und Wahid sitzen oben bei Minna, der so schwindlig ist, dass sie nicht aufstehen kann. Zwei Sanitäterinnen schieben die Trage mit Sohane aus der Haustür. Ich erhasche einen Blick auf ihr Gesicht, das halb von einer Sauerstoffmaske bedeckt ist.

»Wir fahren Ihnen nach«, sagt Hamza, bevor die Türen geschlossen werden.

Es ist still auf dem Hof, während der Rettungswagen zurücksetzt und dann mit heulender Sirene die Fahrt zum Krankenhaus antritt.

»Weiß du, was hier passiert ist?«, fragt mich eine Frau.

»Ich weiß es nicht«, sage ich. »Ich weiß es wirklich nicht.«

Ich hole mein Handy raus.

Thea, können wir uns treffen? S

KOMM HER!

16

Ein schreckliches Unglück

Auf dem Nachttisch brennt eine Kerze, außerdem hat Thea eine kleine Lampe hinter den Sari auf das Fensterbrett gestellt, die nun das Zimmer mit blauem Licht erfüllt.

»Wie in *Tausendundeiner Nacht*«, sage ich und schmeiße mich müde auf ihr Bett.

»*Tausendundeine Nacht* ist ein Scheißmärchen«, sagt Thea. »Ich kann nicht verstehen, wie das so ein Bestseller werden konnte. Frauen, die in Kisten gesteckt werden und Männer heiraten müssen, die sie nicht leiden können.«

»Hey, jetzt diss mal nicht mein kulturelles Erbe. *Tausendundeine Nacht* ist eine ziemlich berühmte Märchensammlung. Und überhaupt, was ist denn bitte mit den Leuten in den dänischen Märchen? Die sind jetzt auch nicht unbedingt die Klügsten. Rotkäppchen lässt sich von einem Wolf fressen. Was sollen die kleinen Kinder daraus lernen?«

»Rotkäppchen.« Thea schnappt sich eine Decke vom Bett und bindet sie sich wie ein Kopftuch um. »Das bist du! *Ach, was bin ich niedlich und fromm.*« Sie wirft die Decke wieder aufs Bett. »ABER ICH«, sagt sie mit tiefer Stimme, »ICH bin der hässliche, große Wolf, der dich FRISST!« Sie fällt über mich her und beißt mir in den Hals.

Wir müssen beide lachen. Es tut gut, zu lachen.

»Es tut mir leid, Thea«, sage ich. »Diese ganzen SMS, dass ich dich nicht wiedersehen will. Ich habe das nicht so gemeint.«

»Du brauchst dich nicht zu entschuldigen, ich weiß doch, unter welchem Druck du stehst. Außerdem ist es für dich tausendmal schwieriger als für mich.«

»Meine Eltern. Die kommen damit nicht klar. Und ich fühle mich überall fucking verkehrt. Außer hier.« Plötzlich bin ich verlegen.

»Du bist nicht verkehrt.« Thea nimmt mich in den Arm. »Du bist genau richtig.«

»Warum tust du dir den ganzen Ärger mit mir eigentlich an? Erst schreit meine Mutter dich an und dann will ich dich nicht mehr sehen. Ich kann ja nicht mal zu einer Weihnachtsfeier gehen, ohne da plötzlich einen Anfall zu kriegen.«

»Man sucht sich nicht aus, in wen man sich verliebt.«

»Nein.« Ich denke an gestern, an die Sache mit Sohane. Nicht nur mich, auch Mama nimmt die Sache ziemlich mit. Sie war gestern ganz schlapp und ist gar nicht mehr auf das Thema »Thea« zurückgekommen. Und sie hat nichts weiter gesagt, als ich mich heute Nachmittag verabschiedet habe, um eine »Gruppenarbeit« zu erledigen. Wir haben noch nicht gehört, wie es Sohane geht, aber das ist sicher ein gutes Zeichen. Minna hat versprochen, sich zu melden, sobald es etwas Neues gibt. Ich schiebe Thea weg und setze mich auf. Sie nimmt meine Hand und küsst sie.

»Sohane wurde gestern ins Krankenhaus gebracht. Ihre Familie konnte sie nicht wecken.«

»Aha.« Thea streichelt mein Bein. »Was heißt denn das?«

»Sie hat sich schlafen gelegt, weil sie Bauchschmerzen hatte, und danach konnten sie sie nicht wieder wecken.«

»Wissen sie, warum?«

»Ich fürchte, ich hätte merken müssen, wie schlecht es ihr geht.«

»Du bist doch keine Hellseherin, meine Süße. Du konntest unmöglich wissen, wie es in ihr drin aussieht.«

»Ich hätte es wissen müssen. Selbst ohne Kristallkugel, ohne Tarotkarten und ohne kleinen Turban auf dem Kopf konnte man recht deutlich erkennen, dass es ihr nicht super ging. Sie hat mir erzählt, dass sie verheiratet wurde und dass ihr Ehemann … Das war wirklich schrecklich. Ich kann mir so gut vorstellen, wie schlimm es ihr gegangen sein muss. Ich hätte sie fragen sollen, ob ich was tun kann. Für sie.«

»Und was hätte das sein sollen?«

»Keine Ahnung. Sie anrufen. Mich mit ihr treffen? Ihr irgendwie helfen.«

»Aber du weißt doch noch gar nicht, was passiert ist. Ob es überhaupt ein Selbstmordversuch war. Vielleicht ist sie ja nur nicht aufgewacht, weil sie sich irgendwann vorher den Kopf irgendwo gestoßen hat oder so was. Wegen 'ner Gehirnerschütterung zum Beispiel.«

»Also hätte ich das nicht verhindern können, meinst du?«

»Nein. Das kann doch tausend Gründe geben. Du wirst ihn schon noch erfahren, wenn sie wieder bei Bewusstsein ist.«

»Ja, aber …«

»Nix aber. Das ist nicht deine Schuld. Und wir wissen nicht, was passiert ist. Punkt.«

»Sag, was du willst, aber ich fürchte, es *war* ein Selbstmordversuch und ich *hätte* aufmerksamer sein müssen! Bei dem, was sie mir alles erzählt hat, hätte ein großes rotes Warnlicht bei mir angehen müssen. Aber ich mag dich trotzdem sehr, auch wenn nicht stimmt, was du da gerade behauptest.«

»Ich mag dich auch sehr.«

Ich ziehe die Nadel aus meinem Kopftuch, nehme es ab, löse das Gummi und schüttle die Haare.

Thea sieht mich an. »Ich habe vollsten Respekt für dein Kopftuch, wirklich«, sagt sie. »Aber du bist so schön ohne. Schön und frei.«

»Ich bin auch mit frei, du Rassistin.«

»Ja, ja, ich weiß. Du trägst es aus freien Stücken. Weil du dann in Ruhe gelassen wirst von all den widerlichen Typen, die meinen, sie könnten dich vögeln und Schlampe nennen, wenn du keins aufhättest.«

»Genau.«

»Wäre das jetzt der richtige Moment, mit dem Knutschen anzufangen?« Thea macht einen Kussmund.

»Bist du lesbisch?« Die Frage fliegt mir geradezu aus dem Mund.

»Ich weiß es nicht.« Thea popelt an ihrem Socken. »Ich hatte auch schon Freunde. Hattest du schon mal einen Freund?«

»Ich? Ich hatte noch rein gar nichts.«

»Noch rein gar nichts im Sinne von ABSOLUT rein gar nichts?«

»Genau. Ich habe noch nicht mal einen Jungen angeguckt.«

»Aber ein Mädchen?«

»Dich. Ein bisschen.« Ich spüre, dass mein Gesicht warm wird. »Mir wurde gestern eine lange Predigt gehalten. Mama hatte einen sehr heiligen Mann eingeladen, der davon sprach, Babys zu machen, und von Himmel und Hölle. Total krank. Ich war wirklich dankbar für die Unterbrechung. Ich wünschte nur, der Grund dafür wäre ein anderer gewesen.«

»Das weiß ich doch. Du bist doch kein schlechter Mensch. Und in der Hölle landest du auch nicht. Hör jetzt auf damit!«

»Du ahnst ja nicht, was ich mir da anhören musste. *HARAM, HARAM.*« Ich versuche, Wahid nachzuahmen. »Was würden deine Eltern eigentlich sagen, wenn sie wüssten, dass wir ... zusammen sind?«

»Gar nichts. Hier sind doch alle so politisch korrekt und tolerant, dass man sich mit jedem schwulen Sohn brüstet und noch mit ihm angibt.«

»Meine Mutter wird es sehr traurig machen. Ich bin ja ihr einziges Kind. Keine Enkel und all das.«

»Lesben können doch auch Kinder bekommen. Ich weiß allerdings nicht, ob ich überhaupt welche haben will. Die sind so verdammt langweilig. Und man muss sich die ganze Zeit kümmern und so.«

»Ja, aber ... da gibt es halt noch unsere Religion. Die Beziehung mit einer Frau ist *haram*.«

»Was bedeutet das?«

»Verboten. Sünde. Die Familie ist das Allerwichtigste. Frau plus Mann gleich Babys, Mehrzahl.«

»Glaubst du das auch?«

»Meine Mutter schon. Sie würde wirklich ausflippen, wenn sie mich gerade sehen könnte.«

»Und du? Glaubst du das?«

»Keine Ahnung. Vielleicht. Vielleicht auch nicht.«

»Das heißt, du willst lieber nicht knutschen?«

»Doch ...«

Mein Handy brummt.

»Psst.« Ich lege mir den Zeigefinger an die Lippen. »Da muss ich leider rangehen.« Es ist meine Mutter.

»Wo bist du, Sheherazade?« Ihre Stimme ist sehr leise.

»Ich kann dich fast nicht verstehen, kann du etwas lauter sprechen?«

»Wo bist du?«, flüstert Mama.

»Ich bin gerade einkaufen. Was ist los?«

»Ich möchte, dass du nach Hause kommst.«

»Aber Mama, ich bin gerade …«

»Sohane ist nicht wieder aufgewacht.«

Mamas Hände sind tief in Hackfleisch vergraben, als ich nach Hause komme. Ihre Augen sind gerötet, und sie bearbeitet das Fleisch, als wäre es noch am Leben und sie müsste es mit bloßen Händen erlegen.

»Ich mache Suppe, Kibbeh und Kebab.«

»Im Ernst, Mama?«

»Du weißt doch, wie es ist. Wir müssen die Familie besuchen und unser Beileid aussprechen. Wir nehmen genug Essen mit, damit es auch für alle anderen reicht, die zum Trauern vorbeikommen. Und für die Familie selbst, natürlich.«

»Aber Mama, die Familie schert sich doch nicht um Kebab. Sie trauern. Und ihr Onkel ist Halāl-Schlachter.«

»Alle müssen was essen.« Mama hängt fast waagerecht über der Schüssel, ihre Hände arbeiten schnell. »Alle müssen was essen«, wiederholt sie und wischt sich mit der Oberseite des Arms, der noch nicht völlig von Curry, Paprika und Hackfleisch verschmiert ist, eine Haarsträhne aus den Augen.

Ich setze mich auf den Küchentisch. Sehe Sohane vor mir. Wie sie ihre Hand vor den Mund gehalten hat, wenn sie leise lachte. Sonderbarer Gedanke, dass ich sie nie wiedersehen werde. Dass sie nicht mehr da ist. Wir haben doch gerade erst hinter dem Busch beim Waschkeller gestanden und geredet. Ich habe gerade erst ihre Geschichte gehört. Ihre verdammt harte Geschichte.

»Müssen wir unbedingt runter? Es ist sicher voll. Können wir das nicht wann anders machen, wenn es nicht mehr so viele sind?«

»Wir GEHEN da runter.«

»Haben sie herausgefunden, was passiert ist?«

»Was meinst du?«

»Woran sie gestorben ist, selbstverständlich.«

»Es war ein Versehen.« Sie knetet schneller.

»Ein Versehen?«

»Ein sehr bedauerliches Versehen.« Mama nimmt einen Klumpen Hackfleisch und fängt an, ihn zwischen den Händen zu rollen. Legt das fertige Kebab auf ein Backblech. Nimmt einen weiteren Klumpen, rollt ihn. Sie schaut mich nicht an.

»Wie kann man denn mit siebzehn versehentlich sterben?«

»Ihre Mutter ist krank. Sie hat ein paar sehr starke Tabletten verschrieben bekommen, damit sie trotz ihrer Schmerzen in der Nacht schlafen kann.«

»Verstehe …«

»Sohane hatte starke Menstruationsbeschwerden. Und sie war sehr müde. Ihre Mutter hat erzählt, dass Sohane schlecht schlief. Müde, wie sie war, ging sie ins Bad und öffnete den Schrank. Wegen der müden Augen hat sie statt Paracetamol eine Tablette ihrer Mutter genommen. Sie hat sich hingelegt und ist nie wieder aufgewacht.«

»Ist das dein Ernst?«

»Ja, ein zutiefst bedauerliches Versehen war das.« Mama schüttelt den Kopf.

»Das klingt ja ziemlich sonderbar. Von einer einzigen dieser Tabletten stirbt man doch nicht gleich?«

»Das weiß ich nicht. Das weiß nur Allah.«

»Himmel, Mama. Also ehrlich. Hörst du nicht selbst, wie sonderbar das klingt? Was, wenn sie sich das Leben genommen hat? Absichtlich.«

»*Khallas.*« Mamas Stimme klingt hoch und scharf. »Nein. Sag so was nicht. Selbstmord ist ein Verbrechen und eine Todsünde.«

»Ja, er ist verboten. Aber das heißt ja nicht, dass es nicht trotzdem jemand versucht. Und selbst wenn es eine Todsünde ist: Das ist demjenigen doch egal, man ist dann ja schließlich tot.« Ich denke an Sohane, daran, wie sie sich entschuldigt. Mal wieder.

»Wer sich selbst das Leben nimmt, landet in der Hölle. Allah bestimmt, wann ein Mensch lebt oder stirbt. Sollen Sohanes Eltern zwei Bürden tragen müssen? Den Verlust ihrer Tochter UND das Wissen, dass sie in der Hölle gelandet ist? Vergiss nicht, dass bei der Beerdigung von jemandem, der sich selbst das Leben genommen hat, nicht gebetet werden darf. Allah würde ihr nie vergeben. Du darfst nie wieder darüber sprechen! Das war ein Versehen. Ein sehr bedauerliches Versehen.«

»Willst du damit sagen, dass Sohane einfach mal so gestorben ist? *Hoppla, tot?*«

»Sheherazade, du musst mal lernen, aufzuhören. Du musst mal lernen, Ja zu sagen! Das hier ist kein Ratespiel. Es ist die Wahrheit, dass sie durch ein Versehen gestorben ist. Ein Unglück. Punkt. Und noch was: Davon erzählst du deinem Vater kein Wort. Er erträgt so etwas nicht.«

»Könntest du mir eine Liste über all das geben, was ich Papa nicht erzählen darf? Ich habe ein Mädchen geküsst, du hast den Heiligen Bart und Minna auf mich gehetzt und dann ist ein Mädchen im vierten Stock aus Versehen gestorben. Noch was? Das ist ja ein ziemlich großes Vertuschungsmanöver. Breiten wir einen Hidschab über das ganze Übel. So in etwa.«

»Es ist an der Zeit, dass du mal etwas Respekt zeigst, Sheherazade.« Mama nimmt das Blech mit dem Kebab und schiebt es in den Ofen. »Respekt. Zieh dir was Anständiges an, und sobald du fertig bist, gehen wir runter ins Vierte.« Sie knallt die Ofentür zu.

»Es erfüllt mich mit tiefer Trauer, dass ihr eure geliebte Tochter verloren habt. Möge Allah euch mit Geduld segnen in eurer Trauer um die geliebte Tochter, die ihr verloren habt. Möge Allah all eure Gebete erhören. Möge Allah euch bestmöglich trösten«, sagt Mama leise mit gesenktem Kopf, als Hamza uns öffnet.

»Möge Allah dich für dein Mitgefühl und deine Anteilnahme belohnen«, antwortet er ebenso leise.

Auf dem Sofa sitzt eine Gruppe weinender Frauen. Ich helfe Mama dabei, das Essen in die Küche zu bringen, wo die Männer stehen und rauchen.

»Wo ist Sohanes Mutter?«, frage ich ein Mädchen, das auf einem Stuhl sitzt und sehr konzentriert zu Boden schaut.

»Im Schlafzimmer.«

»Verstehe. Ich bin Sheherazade.« Ich stutze. »Sag mal, kennen wir uns nicht von der Verlobungsfeier? Vom Tisch der Unverheirateten?«

»Ja, genau.« Das Mädchen lächelt, wird aber sofort wieder ernst. »Was mit Sohane passiert ist … das ist wirklich schlimm, oder?«

»Ja, sehr. Hast du Sohane gut gekannt?«

»Mein Bruder ist mit ihrem Bruder befreundet. Wir haben uns immer mal wieder gesehen. Aber besonders viel Kontakt hatten wir nicht. Was für ein schreckliches Versehen …«

»Was für ein Versehen?«

»Dass sie statt Paracetamol die stärkeren Tabletten von ihrer Mutter genommen hat, weil sie so müde war. Dass so was überhaupt passieren kann.«

»Ja, furchtbar, dass so was überhaupt passieren kann … Also … vielleicht war es auch ganz anders.«

»Wie meinst du das?« Sie sieht mich mit großen Augen an.

»Mal im Ernst, findest du nicht, dass das alles ein bisschen unwahrscheinlich klingt? Dass man versehentlich statt zwei Paracetamoltabletten eine Handvoll von einem wesentlich stärkeren Mittel nimmt? Die sehen ja vermutlich nicht mal ähnlich aus.«

»Was willst du damit sagen?« Ihre Augen werden immer größer und größer.

Faszinierend, dass Augen überhaupt so groß werden können. Ich bekomme fast Lust, abzuwarten, ob sie irgendwann aus ihren Höhlen fallen und über den Boden kullern. Ich bin wütend. Für Sohane. All die Male, als ihre Familie nicht auf sie hören wollte. Sie zu dem Idioten zurückbrachte, der sie misshandelte. Und dann musste sie die ganze Zeit verdammten Tee kochen. Und jetzt tun alle so: *Oh, so eine gute Familie!* Das Wohnzimmer ist voll von Leuten, die so tun, als hätten sie Sohane gemocht. Und warum hat dann manchmal tagelang niemand mit ihr gesprochen? Plötzlich also Liebe und die beste Familie. Das ist so fucking fake.

»Ich will damit sagen, dass sie sich vielleicht das Leben genommen hat!«

»Was redest du da, du krankes Miststück? Zeig mal Respekt!« Hamza spricht so laut, dass alle anderen verstummen. »Ich habe gerade meine Schwester verloren, meine Eltern ihre einzige Tochter. Geh jetzt!«

»Gehen? Warum denn? Dürfen wir nicht darüber sprechen, wie sie gestorben ist?«

»Hör auf!« Hamza greift nach meiner Schulter.

»Lass mich los!« Ich winde mich aus seinem Griff. Könnte ich doch nur weg! Weg von all dem hier. Und von all den fremden Stimmen in meinem Kopf, die so einen Lärm machen. Mama, der Heilige Bart, alle Nachbarinnen und ihr Klatsch und Tratsch. Zur Hölle mit ihnen allen!

»Hast du denn gar kein Schamgefühl? Keinen Respekt?«

»Sollten wir nicht lieber darüber sprechen, dass ihr es leid wart, sie immer wieder zu ihrem Mann zurückzubringen, der sie verdammt noch mal misshandelt hat?«

»Es tut mir leid!« Mama ist schon an Hamzas Seite. »Das ist nicht meine Tochter.« Sie zeigt auf mich. »Ich weiß nicht, wer das ist. Bringt sie hier weg.« Dann wendet sie mir den Rücken zu und geht wieder in die Küche.

»Verschwinde!« Hamza ist ganz weiß im Gesicht. »Du bist ja verrückt geworden! Genau das passiert, wenn Töchter nicht richtig erzogen werden!«

17

Kein Zurück

»Du kannst selbstverständlich so lange bleiben, wie du willst.« Thea breitet die große Tagesdecke über ihr Bett und wirft die Kissen ans Kopfende. Sie ist dabei, ihr Zimmer aufzuräumen. Überall sind leere Teetassen, leere Coladosen und Wäscheberge wie Maulwurfshügel.

Ich stehe mit hängenden Armen im Türrahmen. Ich kann mich nicht bewegen.

»Liebe Sheherazade, wenn du durch die Tür in Theas Zimmer trittst, kannst du nie wieder zu deiner Familie zurückkehren.« Der weiße Engel hat eine ernste Miene aufgesetzt, er fährt in einem Ton fort, der an den Sprecher einer Doku über schmelzende Polarkappen und aussterbende Tierarten erinnert. »Wenn du hier schläfst, auch nur eine Nacht, bringst du tausendundeine Nacht zwischen deine Eltern und dich. Ich sage nur, wie's ist! Sie werden dich nie wieder zurücknehmen.«

Wenn ich jetzt durch den langen Hausflur ginge und durch die hohe und breite Eingangstür in Østerbro hinaus, die Treppe hinunter und hinaus aufs Triangeln mit den Menschenmassen und Cafés, wenn ich dann den Hundige-Zug nach Hause zu

Mama und Papa nähme, dann käme ich nie wieder zurück zu Thea, weil jeder Schritt zu viel wäre. Ich weiß sowieso nicht, wie ich es überhaupt hierhergeschafft habe.

Das Leben wäre so viel einfacher, würde ich meine Eltern wählen und zu einem Alltag ohne Thea zurückkehren.

»Viel einfacher!« Der weiße Engel reckt die Daumen hoch. »UND ganz ohne Gewissensbisse und ohne Freifahrtschein in die Hölle, der dir drohend über dem Kopf hängt.« Er lächelt wie ein Autoverkäufer wenige Sekunden vor einem Verkauf.

»Aber was ist mit Theas Händen zwischen deinen Beinen? Die würdest du nie wieder dort spüren. Nicht ihren Atem in deinem Ohr haben, ihr heiseres Flüstern: Nicht aufhören.« Der schwarze Engel legt den Kopf in den Nacken und stöhnt leise.

»Mann, bist du eklig.« Der weiße Engel macht Würgegeräusche.

»Wer's sagt, isses selber!« Der schwarze Engel streckt die Zunge raus und zeigt ihm den Stinkefinger. »Sheherazade, du wirst nie wieder lachen. Nicht, wie du mit Thea lachen kannst! Denk an all das, worüber du mit ihr sprechen kannst. All das, was du noch nie zuvor jemandem erzählt hast. Du bist glücklich. Was ist denn daran so schlimm?«

Vor oder zurück? Jeder Schritt, den ich mache, zählt. Was soll ich nur tun?

»Was hast du gesagt?« Thea hält inne und stellt den fast vollen Müllbeutel ab.

»Ach, nichts ...«

»Setz dich doch erst mal und entspann dich. Wir finden schon eine Lösung. Setz dich, bis ich die gröbste Unordnung beseitigt hab.«

»Wir finden eine Lösung? Ich bin im Arsch!«

»Jetzt komm erst mal rein, statt da in der Tür rumzustehen. Noch ist nichts verloren.«

»Doch. Meine Mutter hat sich abgewandt. Ich bin nicht mehr ihre Tochter. Es ist zu spät. Alle haben es gehört. Wie würde es aussehen, wenn ich heute Nachmittag wieder zu Hause bin? Mamas Worte wären nichts als heiße Luft. Sie muss den Leuten beweisen, dass sie meint, was sie sagt.« Ich lasse mich aufs Bett fallen und vergrabe das Gesicht in den Händen. Am liebsten würde ich das Licht ausstellen und hundert Jahre schlafen.

»Gib ihr eine Chance. Man sagt eine Menge, wenn man wütend ist. Dinge, die man nicht meint.« Thea hat sich neben mich gesetzt und zieht sanft meine Hände weg.

»Nicht meine Mutter. Nicht diese Worte. Das war ihr voller Ernst.«

»Woher willst du das wissen? Du warst doch noch nie in so einer Situation.«

»Nein, aber ich kenne andere in Parkerne, die zu Hause rausgeflogen sind. Für weit weniger als ich. Wenn sie mit einem Typen gesehen wurden. Oder wenn auch nur der geringste Verdacht bestand, dass sie was Schmutziges gemacht haben.«

»Was Schmutziges? Du meinst, dass sie sich verliebt haben?«

»Nein, Thea, ich meine Sex.«

»Ach, selbstverständlich. Das ist schließlich wirklich schweinisch.«

Ich werde rot. »Es ist ernst. Todernst. Es geht um meine Familie. Ich werde sie verlieren.«

»Das weißt du doch noch gar nicht. Ruf deine Mutter an. Sie hat sich mittlerweile sicher beruhigt.«

»Du kennst meine Mutter nicht.«

»Nein, aber du kennst sie auch nicht. Nicht in so einer Situation, die für euch beide neu ist. Oder?«

»Nein …«

»Gut, dann ruf sie an. Ich mache dir in der Zwischenzeit einen Tee. Und schließe die Tür, damit du ungestört mit ihr reden kannst.« Thea nimmt den Müllbeutel und zieht wirklich die Tür hinter sich zu. Ich stopfe mir ein Kissen in den Rücken und betrachte mein Handy. Ob das was bringen wird? Ich tippe auf Mamas Nummer. Es klingelt. Dann ein leises Klicken, als der Anruf angenommen wird.

»Hallo, Mama.« Mein Herz schlägt laut und ich fange an zu schwitzen.

Im Hörer ist es still.

»Mama, bist du da?«

Keine Reaktion.

»Mama …« Meine Stimme klingt tränenerstickt. »Mama, entschuldige, ich habe dich enttäuscht. Das weiß ich … Können wir nicht darüber sprechen?«

Keine Reaktion.

»Bist du da? Antworte mir doch, bitte.« Ich weine in den Hörer. »Bitte, Mama, sag doch was. Irgendwas.«

»Ruf hier nicht wieder an.« Mamas Stimme ist eiskalt. Hart. Es wird aufgelegt. *Klick.*

Ich schaue aufs Display. *Anruf beendet,* steht dort mit roten Buchstaben.

Ich bleibe auf dem Bett sitzen und starre ins Leere. Und jetzt?

»Hast du angerufen?« Thea steckt den Kopf zur Tür herein. Sie hat ein Tablett mit zwei Tassen und einer Schale dabei. »Ich habe noch ein paar Pralinen gefunden.«

»Ja, ich habe angerufen. Und ich hatte recht. Sie ist fertig mit mir.« Ich schmeiße das Telefon auf den Boden, es rutscht über die Dielen, Display nach unten.

»Was hat sie denn gesagt?«

»Nichts. Sie hat nichts gesagt. Nur, dass ich sie nicht wieder anrufen soll.«

»Im Ernst?«

»Im Ernst, Thea. Ich glaube, du begreifst nicht, wie schlimm das ist.«

»Dann erklär's mir!«

»Meine Mutter glaubt wirklich, dass ich in der Hölle lande für das, was wir getan haben. Für das, was wir tun. Für sie ist die Hölle so real wie die Bushaltestelle unten beim Trianglen.«

»Sie glaubt, du kommst in die Hölle, und deshalb will sie nichts mehr mit dir zu tun haben? Das ergibt doch keinen Sinn.«

»Doch, ich bin ein schlechtes Mädchen. In ihren Augen und in denen aller anderen. Der Freunde meiner Eltern. Der Nachbarn. Ja, aller. Ich lande am Ende ihrer aller Zeigefinger. Sie glauben, wenn ein Mädchen schlecht ist, dann liegt das daran, dass es nicht ordentlich erzogen wurde. Das macht meine Mutter zu einer schlechten Mutter. Es ist meine Schuld, dass alle auf meine Mutter zeigen und sagen: Da, eine schlechte Mutter. Und noch dazu ist ihr Mann krank im Kopf. Der ist nämlich von der Polizei abgeholt worden und hat einen Stuhl aus dem Fenster geworfen.«

»Wenn sie wüssten, dass du ein Mädchen geküsst hast, würden sie sagen, dass deine Eltern schlecht sind und dass du in der Hölle landest?«

»Ja.«

»Und jetzt will deine Mutter nichts mehr mit dir zu tun haben?«

»Ja.«

»Ich finde, du solltest mit deinem Vater sprechen!«

»Mein Vater … ist krank. Meine Mutter sagt, das wird ihn umbringen. Er ist schon ein paarmal fast gestorben.«

Es ist still und dunkel in der Wohnung, als ich aus der Schule komme.
Der Fernseher ist ausgeschaltet. Papa sitzt im Schneidersitz auf dem Bett, umgeben von zusammengeknüllten Blättern, Büchern und Blöcken. Das Zimmer wird nur von einer einzelnen Stehlampe in der Ecke erleuchtet.
Als wir eingezogen sind, hat er Mama versprochen, an jeder Seite Leselampen über dem Bett anzubringen. Seither sind sieben Jahre vergangen.

– Wo ist Mama?

– Arbeiten.

– Gibt es was zu essen?

– Nein. Papa schüttelt den Kopf.

Ich bin auf dem Weg aus dem Zimmer, als Papa mich zurückruft.

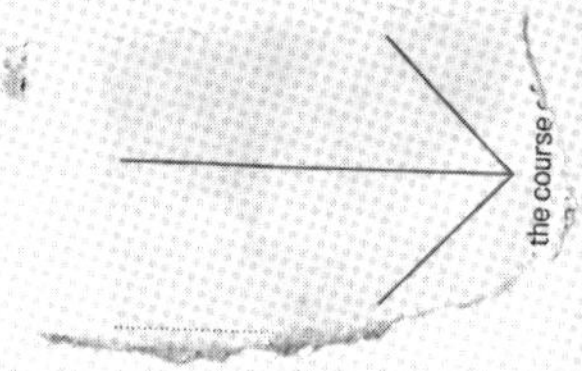

– Mein Pfeil in die Zukunft.

Er zieht ein Buch aus dem Haufen und schlägt es an der Stelle auf, an der eine Postkarte aus Mekka steckt, die Osama und Nadia von ihrer letzten Pilgerreise schickten. – Hör mal:

Als ich mich heute verliebte,
wurde das Lachen der Kinder der Welt süßer,
das Brot besser,
der Schneefall süßer,
das Miauen der schwarzen Katzen
auf den Straßen wurde süßer,
die Berührungen der Hände
auf der Hamrastraße wurden süßer,
die kleinen Zeichnungen, die wir
auf den Servietten des Restaurants
hinterließen, wurden süßer,
schwarzen Kaffee zu trinken, zu rauchen,
die Abende im Theater am Samstag,

der Sand auf unserer Haut nach den Wochenenden,

die goldene Farbe auf deinem Rücken,

wenn der Sommer verschwand, wurden süßer,
die Zeitschriften, auf denen wir schliefen,
in denen wir uns wälzten oder über die
wir stundenlang sprachen,
all dies sind Vögel am Horizont
meiner Erinnerung.

– Das ist von dem arabischen Dichter Nizar Qabbani. Er hat über das Leben und die Liebe geschrieben. Die Liebe seines Lebens starb bei einem Bombenanschlag auf die iranische Botschaft. Alle sterben. So ist es einfach. Papa wischt sich erschöpft die Tränen aus dem Gesicht.

Ich hole eine Tüte und sammle die zusammengeknüllten Seiten ein.

– Schlaf jetzt, Papa. Morgen geht es dir schon wieder besser. Ich schließe vorsichtig die Tür hinter mir. Als ich in der Küche bin, streife ich eins der Blätter glatt. Es ist leer.

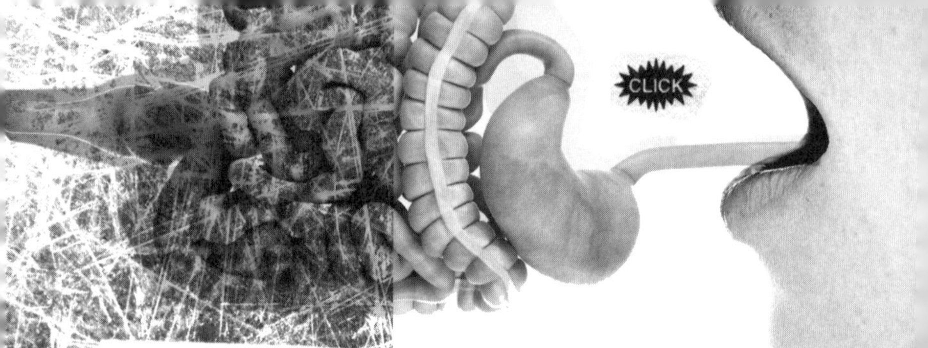

Auf keinem steht auch nur ein einziges Wort. Früh am nächsten Morgen kann Mama Papa nicht wecken. Eine Viertelstunde später stehen zwei Sanitäter und ein Arzt in unserer Wohnung und heben Papa auf eine Trage. Mama gibt ihnen die leere Pillenpackung vom Nachttisch. Ich hab das Gefühl, alle meine Eingeweide wollen durch meinen Mund hinaus.

»Ich hab Angst, Thea.« Der Kloß in meinem Hals erschwert mir das Sprechen. »Mein Vater hat ein krankes Herz. Aber er hat auch schon mal versucht, sich das Leben zu nehmen.«

»Er wollte sich umbringen?« Thea stellt das Tablett auf den Nachttisch und setzt sich zu mir. Küsst mich auf die Wangen, die feucht geworden sind. »Warum hast du davon denn noch gar nichts erzählt, Süße?«

»Keine Ahnung.« Ich schließe die Augen und lehne den Kopf an Theas Schulter. »Im muslimischen Glauben ist es eine Sünde, sich das Leben zu nehmen. Und das weiß mein Vater sehr gut. Trotzdem hat es ihn nicht davon abgehalten, es zu versuchen. Was bedeutet, dass er sowieso schon wenig Lust hat, hier zu sein. Wenn er dann noch hört, was ich getan habe …«

»Man entscheidet selbst, was man glauben will.« Theas Stimme klingt sanft. »Eine Freundin von mir ist in einem katholischen Elternhaus aufgewachsen. Ihre Mutter hat sich umgebracht. Sie hat mir erzählt, sie hat ihre Mutter schon öfter im Traum in einem dunklen Tunnel getroffen. Ihre Arme sind von Wunden übersät, weil sie sich immer wieder in die Arme sticht, ganz wie an dem Tag, an dem sie sich das Leben nahm. Fegefeuer. Solche Horrorvorstellungen findet man ja in allen Religionen. Es ist doch klar, dass dich das beeinflusst. Uns bleibt eben nichts anderes übrig, als ganz bewusst etwas anderes zu glauben. Ich zum Beispiel glaube nicht, dass ein Mensch, dem es so schlecht geht, dass er meint, es gäbe kein Zurück, dafür bestraft wird. Ich weigere mich einfach, das zu glauben.«

»Ich habe das Gefühl, es ist meine Schuld. Wenn ich meine Eltern glücklich machen könnte, dann …«

»Es ist nicht deine Schuld. Es ist *nicht deine Schuld,* She! Ich kann mir wirklich gut vorstellen, dass du Angst hast. Aber hast du deinem Vater überhaupt eine Chance gegeben? Du hast doch selbst gesagt, dass ihr euch schon lange nicht mehr richtig unterhalten habt. Vielleicht kann er dir ja helfen, deine Mutter zu besänftigen.«

»Sehr unwahrscheinlich. Und ich mache höchstens alles noch viel schlimmer.« *Als ich mich heute verliebte, wurde das Lachen der Kinder der Welt süßer. Der arabische Dichter. Er schrieb über die Liebe und das Leben.* Ich kann fast Papas Stimme hören. Ich bin schon so lange wütend auf ihn. Wütend darauf, dass er nicht einfach den Fernseher abschaltet, den Krieg auf Stand-by stellt, mich hin und wieder mal ansieht und zumindest so tut, als würde er gerne noch ein bisschen weiterleben wollen. Meinetwegen.

»Er hat dir dieses Märchen aus *Tausendundeiner Nacht* erzählt. Ein Märchen, in dem Männer Frauen in Kisten vögeln und was weiß ich. Insofern kann er doch gar kein verklemmter Stockfisch sein, wie meine Oma sagen würde.«

»Nee …« Ich muss lächeln.

»Vielleicht steckt ja noch mehr in deinem Vater, als du gerade siehst. Eben weil er so lange krank war. Du hast doch gesagt, er hat Gedichte geschrieben. Für die er ins Gefängnis kam. Offenbar war er ein kleiner Rebell. Und tief drin ist er das sicher auch jetzt noch.«

»Thea, ich habe keine Ahnung, was so in ihm steckt.«

»Vielleicht solltest du die Gelegenheit beim Schopfe packen und es herausfinden.« Thea küsst mich auf den Mund.

18

Papa

»Wie geht es dir, Baba?« Ich lehne mich über das Krankenhausbett und schiele zur Tür. Thea steht davor und schiebt Wache. Ich will auf keinen Fall Mama begegnen! Ich kann noch nicht ganz begreifen, dass ich hier bin, um mich mit Papa zu unterhalten. Wir haben uns seit Jahren nicht unterhalten. Soll ich ihm sagen, dass ich ein Mädchen geküsst habe? Mama hat mir buchstäblich den Rücken zugekehrt, als ich von Hamza vor die Tür gesetzt wurde. Nichts ist mehr, wie es mal war. Ich habe nichts zu verlieren. Wenn auch Papa nichts mehr mit mir zu tun haben will, dann endet es eben so. Da kann ich genauso gut …

»Habibti.« Er versucht, sich aufzusetzen. »Mein Pfeil in die Zukunft. Mein Schatz.«

»Ich helfe dir, Papa.« Ich stütze ihn und versuche, den Griff unter dem Bett zu erreichen, mit dem sich das Kopfende anheben lässt. Die Bettwäsche riecht nach Desinfektionsmittel. Und Krankheit.

»Argh, ich krieg den Hebel nicht bewegt, Papa. Das Mistding sitzt zu fest.«

»Nicht schlimm, Habibti.«

»Doch, ich hole jemanden, der helfen kann.«

»Schieb mir einfach das Kissen unter den Rücken.« Er drückt sich mit den Ellbogen höher im Bett, sitzt halb aufrecht. »Na also«, sagt er zufrieden. »Komm her.«

Ich beuge mich über ihn, er nimmt mein Gesicht in beide Hände und gibt mir einen Kuss auf die Stirn.

»Entschuldige, mein Schatz. Du solltest deinen Vater nicht so sehen müssen. Ich sollte dich beschützen. Aber schau mich an. Ich bin wie ein Vogel, der gegen eine Scheibe geflogen ist.«

»Ist schon in Ordnung so, Papa. Es wird ja besser.« Ich schaue mich nach einem Glas um, schiele wieder zur Tür. »Ich hab Mama nicht gesagt, dass ich hier bin. Möchtest du was trinken?«

»Gerade nicht. Gerade möchte ich mich mit meinem Mädchen unterhalten. Wie geht es dir?«

»Mir würde es wesentlich besser gehen, wenn du nicht hier liegen würdest.«

»Das weiß ich, das weiß ich.« Papa seufzt laut. »Und deine Mutter? Wie geht es ihr damit?«

»Das weiß ich nicht, Papa. Ich bin gerade nicht so viel zu Hause …«

»Du bist nicht zu Hause?«

»Es ist viel passiert, seit du hergebracht wurdest. Ich wohne im Moment bei einer Freundin.«

»Was?« Papa lehnt sich näher zu mir und hebt die buschigen Brauen. »Wieso denn das?«

Ich hole tief Luft und schaue zu der großen Uhr, die an der Wand hängt. Mir kommt dieses unheilvolle Wort in den Sinn, das ich aus einer Arztserie kenne, die Mama und ich zusammen geschaut haben. *Todeszeitpunkt.* Ich räuspere mich.

»Ich habe Gefühle für sie.«

»Gefühle?«

»Ja, ich habe bei ihr übernachtet, wenn Mama gearbeitet hat. Ich mag sie. Sehr. Mama hat gesehen, dass ich sie geküsst habe.«

»Habibti, Habibti.«

»Mama sagt, dass es dich umbringen wird, wenn du erfährst, was für eine schlimme Tochter du hast. Und dann bin ich auch noch eine Mörderin.«

»Deine Mutter hat sich immer Sorgen um mich gemacht. Aber der Krieg hat mich nicht umgebracht. Drei Jahre im Gefängnis, beschmiert mit meinen eigenen Fäkalien, haben mich nicht umgebracht. Du hast ein Mädchen geküsst. Davon wird mein Herz schon nicht stehen bleiben. Deine Mutter, sie macht sich Sorgen um dich. Um deine Zukunft. Sie fürchtet, dass du es schwer haben wirst. Es ist ihre Liebe zu dir, die spricht, wenn sie mit dir schimpft.«

»Ihre Liebe?«

»Ja. Sie will doch nur das Beste für dich. Und dann träumt sie natürlich von Enkelkindern. Wenn du lesbisch bist, kann sie ja nun nicht mit vielen Babys rechnen.«

»Ich bin erst siebzehn.«

»Ja, aber sie war mit siebzehn schon mit mir verlobt. Sie wird sich daran gewöhnen, dass dein Leben anders aussieht als ihres. Es wäre sicher leichter, wenn sie mehr Kinder bekommen hätte, dann müsstest du nicht ganz allein ihren Erwartungen gerecht werden.«

»Aber … muslimische Mädchen sind doch nicht lesbisch, oder? Ich habe jedenfalls noch nie von einer lesbischen Muslima gehört.«

»Als ich jung war, gab es eine Menge Lesben. Heute … sind alle so altmodisch und *haram* bis ins Letzte. Lass dies, lass das.

Als wir jung waren, kamen deine Mutter und ich mal in ein Café. Es lag direkt neben einem Olivenhain. Du hast ein Foto davon gesehen, als wir mal bei Osama und Nadia waren. Wir saßen davor und rauchten Wasserpfeife. Mit Apfeltabak. Es roch einfach wundervoll. Du kannst dir die Gerüche und Geräusche nicht vorstellen, Habibti. Die Wärme, das Zirpen der Grillen, das in dem Augenblick einsetzte, in dem die Sonne hinter den Bergen verschwand.« Papa schließt die Augen und atmet tief ein. »Wir lasen uns gegenseitig Gedichte vor und tranken Wein.«

»*Ihr* habt Wein getrunken? Mama trinkt doch keinen Wein!«

»Wir haben Wein getrunken. Wir haben gesungen und gelacht. Und ich war so verliebt in deine Mutter. Ihre Augen sahen fast so aus wie deine. Groß und braun. Langes, offenes Haar. Sie lachte die ganze Zeit. Und als wir nach Hause mussten, nahmen wir mein Motorrad. Sie klammerte sich fest an mich. Aber wir fuhren erst noch auf den Berg und fanden eine Stelle, von der man über die ganze Stadt blicken konnte. All die Lichter. Jetzt sind da nur noch Ruinen. Und alle, die in den Häusern gewohnt haben, sind tot oder geflohen …« Papa sackt zurück aufs Bett.

»Motorrad? Papa, du hattest ein Motorrad? Davon hast du noch nie erzählt. Du hast doch nicht mal einen Führerschein für so …«

»Führerschein, kein Führerschein. Damals war das nicht wichtig. Mädchen küssten Mädchen. Ich küsste deine Mutter. Das war Liebe. Das Leben war leicht. Jetzt … Jetzt ist alles verwüstet. Jeder ist damit beschäftigt, mit dem Finger auf andere zu zeigen und ihnen zu predigen, wie schlecht sie sind. Dabei vergessen sie nur eins. Wenn sie einen Finger ausstrecken, sind immer noch drei auf sie selbst gerichtet.«

»Was soll ich denn machen, Papa? Mama sagt, ich bin nicht länger ihre Tochter.«

»Du wirst immer ihre Tochter sein. Lass ihr Zeit.«

»Sie will mich nicht mehr.« Ich spüre, dass mir die Tränen kommen. Dabei hatte ich mir geschworen, Papa würde mich nicht weinen sehen. Er hat es schon schwer genug. »Ihr ist es wichtiger, mit den Nachbarn befreundet zu sein. In dieses verkackte Ghetto zu passen.«

»Lass die Zeit das ihre tun, mein Schatz. Und mach, was für dich richtig ist. Ich mache mir keine Sorgen.«

»Meinst du, wir sollen uns Hilfe holen?«

»Nur Gott kann uns helfen, Sheherazade. Nur Gott kann uns auf dieser Welt helfen, in der wir leben.« Er räuspert sich. »Du musst wütend sein auf mich.« Papa sieht mich an. »Du musstest mit dem meisten allein klarkommen. Bist du das? Wütend?«

»Nicht mehr. Mach dir keine Gedanken, Papa. Werd einfach gesund. Bist du sicher, dass ich dir nicht noch was zu trinken holen kann?«

»Okay, besorg mir was zu trinken, mein Schatz. Aber geh nicht. Zieh einfach an der roten Schnur, dann kommt eine Schwester.«

Ich fasse nach der Schnur und sofort brummt es leise vor der Zimmertür.

»Hast du was Spannendes geschrieben in letzter Zeit, Habibti?«

»Keine Ahnung, ob es spannend ist, Papa. Aber manchmal hilft es, über die Dinge zu schreiben. Ich mache gerade ein neues Zine.«

»Das ist gut, Habibti. Vielleicht würde es mir auch helfen, wieder zu schreiben. Wie in alten Zeiten. Gedichte und Artikel.

Ich konnte das mal so gut. Die Wörter sprudelten nur so aus mir heraus. Jetzt kann ich mich gar nicht mehr genug konzentrieren.« Papa seufzt.

»Weil du zu viel Krieg im Fernsehen siehst.«

»Meine Tochter sagt, ich schaue zu viel fern.« Papa lacht und schlägt sich auf den Bauch. »Normalerweise sagen die Eltern das zu ihren Kindern! Du bist ein sehr vernünftiges Mädchen, mein Schatz.«

»Da würde Mama dir jetzt nicht so ganz zustimmen …«

»Sie haben geklingelt?« Die Schwester steckt den Kopf zur Tür herein.

»Ja, genau. Mein Vater hätte gern etwas zu trinken.«

»Selbstverständlich. Tee? Saft?«

»Wasserpfeife«, sagt Papa auf Arabisch und zwinkert mir zu.

»Saft wäre super, danke«, ich lächle die Schwester an, »tausend Dank.«

Papa schüttelt den Kopf. »Kein Fernsehen, keine Wasserpfeife. Was für ein schlechtes Hotel.« Er lacht leise.

»Jetzt sorgen wir erst mal dafür, dass es dir besser geht, Papa. Damit es uns allen besser geht.«

»Mein Pfeil in die Zukunft.« Papa sinkt erschöpft zurück aufs Bett. »Mach, was dich glücklich macht. Mach einfach, was dich glücklich macht. Küss. Schreib. Genieß das Leben. Aber verrate niemandem, dass ich das gesagt habe. Sonst erstickt mich deine Mutter im Schlaf mit dem Kissen.« Er gluckst vor Lachen und schließt die Augen. »In der Seele liegt die Freiheit, in der Liebe die Kraft. Hoffnung ist Liebe und Träume sind die Revolution. Das ist es, was die Welt verändert.«

»Schlaf jetzt, Papa. Ich warte noch, bis du eingeschlafen bist.«

Er nimmt meine Hand. Die Wanduhr tickt leise. Als die Schwester den Saft bringt, schläft Papa schon.

»Ich stelle das Glas hier auf den Tisch, dann sieht er es gleich beim Aufwachen.« Sie schaut mich an. »Geh ruhig ein bisschen frische Luft schnappen.«

Draußen steht der Essenswagen bereit und lockt mit dem Duft gebratener Zwiebeln, warmer Leberpastete und alten Spülwassers. Mein Blick landet auf Doktor Stein. Er lädt gerade Essen auf ein Tablett. Als er sieht, dass ich ihn beobachte, stellt er das Tablett weg und kommt zu mir.

»Sheherazade. So heißt du doch, oder?« Heute trägt er einen Arztkittel und sieht sehr arztmäßig aus mit dem Stethoskop um den Hals. »Nach unserem Gespräch habe ich mal wieder *Tausendundeine Nacht* in die Hand genommen. Fantastische Märchen. Aber länger als das Lexikon über sämtliche Ausschläge der Welt.« Er lacht.

»Ja, genau. Und Sie haben meinen Namen diesmal sogar richtig ausgesprochen.« Himmel, es fühlt sich an, als wäre es hundert Jahre her, dass Mama und ich bei ihm im Sprechzimmer saßen. Wie ein früheres Leben. Ein Leben vor Thea.

»Ich bin gleich zur Visite bei deinem Vater. Mir scheint, es geht ihm schon viel besser. Was meinst du?«

»Ja, viel besser. Ich habe mich gerade mit ihm unterhalten.«

»Das ist gut. Richtig gut. Hat eigentlich schon jemand mit euch darüber gesprochen, dass dein Vater PTBS hat? Bisher haben wir uns ja auf sein Herz konzentriert, weil das die Einlieferungsursache war. Aber es besteht kein Zweifel daran, dass sein Zustand sich durch PTBS verschlechtert hat.«

»Nein, darüber hat noch niemand mit uns gesprochen. Was

heißt das eigentlich genau? Also, ich habe natürlich schon davon gehört. Aber …«

»PTBS wird durch ein traumatisches Erlebnis oder mehrere ausgelöst. Und das trifft fraglos auf deinen Vater zu. Das Besondere an PTBS ist, dass die betroffene Person das Gefühl hat, immer noch mitten in der Gefahrensituation zu stecken. Menschen, die davon betroffen sind, leiden. Jeden Tag. Selbst wenn sie das, was passiert ist, tatsächlich längst überstanden haben.«

»Wie ein Albtraum, aus dem man einfach nicht aufwacht?«

»Ja, ganz genau. Das ist ein sehr treffender Vergleich. Man nennt es Flashback. Das Erlebte spielt sich immer wieder vor dem inneren Auge ab. Wie in einem Film.«

»Ich kenne das auch. Etwas, was vor langer Zeit passiert ist, taucht plötzlich auf, wenn mich etwas daran erinnert. Hab ich dann auch …«

»Sekundärtraumatisierung nennt man das. Wenn man jemandem sehr nahesteht, der unter PTBS leidet, dann färbt das Trauma ab. In diesem Fall auf dich und deine Mutter.«

»Sie hat immer wieder Migräneanfälle und manchmal geht es ihr richtig schlecht. Dann wird sie sehr traurig.«

»Ja, das ist gar nicht ungewöhnlich. PTBS wirkt sich auch auf Beziehungen aus. Es kann zweifellos auch Folgen für das Verhältnis zu deinem Vater gehabt haben. Menschen, die darunter leiden, sehen häufig niemanden außer sich selbst. Du machst einen sehr starken Eindruck auf mich. Deine Eltern haben großes Glück, eine Tochter wie dich zu haben.« Er lächelt.

»Da gehen die Meinungen ein bisschen auseinander.« Ich schaue den Flur hinunter auf der Suche nach Thea. Doktor Stein schaut auf seine Uhr.

»Ich sollte schnell noch was essen, sofern ich noch etwas auftreiben kann. Apropos … Du hast nicht gesehen, dass ich mir Essen von den Patienten mopse, ja? Die meisten haben ohnehin keinen großen Appetit und dann wird es sowieso nur weggeworfen. Ich schaffe es einfach nicht runter in die Kantine …«

»Keine Sorge, ich schweige wie ein Grab.«

»Pass gut auf dich auf, Sheherazade.« Er drückt kurz meine Schulter. »Und wenn du mal das Bedürfnis hast, zu reden, komm gern vorbei, du bist jederzeit willkommen.«

Thea sitzt auf einem Lehnstuhl und sieht mich fragend an.

»Und?« Sie steht auf und legt mir eine Hand auf den Arm.

»Ich habe meinem Vater erzählt, dass ich dich geküsst habe. Na ja … Ich hatte mir vorher nicht überlegt, was genau ich sagen wollte, und dann ist alles geradezu aus mir rausgesprudelt.«

»Und, wie hat er reagiert?«

»Ich hatte fast den Eindruck, er fand es lustig. Hat ihn an seine Jugend erinnert, als er und Mama noch ziemliche Hippies waren.«

»Verarsch mich nicht!«

»Sind sie ja nicht mehr … Also, Hippies.«

»Das ist ja irre. Ich habe wirklich gehofft, dass er dich versteht. Aber ich hab mir auch ziemliche Sorgen gemacht, schließlich hab ich dich dazu überredet und es hätte auch alles schlimmer machen können. Ich war schon richtig nervös. Man hört ja so alles Mögliche in den Nachrichten … Hätte genauso gut sein können, dass dein Vater einen Ehrenmord anzettelt und du den Rest deines Lebens in einem Frauenhaus zubringen musst.«

»Die Medien berichten so einen Mist! Die Leute reden über Dinge, von denen sie rein gar nichts verstehen.«

»Was willst du damit sagen? Beleidigst du hier gerade die Arbeit meiner Eltern?« Thea lacht.

»Ja, tut mir leid. Aber wenn man so was von außen betrachtet, bleibt das unweigerlich scheißoberflächlich. Egal, Hauptsache, die Auflage verkauft sich gut. Ehrenmord und so was zieht ja immer.«

»Willst du damit sagen, dass das kein echtes Problem ist? Du bist schließlich auf deine Mutter zugegangen und sie hat dir praktisch die ausgestreckte Hand abgehackt. Und Sohane ist tot.«

»Und was genau bringt es, wenn Herr und Frau Hansen sich bei Kaffee und Kuchen über Einwandererintrigen unterhalten?« Ich werde langsam wütend.

»Weil es auf die Probleme aufmerksam macht? Das ist doch wichtig?« Jetzt wird auch Thea lauter. »So was sollte nicht unter den Teppich gekehrt werden.«

»Wichtig für wen?«

»Für die Politik und alle, die gern dafür sorgen möchten, dass sich was verändert.«

»Ich würde ja gern den Politiker sehen, der den Heiligen Bart davon überzeugen kann, dass nichts gegen Homosexualität spricht!«

»Okay. Trotzdem können sie denen helfen, die Probleme mit ihrer Familie haben.«

»Wie denn, Thea?«

»Das weiß ich doch auch nicht. Ich bin ja keine verdammte Sozialarbeiterin. Und das ist auch gut so! Denn sonst wäre das hier wirklich falsch.« Plötzlich ist Theas Hand auf meiner Brust.

»Du Arsch.« Ich lache, schubse ihre Hand weg und schaue mich schnell um. »Hast du denn keine Ehre, Bleichgesicht?«

»Nein, ich bin ein ziemlich unanständiges Mädchen«, sagt Thea. »Und statt dich darüber zu beklagen, was alle anderen falsch machen, könntest du ja einfach selbst was unternehmen. Mit deinen Zines zum Beispiel.«

»Ich bin übertrieben verrückt nach dir.« Ich küsse sie. Ich habe keine Lust, mehr zu diskutieren.

»Und ich bin verrückt nach dir!«, erwidert Thea. »Verschwinden wir von hier, bevor wir noch deiner Mutter begegnen!«

19

Der Geruch von Apfeltabak

Die Geräusche in Østerbro sind anders als in Parkerne. Der Morgenverkehr ist ganz nah. Der blaue Sari vorm Fenster lässt das Morgenlicht herein. Thea murmelt etwas im Schlaf und legt ihr Bein über meins.

Wir haben die Wohnung ganz für uns.

Theas älterer Bruder ist bei Freunden, Theas Vater und die beiden Kleinen sind im Sommerhaus und kommen erst am Nachmittag zurück. Sie brauchten ein bisschen Luft und ein paar Tage Abstand vom Krankenhaus, erklärte Thea. Das Haus selbst sei wirklich schön und auch super gelegen, Theas Mutter hat es von ihrer Mutter geerbt. Sie hat mir Bilder von ihrem Privatstrand gezeigt, umgeben von Hagebuttenbüschen und freundlichen Nachbarn. Sie fahren oft mit den Rädern in die Stadt und holen sich große Waffeln in der Eisdiele oder essen selbst gepflückte Erdbeeren mit Sahne und schauen der Sonne beim Untergehen zu.

Ich frage mich, wie unser Leben ausgesehen hätte, wenn meine Familie die Möglichkeit gehabt hätte, ab und zu mal das Ghetto zu verlassen und eine Auszeit zu nehmen. Einer Sommeridylle sind wir wohl am nächsten gekommen, als die Sozialarbeiterin uns mal sieben Tage in einem Sommerhaus der Gemeinde in Vesterhavet bewilligt hat. Papa ging tagelang die Wände hoch. Man konnte dort nur deutsche Fernsehsender empfangen, und es lief permanent Werbung für magische Schrubber, Vitamintabletten und deutsche Musikvideos, in denen so Mädels im Trachten-Outfit und mit bis zum Hals hochgeschnallten Brüsten rumtanzten und ihre Begeisterung – man konnte es nur als sonderbare sexuelle Vorliebe beschreiben – für Butterfässer zur Schau stellten, an denen sie sich rhythmisch rieben. Papa rannte auf der Suche nach der Satellitenschüssel mehrmals ums Haus.

»Glaubst du, das ist wie im Märchen?«, fragte Mama belustigt. Zu dem Zeitpunkt hatte sie noch keine Migräne. Die kam erst an Tag drei. »Du musst nur sieben Mal ums Haus laufen, damit die Satellitenschüssel erscheint? Es gibt keine, mein Schatz. Genieße das. Die Ruhe, den Frieden und das Meer.«

Papa war erschüttert. Wie kam denn bitte jemand auf die Idee, ein Haus auf ein Wassergrundstück zu setzen, in dem man sich nicht mal Massaker und Krieg anschauen konnte? Es könnten ja massenweise Menschen abgeschlachtet werden, ohne dass er etwas davon mitbekam?

»Aber die sterben doch, egal, ob du es nun siehst oder nicht.« Mama wedelte mit dem Einmalgrill. »So, und jetzt machen wir es uns nett.«

Papa holte sein Handy heraus. Der Empfang war nicht optimal, aber er bekam CNN. Mitten in Jerusalem hatte sich ein Selbstmordattentäter in die Luft gesprengt. Papa setzte sich erleichtert aufs Sofa, den Blick fest aufs Handy geheftet, während Mama das mitgebrachte Lamm grillte und auf dem kleinen Herd Wasser für Couscous aufsetzte. Es wurde eine lange Woche.

Der Gedanke an Mama und Papa versetzt mir einen Stich. Sie fehlen mir. Ich liege in einer teuren Wohnung in Østerbro und habe sie in Parkerne zurückgelassen. Sie sind schließlich nicht selbst schuld an ihrem verkackten Leben. Sie wurden nun mal in einem Land geboren, das zugrunde ging. *Trotzdem hätte deine Mutter dich nicht vor die Tür setzen müssen*, kann ich Thea fast sagen hören. Und da muss ich ihr sogar recht geben. Es müsste nicht so sein. Ich versuche, mir unsere beiden Familien an einem Tisch vorzustellen. Theas Mutter lobt Mamas Falafel, Mama sagt, dass Theas Mutter spannende Artikel über die Veränderungen dieser sich globalisierenden Welt schreibt, und unsere Väter diskutieren über die Chancen auf Frieden im Mittleren Osten. Das würde natürlich voraussetzen, dass Mama Zeitungen läse, Theas Mutter nicht gelähmt und die Stühle am Esstisch sicher im Boden verankert wären. Die Vorstellung bringt mich zum Lachen.

»Was ist denn so lustig?« Theas verschlafene Stimme holt mich aus meinen Gedanken. »Liegt es an mir, dass du mit einem zufriedenen Lächeln auf den Lippen aufwachst?« Sie lässt die Hände unter die Bettdecke zu meinem Oberschenkel wandern.

»Thea!« Ich rucke mein Bein weg.

Mein Handy, das auf dem Nachttisch neben Thea liegt, fängt an zu klingeln. Sie wirft es mir zu. »Es wird nach dir verlangt.«

Ich schaue aufs Display. Unbekannte Nummer.

»Jetzt geh schon dran.«

Ich drücke auf den grünen Hörer. »Ja, hallo?«

»Hallo, Sheherazade, hier spricht Susanne Hansen.«

»Frau Hansen?«

»Ja, deine Lehrerin.«

Am Telefon hab ich ihre Stimme gar nicht erkannt.

»Oh, okay. Hallo, Frau Hansen.«

»Entschuldige, dass ich dich an einem Sonntag störe. Ich habe lange überlegt, ob ich anrufen soll. Aber dann dachte ich, dass ich besser schon heute mit dir sprechen sollte. Weißt du, ich möchte mich nicht einmischen, aber …«

»Ja?«

»Deine Mutter hat mich angerufen, Sheherazade.«

Magenschmerzen auf Knopfdruck. Was kommt jetzt?

»Wer ist es?«, flüstert Thea.

»Meine Lehrerin«, flüstere ich zurück.

»Deine Mutter hat gesagt, dass du nicht länger zu Hause wohnst. Dass du abgehauen bist. In eurem Alter mischen wir uns als Schule da eigentlich nicht mehr ein, aber ich finde trotzdem, dass es meine Aufgabe als deine Lehrerin ist, nachzuhaken, was vorgefallen ist.«

»Ich bin nicht abgehauen. Ich habe keine Ahnung, warum meine Mutter so etwas behauptet.« Mein Herz schlägt schnell.

Thea hat sich aufgesetzt und betrachtet mich besorgt.

»Das waren auch nicht ganz ihre Worte. Sie sprach davon, dass dein Lebenswandel nicht mehr mit den Familienwerten in Einklang zu bringen sei. Ich konnte sie nicht dazu bewegen, das näher auszuführen.«

»Warum hat meine Mutter Sie denn überhaupt angerufen?« Ich selbst habe von Mama nichts gehört, seit sie mich am Telefon so eiskalt angeschwiegen hat. Thea hat sich ganz nah zu mir gelehnt, damit sie mithören kann.

»Sie hätte gern, dass ich dich zur Vernunft bringe. Das war ihre Formulierung. Und ich soll dir ausrichten, wenn du wieder normal bist, kannst du selbstverständlich nach Hause zurückkehren. Was hat sie damit gemeint? Wenn ich fragen darf …«

Ich bin nicht gerade versessen darauf, mit Frau Hansen über Thea zu sprechen.

»Sag es ihr«, flüstert Thea. »Hin und wieder musst du mal jemandem trauen.«

Mann, ich habe überhaupt keine Lust, auch nur ein Wort über uns zu sagen.

»Du kannst dich nicht ewig verstecken. Die Leute bekommen so oder so Wind davon.«

»Bist du noch dran?«, fragt Frau Hansen.

»Ja, bin ich. Meine Mutter ist ausgeflippt. Weil ich mich in ein Mädchen verliebt habe …«, sage ich. Im Hörer bleibt es still, also fahre ich fort: »Damit … kommt meine Mutter nur schwer klar … als Muslima … da ist es …«

»Verstehe«, sagt Frau Hansen. »Das muss schwer für dich sein. Also …« Sie räuspert sich. »Entschuldige. Hör zu, Sheherazade, ich bin für dich da. Wo wohnst du jetzt?«

»Bei Thea.«

»Und das ist?«

»Das Mädchen.«

»Verstehe. Ist es denn in Ordnung, dass du da erst einmal bleibst? Also, ich meine … haben wir jetzt ein akutes Wohnungsproblem, für das wir eine Notlösung brauchen?«

Thea schüttelt den Kopf.

»Nein, ich kann hier bleiben, solange ich will. Solange ich muss.«

»Das ist gut. Das ist sehr gut.« Jetzt klingt Frau Hansen wieder so, wie sie immer klingt, wenn sie vor der Klasse an ihrem Tisch lehnt. »Es ist völlig in Ordnung, wenn du erst einmal ein paar Tage für dich brauchst. Ohne Schule. Damit du wieder auf die Füße kommst, sozusagen. Ich sorge dafür, dass dein Fehlen entschuldigt ist. Nimm dir so viel Zeit, wie du brauchst. Und pass auf dich auf.«

»Das werde ich.«

»Eins noch, Sheherazade. Möchtest du, dass ich der Klasse schildere, was passiert ist, oder machst du das lieber selbst? Oder vielleicht willst du auch gar nichts sagen?«

»Das dürfen Sie gern in meiner Abwesenheit machen.« Ich überstehe nicht noch ein Plenum über »meine Kultur«.

»Das halte ich für eine gute Idee. Dann kannst du dich darauf verlassen, dass du die nötige Unterstützung bekommst, wenn du wieder in der Schule bist. Und keine Sorge, du bringst das Schuljahr sicher trotzdem gut zu Ende. Okay, Sheherazade. Ruf mich an, wenn irgendetwas ist. Tag und Nacht. Melde dich einfach.«

»Vielen Dank.« Ich verabschiede mich und dann legen wir auf.

Thea und ich sitzen schweigend im Bett und schauen uns an.

»Meine Mutter hat meine Lehrerin angerufen. Als wäre ich sieben Jahre alt! Warum meldet sie sich denn nicht direkt bei mir?«

»Warum? Mit dem Wort könnte man eine Menge Fragen einleiten … Warum hat deine Mutter ein Problem damit, dass du mit mir zusammen bist? Warum ist meine Mutter krank? Warum haben wir uns ineinander verliebt, wenn es alles so scheißkompliziert macht? Ich habe keine Ahnung, warum deine Mutter bei deiner Lehrerin angerufen hat. Aber es ist möglich, dass sie dich für ein kleines Kind hält, das man jederzeit auf seinen Platz verweisen kann.«

»Sie hat auch bei ihr angerufen, als wir auf Klassenfahrt wollten, und hat ihr gesagt, dass ich nur mit Mädchen schlafen darf.«

»Da, dann hat sie es selbst gesagt!« Thea lacht. »Da soll noch mal wer behaupten, dass du nicht auf deine Mutter hörst! Gutes Kind!« Sie tätschelt mir den Kopf. »Und jetzt: Frühstück. Denk dran, dass wir heute Abend mit Bjørk verabredet sind. Ich bin schon gespannt, zu was sie uns da schleppt.«

»Ich weiß nicht, ob ich mich wirklich aufraffen kann. Was, wenn das so ein Treffen ist, wo sich alle nur bemitleiden? So von wegen *Uns wurde ja so übel mitgespielt*, bla, bla?«

»Jetzt gib dem Ganzen mal eine Chance. Ich bekomme im Laufe des Tages eine Mail mit der Adresse vom Treffpunkt. Und es sind offensichtlich einige dabei, die Probleme mit ihren Familien haben.«

»Ist das nicht ein bisschen übertrieben mit dieser Heimlichtuerei?«

»Adeel, der Freund von Bjørk, der die Gruppe leitet, hat schlechte Erfahrungen gemacht. Da hat sich mal jemand angemeldet, nur um auszuspionieren, wer so dahin ging. Und dann hat er alle Teilnehmer an ihre Familien verpetzt. Da waren einige dabei, die noch nicht geoutet waren. Das gab ein ziemliches Drama. Und einer wurde deshalb sogar zurück in die alte Heimat geschickt.«

»Also, ich weiß irgendwie nicht, ob das das Richtige für mich ist.«

»Gib dem Ganzen eine Chance, She!«

Später am selben Tag stehen wir in Vesterbro in einem Hinterhof vor der Tür zu einem kleinen Gemeinschaftsraum. Bjørk ist am Hauptbahnhof zu uns gestoßen und schickt ihrem Freund Adeel jetzt eine SMS, damit er weiß, dass wir vor der Tür warten. Wenige Minuten später öffnet uns ein dünner, sympathischer Typ mit weißem Hemd, beigefarbener Stoffhose und Lackschuhen.

»Willkommen! Ihr seid die Ersten.« Er streckt die Hand aus. »Aber die anderen sind sicher auch gleich da.«

Wir betreten einen Raum, der einem Klassenzimmer zum Verwechseln ähnelt, Tische und Stühle stehen in Hufeisenformation.

»Eure Mäntel könnt ihr da ablegen.« Er zeigt auf einen Tisch in der Ecke. »Ich mache eben noch Tee und Kaffee. Wir werden auch die Wasserpfeife anschmeißen. Das ist quasi Tradition bei unseren Treffen.«

Ich liebe Wasserpfeifen und sehe der ganzen Sache mit einem Mal freundlicher entgegen.

»Darum kann ich mich gern kümmern.« Ich werfe Mantel und Tasche auf den Tisch.

»Cool.« Bjørk nickt, offensichtlich beeindruckt. »Woher kannst du das?«

»Hat mir mein Vater beigebracht.«

»Wir helfen dir in der Küche, Adeel. Kommst du allein klar, She?« Thea nimmt meine Hand und gibt mir einen Kuss auf die Wange.

»Ja, natürlich.«

Adeel deutet zu einer Tür in der Ecke. »Unser Treffen findet da drin statt. Der Lichtschalter ist gleich links hinter der Tür.«

Ich taste mich durch die Dunkelheit und finde auch sofort den Schalter. Schon erstrahlt der Raum im Licht einer Mosaiklampe, die rote, gelbe und blaue Farbkleckse an die weißen Wände wirft. Es ist ein kleines Zimmer mit Orientteppich und einer großen Habibi-Wasserpfeife in der Ecke.

»Hier ist es etwas gemütlicher.« Adeel steht mit einer Kanne

Wasser in der einen und einer Rolle Alufolie in der anderen Hand in der Tür. »Dieser Raum wird auch als Frauencafé und zum Beispiel von der Muttergruppe genutzt. Hast du Feuer?« Er reicht mir Wasser und Alufolie.

»Ja.« Ich hocke mich vor die Pfeife und öffne die Tabakdose. Nehme heraus, was zwischen Daumen und Zeigefinger passt, und stopfe es vorsichtig in den Pfeifenkopf. Papa hat immer gesagt, man solle eine Wasserpfeife behandeln wie einen guten Freund. Mit Sorgfalt. Wenn man sie raucht, lösen sich deine Sorgen in Wohlgefallen auf. Werden eins mit der Luft und so zu Gott getragen, der all deine Gebete und Klagen hört. Meine Vorväter haben viele Konflikte und Sorgen über einer Friedenspfeife gelöst. Leider raucht Mama nicht.

Ich höre, dass noch mehr Leute hereinkommen, während ich den Pfeifenkopf mit Alufolie abdecke und die Kohlen anzünde. Dann fülle ich das kalte Wasser ein und warte ein paar Minuten, damit es warm wird, bevor ich einen Probezug mache. Der Rauch kratzt im Hals, dann erfüllt der Geruch von Apfeltabak den Raum und erinnert mich an das Haus meiner Großeltern, an das Zirpen von Grillen im Dämmerlicht und den Schnurrbart meines Vaters, der mich im Gesicht kitzelte, wenn er mir einen Kuss auf die Wange gab.

Lieber Gott, ich hätte gern meine Eltern zurück. Und möchte Thea behalten. Lieber Gott, ich hätte so gern meine Eltern zurück. Und möchte trotzdem mit Thea zusammenbleiben können. Lieber Gott …

»Na, lässt du's dir gut gehen?« Bjørk steckt den Kopf zur Tür herein. »Es sind alle da. Wir können anfangen.«

Wir sitzen im Kreis auf dem Boden um die Wasserpfeife, Tee, Kaffee und eine Mazarintorte mit Schokolade herum. Adeel begrüßt uns.

»Hallo, ich heiße Adeel. Einige von euch kennen mich schon.« Er lächelt. »Ich habe diese Gruppe gegründet. Weil ich weiß, dass ich nicht der Einzige bin, der sich mit gewissen Problemen konfrontiert sieht, wenn das Leben, das man gern führen möchte … Ich meine, wenn das Leben, das man führen muss, mit dem kollidiert, was die Familie erwartet. Ich selbst habe schwere Zeiten mit meiner Familie hinter mir, aber allmählich wird es besser. Und mit meinen Erfahrungen möchte ich gern anderen helfen, die sich vielleicht in der gleichen Situation befinden wie ich. Oder einer ähnlichen. Ich schlage vor, wir fangen mit einer kleinen Vorstellungsrunde an, und dann erkläre ich noch ein bisschen, was ich mir überlegt habe. Also, wie genau wir uns hier gegenseitig unterstützen können. Und nehmt euch Tee.« Er breitet die Arme aus. »Fühlt euch wie zu Hause.«

»Soll ich anfangen?«, fragt das Mädchen direkt neben Adeel schüchtern. Er nickt.

»Okay. Ich heiße Jihaan, meine Familie kommt aus Somalia. Noch mehr? Ich bin zwanzig.«

»Super.« Adeel nickt.

»Ich heiße Amanda«, sagt ein kräftiges Mädchen mit einer breiten Tätowierung, die auf ihrem rechten Oberarm prangt. »Meine Familie stammt aus Syrien. Ich bin neunzehn.«

»Ich heiße Mirza«, sagt der Nächste. »Ich bin siebzehn. Meine Eltern kommen aus … Okay, ratet mal. Los.« Er grinst.

Jihaan reckt die Hand in die Luft wie in der Schule. »Äh, vielleicht aus Afghanistan?«

»Na ja, die meisten tippen auf Spanien oder so was in der

Richtung«, erklärt Mirza. »Ich hab ja recht helle Haut. Im Vergleich zu meinen Eltern. Also, meine Mutter war auch heller, als sie noch jünger war. Aber mein Vater ... Moment, nee, meine Schwester ...«

»Danke, Mirza«, sagt Adeel lachend. »Du kannst gleich noch mehr erzählen. Wir bringen jetzt erst mal die Vorstellungsrunde zu Ende.«

Ich bin an der Reihe.

»Ich heiße Sheherazade.«

»Und ich bin Thea. Ich bin achtzehn und mit Sheherazade hier.«

»Bjørk, einundzwanzig. Ich bin mit Adeel, Thea und She befreundet.«

»Elias, siebzehn, Marokko«, sagt ein ziemlich gut aussehender Typ, der sich nach der Teekanne reckt. Er ähnelt irgendeinem berühmten Fußballer. Beckham. Er füllt still Tee in einen Becher, ohne aufzusehen.

»Sehr schön, dann kennen wir uns jetzt ein bisschen. Also ... Dies ist ein Raum des Vertrauens. Dazu nutzen wir auch symbolisch die Wasserpfeife. Sie geht reihum, von Mund zu Mund, und ist unser Versprechen aneinander, dass das, was hier gesagt wird, niemals nach draußen getragen wird.« Er reicht Jihaan die Wasserpfeife. Sie umschließt das Mundstück mit den Lippen, saugt kräftig daran, sodass es im Bauch der Pfeife blubbert, und pustet dann den Rauch aus. Adeel spricht weiter, während die Wasserpfeife herumwandert.

»Ich habe immer gewusst, dass ich auf Männer stehe. Ich bin schon häufiger gefragt worden, wann ich das gemerkt habe. Aber darauf kann ich gar nicht antworten, das war einfach immer so. Genauso wusste ich, dass es so was in meiner Familie nicht geben darf. Und deshalb nicht geben kann. Niemals. Meine Mutter hatte vielleicht einen Verdacht. Sie hat mich oft nach Mädchen gefragt. Ob mir die eine oder andere Tochter ihrer Freundinnen gefiel. Manchmal sagte ich: Ja, sie ist wirklich hübsch. Nur um meiner Mutter einen Gefallen zu tun. Und dann fing ich an, auszugehen, und habe meinen ersten Freund kennengelernt, mit dem ich noch heute zusammen bin. Henrik. Das war natürlich immer ein Geheimnis. Und ich hatte große Angst, erwischt zu werden.«

Ein paar nicken.

»Eines Tages schlug mir meine Mutter ein Mädchen vor, dass ihrer Meinung nach zu mir passte. Ich lehnte ab. Meine Mutter konnte es nicht verstehen. Und dann musste ich mir Woche für Woche ihre Verkaufslitanei anhören: sie-ist-doch-so-hübsch-und-klug … Bis eine von Mutters Freundinnen geradeheraus sagte: ›Muna, dein Sohn ist schwül.‹«

Wir lachen.

»›Nein, ich bin nicht schwül‹, sagte ich. ›Ich bin schwul!‹ Den Gesichtsausdruck meiner Mutter, den werde ich nie vergessen.« Sein Lächeln ist weg, es ist still in unserer Runde. »Ich habe immer noch das Gefühl, dass an dem Tag etwas in meiner Mutter gestorben ist. All ihre Hoffnungen, Träume und Wünsche. Ich bin der älteste Sohn, ihr wisst, wie das ist.«

Wieder vereinzeltes Nicken.

»Nach diesem Tag war ich zu Hause nicht mehr willkommen. Ich zog zu Henrik.«

Theas Hand findet meine und drückt sie.

»Wie lange ist das her? Triffst du dich mittlerweile wieder mit deiner Mutter?«, platze ich heraus.

»Ja, ich besuche meine Eltern manchmal. Aber immer ohne

Henrik. Und wir sprechen nicht über mein Leben. Von meiner Arbeit mal abgesehen. Ansonsten geht es immer um meine Geschwister, deren Ehe und Kinder. Das ist nicht leicht. Ganz im Gegenteil.«

Der Beckham-Verschnitt nickt mit ernstem Gesicht.

»Ein weiterer Grund dafür, dass ich diese Gruppe gegründet habe, ist, dass ich mich so unfassbar allein gefühlt habe. Als wäre ich verkehrt und der Einzige auf der Welt, der dieses Problem hat. Und dann begriff ich, wie falsch ich lag. Wir können einander helfen, unsere Geschichten miteinander teilen und endlich aufhören, uns wie Freaks zu fühlen.«

Adeel schneidet den Kuchen an und verteilt die Stücke auf Papptellern. »Möchte noch jemand von sich erzählen?«

»Ja, gern.« Amanda zeigt auf. »Ich hab mich ja vorhin als Amanda vorgestellt. Vielleicht wundert euch das, weil es ja kein besonders arabischer Name ist. Das liegt daran, dass ich nicht wirklich so heiße. Ich wohne an einem geheimen Ort. In einem sogenannten geschützten Frauenhaus. Wir nutzen dort nicht unsere echten Namen, weil wir alle aus Gegenden kommen, wo jeder jeden kennt und über alles getratscht wird. Das ist auch, kurz gesagt, das eigentliche Problem. Wir dürfen also unsere Namen ändern, um eine gewisse Anonymität zu wahren. Ihr könnt euch ja vorstellen, wie das sonst läuft. Dein Vater kennt meinen Vater, blablabla. Und genau das sollte eben nicht passieren. Ich fand Amanda schön, deshalb heiße ich jetzt so.« Sie lacht. »Vielleicht fragt ihr euch, wie zur Hölle ich in einem Undercoverhotel gelandet bin? Weil meine Familie meint, ich sei krank. Meine Mutter hat herausgefunden, dass ich lesbisch bin, weil meine allerbeste Freundin, mit der ich quasi von Geburt an befreundet war und auf die ich mich echt verlassen habe, es ausgeplaudert hat. Um buchstäblich ihren eigenen Arsch zu retten. Sie wurde nämlich erwischt. In einem Auto. Mit einem Typen. Ihr wisst schon.«

Mirza nickt. »Oh ja.«

»Danach war ihr Arsch in aller Munde, sozusagen. Damit die Leute sich endlich über was anderes das Maul zerrissen und vor allem um ihren Ruf als anständiges Mädchen wiederherzustellen, verkündete sie, dass ich lesbisch bin. Sie war die Einzige, der ich das jemals erzählt hatte. Als ich sie später gefragt hab, warum sie das getan und weshalb sie mich verraten hat, sagte sie, sie hatte Angst, dass ich sie angrapsche. Weil sie das Gefühl hatte, ich würde zu lange auf ihre Brüste starren. Könnt ihr euch das vorstellen? Ihre Brüste! Also, nur weil ich lesbisch bin, glotze ich doch nicht auf alle Brüste der Welt. Sie ist nicht mal mein Typ. Außerdem war sie meine beste Freundin.« Amanda schaut zu Boden.

»Und was ist dann passiert?« Mirza tätschelt ihr die Schulter.

»Dann ging es erst richtig los. Ich habe noch immer Narben auf dem Rücken vom Gürtel meines Vaters. Sie haben mich zum Arzt geschleppt. Einem arabischen Arzt. Sie haben gesagt, wenn ich nicht ›gesund‹ werde, bringen sie mich um. Ich habe meine Familie nun seit einem Jahr nicht gesehen. Und ich bezweifle, dass ich sie je wiedersehen werde. Am meisten fehlt mir mein Neffe, der Sohn meiner Schwester. Ich war bei seiner Geburt dabei und habe oft auf ihn aufgepasst. Er fehlt mir so wahnsinnig.« Mirza legt Amanda einen Arm um die Schulter. »Manchmal denke ich, es wäre besser, ich wäre tot. Aber dann verscheuche ich den Gedanken schnell und sage mir, es wird vielleicht doch wieder besser. Eines Tages. Keine Ahnung …«

Ein ganzes Jahr. Wird es so lange dauern, bis ich meine

Eltern wiedersehe? Ich lasse Theas Hand los und fummle an der Nadel in meinem Kopftuch herum. Thea legt mir die Hand auf den Rücken. Ich würde ja gern vorspulen und mir anhören, was ich den Leuten hier in einem Jahr zu erzählen habe. Eine traurige Geschichte darüber, wie ich meine Familie verlor? Oder einen Vortrag über Familie und Vergebung?

»Darf ich fragen, was da auf dem Tattoo auf deinem Oberarm steht?«, will Mirza wissen.

Amanda zieht den Ärmel des T-Shirts hoch. »Da steht: *Nummer 23. Gebratene Nudeln mit Huhn und süß-saurer Soße.*« Sie lacht. Wir lachen alle mit.

In der Wohnung duftet es nach Essen, und Theas Vater ruft laut »Hallo«, als die Wohnungstür hinter uns zufällt.

»Es ist wirklich in Ordnung, dass ich hier bin?«

»Ja, ich hab mit ihm gesprochen. Geht alles klar.«

»Ganz sicher?«

Thea läuft voran, in die Küche. Die Zwillinge sitzen am Tisch, jeder in ein iPad vertieft, während Theas Vater gerade dabei ist, ein Blech in den Ofen zu schieben.

»Pizza von Irma. Wie klingt das?« Er knallt die Ofentür zu, wischt sich die Hände an der braunen Samthose ab und reicht mir dann die rechte. »Ich bin Mads«, sagt er freundlich und drückt meine Hand. »Du musst Sheherazade sein. Ich hätte gern was Ordentliches gekocht, aber gerade ist die Zeit etwas knapp.« Er öffnet den obersten Knopf seines blau karierten Hemdes. Da fallen mir die großen Schweißflecke unter seinen Achseln auf. »Wir haben zurzeit ein bisschen viel um die Ohren.«

»Für mich ist das völlig okay, ich mag Pizza. Kann ich irgendwie helfen?«

»Du könntest den Tisch decken, danke. Und, Jungs, jetzt legt ihr den Elektronikkram weg. Eure Zeit ist sowieso schon längst abgelaufen.« Er wendet sich lächelnd an mich. »Wir haben hier eine strenge Bildschirmpolitik. Sonst verwandelt sich das Hirn in Brei. Stimmt's, Jungs? Schaut mal auf die Uhr. Ab jetzt bleibt der Bildschirm schwarz, bis ihr ins Bett geht. Und sagt mal Sheherazade richtig Hallo. Sie bleibt eine Weile bei uns.«

»Warum?« Einer der Zwillinge schaut von dem Bildschirm auf, wo vor einem gelben Hintergrund Dreiecke und Vierecke gegeneinanderstoßen.

»Weil sie Theas Freundin ist.«

»Hat sie denn kein eigenes Zuhause?« Jetzt habe ich die Aufmerksamkeit beider Zwillinge.

»Doch …« Mads öffnet die Besteckschublade. »Messer und Gabel oder Finger?«

»Papa, es ist Pizza.« Thea füllt eine große Glaskanne mit Wasser.

»Hm.« Mads schiebt die Schublade wieder zu.

»Aber wenn sie doch ein Zuhause hat, warum wohnt sie dann hier?«

»Wir waren doch gerade erst im Sommerhaus, oder? Man könnte sagen, das hier ist Sheherazades Sommerhaus.« In dem Moment kommt Theas älterer Bruder Tobias in die Küche. Er hat lange Haare, einen schwarzen Overall und ein breites Lächeln auf den Lippen.

»Cool, dich endlich kennenzulernen, She«, sagt er und umarmt mich. »Thea hat schon viel von dir erzählt. Wie ich sehe, erwartet uns heute mal wieder die Spezialität des Hauses. Pizza von Irma. Vielleicht kannst du unseren Speiseplan ja mal mit Mezze bereichern.«

»Sehr gern.« Ich lächle erleichtert. Theas Familie kennenzulernen, ist viel leichter, als ich befürchtet hatte.

Es ist spät, als wir in Theas Bett liegen. Vorhin habe ich noch zwei SMS bekommen. Eine von Kim, der mir schrieb, wie mutig ich sei und dass er sich schon darauf freue, mich demnächst in der Schule wiederzusehen. Und eine von Katja. Ein Kuss-Emoji, dazu *»Wir stehen alle hinter dir«* und *»Drücker«*.

Thea liegt hinter mir, den Arm um mich gelegt.

»Woran denkst du?«, fragt sie leise.

»Ich denke an Mirza, der seiner Familie noch nicht erzählt hat, wer er ist. Ich kann sein Gefühl, auf einer tickenden Zeitbombe zu sitzen, so gut nachvollziehen. Und auch, dass er gern Stand-up-Comedy machen will, obwohl seine Eltern darauf bestehen, dass er Zahnarzt wird, damit er ihre Zähne in Ordnung bringen kann, wenn sie alt sind. Mein Gott! Da zeichnet sich Ärger am Horizont ab.«

»Ich find's so krass, dass Jihaan Medizin aus Somalia bekommen hat. Als wäre sie krank.« Thea seufzt.

»Oder denk mal an das, was Adeel von Pakistan erzählt hat. Dass Frauen, die lesbisch sind, von ihren Familien eingesperrt werden. Über Jahre. Weil sie sich schämen. Man kann sich doch gar nicht vorstellen, dass so was wirklich passiert. Ich hatte keine Ahnung, dass es so schlimm ist.«

»Ich würde mal sagen, das ist krank. Umso besser, dass es diesen Verein gibt, der direkt vor Ort hilft. Und was für eine fantastische Idee, sie mit Schwulen zu verheiraten. Win-win. Die Familien können sich damit brüsten, dass die Töchter gut verheiratet wurden, und die Frauen führen ein freies Leben.«

»Trotzdem bleibt es eine Lüge. Sie können ja nicht als die

leben, die sie wirklich sind.« Ich lege meine Hand auf Theas, flechte meine Finger in ihre. Sie drückt meine Hand.

»Nein, aber immerhin leben sie.« Thea schiebt meine Haare beiseite und gibt mir einen Kuss in den Nacken. »Und das ist ja wohl das Beste, was sie aus dieser Kacksituation herausholen können.«

20

Liebe und Krieg

»Bist du nervös?« Thea gibt mir einen Kuss auf den Mund, direkt hier vor der Bar.

Der Winter ist weg, dem Frühling gewichen. Die Kirschbäume blühen hellrosa, und die Gäste sitzen vor der Bar – mit ihrem Wein, Latte, Bart und Flanellhemd. Ein paar haben Decken um sich geschlungen und tragen Sonnenbrillen, um die grelle Sonne abzuschirmen oder die Haare an Ort und Stelle zu halten.

»Nein, ich bin nicht nervös.« Ich wuschle mir durchs offene Haar. Neue Angewohnheit, die das Pulen an der Nadel abgelöst hat.

»Wirklich? Gar nicht?«

»Ja, ich bin's leid, vor Angst zu sterben.«

Thea hakt sich kichernd bei mir unter, und so gehen wir die Treppe hinunter ins Souterrain, wo ein riesiges Plakat hängt.

SHARE YOUR ZINE!
LESUNG, BIER UND FANTASTISCHE ZINES
SIND WILLKOMMEN!

»Verdammt, was hab ich mir da bloß eingebrockt?« Ich erblicke einen länglichen Tisch, auf dem Zines in allen Farben und Formen liegen. Mein She-Zine liegt an der Kante. Schwarzweiß, klein und ... klein. »Das kann ich doch unmöglich rumzeigen. Schau dir mal die anderen an ...«

»Wir können ja nicht alle von Journalisten zur Welt gebracht werden, die uns den Erfolg direkt in die Wiege legen. Sagst du das nicht immer?« Thea lacht.

»Hab ich das je behauptet?« Ich setze eine übertrieben verblüffte Miene auf.

»So was in der Richtung. Nur mit mehr Schimpfwörtern.«

»Hm, daran kann ich mich absolut nicht erinnern.«

Meine Zines sind komplett handgemacht. Mit Papier, Schere und Bleistift. Nichts weiter. Und dann hab ich den Kopierer der Bibliothek benutzt. »Die sehen so kacke aus.«

»Entspann dich, Süße«, sagt Thea, nimmt mein Zine in die Hand und hält es vor sich. »Es geht um das, was du sagst, nicht die Verpackung. Das bist DU. Und überhaupt: I love it!«

»Hm.«

»Komm, wir holen uns eine Cola oder einen Wein und dann machen wir's uns irgendwo hier bequem. Geht schließlich frühestens in einer halben Stunde los.«

»Ganz klar Cola. Ich stell mich nicht da oben hin und lalle.«

»Okay. Dann gibt es heute Cola.« Thea geht an die Bar und kehrt mit zwei Dosen zurück.

»Die Leute freuen sich schon darauf, dich zu hören. Das wird richtig gut! Meine Mutter wäre übrigens auch gern gekommen. Aber sie ist immer noch so wahnsinnig schnell erschöpft. Dabei freue ich mich selbstverständlich riesig, dass sie überhaupt wieder auf den Beinen ist. Überleg mal, als sie den

Marathon gelaufen ist, war mir das echt egal. Und jetzt freue ich mich wie Bolle darüber, dass sie überhaupt wieder aufrecht stehen kann!«

»Ich würde mich wie Bolle freuen, wenn meine Mutter wieder mit mir sprechen würde.«

»Mann, ich kann immer noch nicht fassen, wie eine Mutter sagen kann, dass sie ihre eigene Tochter nicht mehr will. Dass du für sie gestorben bist. Das geht mir absolut nicht in den Kopf.«

»Glaubst du, meine Zines sind gut genug?« Ich kann gerade einfach nicht über meine Mutter sprechen. Ein halbes Jahr ist inzwischen vergangen und ich bin ihr und einer ihrer Freundinnen nur ein einziges Mal zufällig bei Aldi begegnet. Wir standen uns in dem Gang mit Keksen und Kuchen gegenüber. Mamas Blick zuckte wild herum, ihre Freundin griff nach ihren Schultern, sie machten auf dem Absatz kehrt und verschwanden. Ließen den Wagen kurzerhand stehen und verließen den Laden. Ich bin dann eine Viertelstunde durch die Gänge marschiert, nur um sicherzustellen, dass ich ihnen draußen nicht noch mal begegnen würde. Und dann bin auch ich rausgegangen, ohne die Rumkugeln, die ich eigentlich kaufen wollte.

»Natürlich sind deine Zines gut! Alle hören gern Leuten zu, die wissen, wovon sie sprechen. Menschen, die was erlebt haben. So wie du.«

»Und was ist mit denen, die wir nie hören?« Ich trinke einen Schluck Cola.

»Denkst du an Sohane?«

»Ja, auch. Und an die beiden kleinen Jungen, die gestorben sind, als sie Bleistifte kaufen wollten. Und an all die Menschen, die tagtäglich sterben, während Dänemark *Let's Dance* guckt …«

»Jetzt oder nie.« Klaus kommt zu uns an den Tisch. »Hey, Sheherazade, du bist die Erste. Bist du bereit? Hast du was Schriftliches, was du mit auf die Bühne nehmen möchtest?«

»Ja.« Ich krame in meiner Tasche herum und werfe einen Blick zur Tür. Es kommen immer mehr Menschen. Zum Beispiel Kim aus meiner Klasse, dicht gefolgt von Mille und Katja. Sie lächeln und winken. Ich bereue es allmählich, dass ich mich überhaupt darauf eingelassen habe.

Jemand pfeift laut. Bjørk. Sie steht am Eingang, eine Zigarette in der Hand, und sie trägt, soweit ich das auf die Entfernung entziffern kann, ein schwarzes T-Shirt mit dem Spruch *I'm a crazy bitch.*

»Guck mal, deine Lehrerin ist auch da.« Thea stupst mich an. »Und Adeel, Mirza, Elias, Amanda und Jihaan.« Sie zeigt zu einem runden Tisch, an dem die fünf sitzen und alle den Daumen hochhalten.

»Shit, ich fühle mich, als müsste ich zur Abschlussprüfung.«

»Komm mit nach hinten. Ich klemm dir ein kleines Mikro an und dann kann's losgehen.« Klaus klopft mir auf die Schulter. »Das wird super. Showtime.«

Das Licht auf der kleinen Bühne sticht mir in den Augen, und ich erkenne die Leute an den kleinen, runden Tischen nur mit Mühe. Ich blinzle und kann Thea ausmachen. Sie sitzt ganz ruhig da und sieht mich an.

»Ich habe etwas geschrieben über …« Meine Stimme zittert. Meine Hände zittern. Das Blatt zittert. Ich schlucke den Kloß, der mir im Hals klemmt, runter und fange noch einmal an.

»Ich habe über das Leben geschrieben, das ein paar Mädchen führen …«

Es ist so still, dass ich höre, wie jemand ein Glas auf den Tisch stellt. Jemand räuspert sich. Meine Augen haben sich an das Licht gewöhnt. Ich sehe Papa, ganz hinten. Er ist allein. Mama ist nicht mitgekommen. Er trägt sein feines Hemd. Das mit den blauen und weißen Streifen, das er sonst nur zum Fastenbrechen oder zu Hochzeiten anzieht.

Ich trete an die vordere Kante der Bühne, näher ans Publikum. Schaue mich um, und kurz blitzt Sohane auf, wie sie mit überkreuzten Beinen dort sitzt, die Hände unterm Kinn. Sie macht das Victory-Zeichen. Lacht und hält sich dann die Hand vor den Mund. Ich schlucke erneut. Richte den Blick auf mein Blatt, und als ich wieder aufschaue, ist sie weg. Sie ist wirklich weg. Aber ich werde sie nie vergessen. Ich räuspere mich und hole tief Luft.

Es bleibt still, während ich Sohanes Geschichte vorlese.

Das Mädchen, das nicht aufwachen wollte

Das Heulen der Sirenen hat die Leute von ihrem Abendessen und den blutigen Nachrichten im Fernsehen weggeholt. Sie stehen unten auf der Straße, ein paar neugierige Nachbarn haben die Fenster geöffnet, um alles besser beobachten zu können. Das Drama hat in Parkerne Einzug gehalten. Natürlich ist das nichts Neues, aber wir haben es für uns behalten, in unseren kleinen Betonkästen …

Auch danach bleibt es still. Ich falte das Blatt zusammen. Dachte ich mir's doch, dass es ein verdammter Fehler war, das hier laut vorzulesen. Man hört ein Räuspern und ein Husten. Dann fangen die Leute an zu klatschen. Ich schaue auf und sehe, dass Papa die Arme bis über den Kopf hochgerissen hat. Er pfeift. Ich wusste nicht mal, dass er pfeifen kann.

»Das nächste Zine, das ich vorlesen werde, handelt von uns und denen. Und davon, anders zu sein.«

– Ich verstehe das nicht. Mama schüttelt den Kopf und

reicht der Nachbarin eine Tasse Chai. – Stimmt es wirklich, dass diese Dame nicht mit dem Taxi fahren wollte, weil dein Mahmoud kein Däne ist?

– Ja, er wurde gestern sehr spät gerufen. Mein Mann arbeitet ja Tag und Nacht. Wir haben viele Mäuler zu stopfen.

Mama nickt und hält ihr den Teller mit Datteln und Nüssen hin.

– Die Dame*
steht mit einer
großen Reisetasche
an der Straße.
Mein Mahmoud hält
am Bürgersteig und steigt
aus, um die Tasche für sie im
Kofferraum zu verstauen.
Aber die Dame schüttelt den Kopf
und sagt: Nein, nein, ich habe ein
weißes Taxi bestellt.

– Und was ist dann passiert?

– Dann hat mein Mahmoud
gesagt: Nein, nein, ich fahre
nicht schwarz. Ich zahle
immer Steuern auf mein
Geld.

– Und was hat die Dame dazu
gesagt?

– Ein weißes Taxi. Mit einem
dänischen Fahrer.

Die Nachbarin seufzt.

Dieses zweiköpfige Mädchen [redacted]

– Im Ernst?

– Leider ja. Also wartet die Dame auf ein anderes Taxi. Und mein Mahmoud fährt nach Hause. Ich sage zu ihm: Schreib an die Zeitung. Das ist Rassismus.

– Das ist völlig unglaublich. Und so ist das überall. Weil wir anders aussehen. Wir arbeiten, wir zahlen Steuern, wir tun unser Bestes. Trotzdem ist es nicht gut genug. Wir sind nie gut genug für dieses Land. Mama fuchtelt mit den Armen und stößt ihre Teetasse um.

– Es macht einfach müde. Die Nachbarin steht auf, holt die Küchenrolle und wischt den verschütteten Tee auf.

– Danke. Mama wirkt nachdenklich. – Warum können wir einander nicht einfach helfen? Tolerant sein. Wir sind doch alle Menschen, oder?

– Ja, wir sind alle Menschen. Man kann nicht ständig mit dem Finger auf andere zeigen, bloß weil man selbst findet, sie sind verkehrt.

– Genau, die Welt wäre ein besserer Ort, wenn wir einander mit all unseren Unterschieden akzeptieren würden.

– Viel besser. Die Nachbarin schenkt Mama neuen Tee ein. – Hast du gehört, dass Suleimans Tochter schlecht ist?

– Nein, erzähl!

– Jemand hat sie mit einem Jungen gesehen. Auf der Straße. Einem Dänen.

– Wirklich? Sie müssen sehr enttäuscht sein.

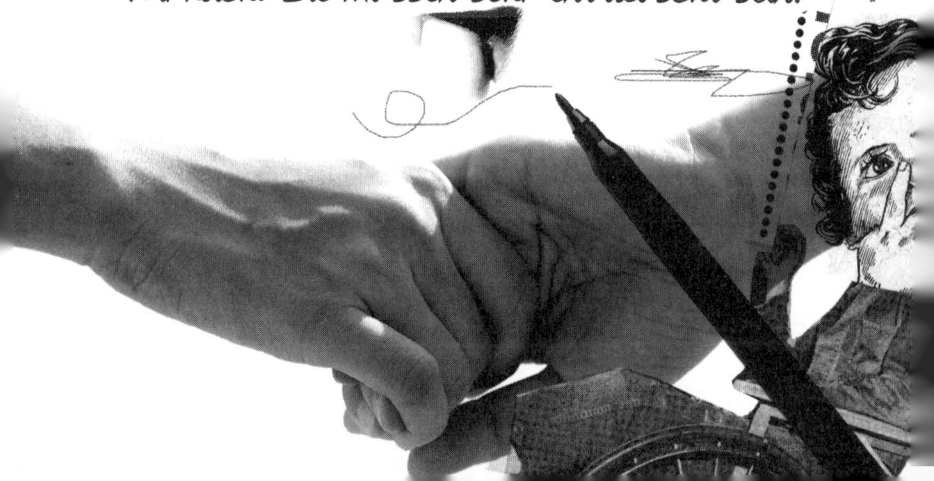

»Ich wünschte, meine Mutter säße heute im Publikum. Aber leider ist sie zu Hause geblieben, weil sie ein anderes ›Taxi‹ bekam, als sie bestellt hatte.« Ich mache mit den Fingern deutliche Anführungszeichen in die Luft. »Sie hatte eine Tochter bestellt, die Ärztin wird, die einen Mann heiratet und eine Menge Kinder kriegt. Die hat sie nicht bekommen … Die wird sie nicht bekommen. Aber ich hoffe, dass sie sich eines Tages an ihre eigenen Worte erinnern wird. Die Welt wäre ein besserer Ort, wenn wir einander mit all unseren Unterschieden akzeptieren würden.«

Thea kommt auf die Bühne, nimmt meine Hand und gibt mir einen Kuss auf die Wange. Es wird gejubelt und gepfiffen.

»Komm«, flüstert sie mir ins Ohr und zieht mich von der Bühne. Wir gehen Hand in Hand nach draußen, während der nächste Künstler vorgestellt wird.

»Da.« Thea steckt mir eine Selbstgedrehte in den Mundwinkel und zündet sie an. Ich sauge gierig daran und stoße den Rauch mit einem tiefen Seufzer aus. Mein Herz schlägt noch immer schnell.

»Alte Scheiße, war ich nervös.« Ich ziehe erneut an der Zigarette. Sie fängt an zu wirken. »Yes! Ich hab's getan!«

»Und wie du's getan hast.« Thea küsst mich auf den Mund.

Aus dem Augenwinkel sehe ich, dass jemand aus der Bar und die Treppe heraufkommt. Es ist Papa.

»Mein Pfeil in die Zukunft.« Er lächelt und hat Tränen in den Augen.

»War das in Ordnung, Papa?« Nach nur drei Schritten bin ich bei ihm und umarme ihn.

»Es war wie eine Reise zurück in die Zeit, als alles besser war.« Papa holt eine Packung Zigaretten aus der Brusttasche und Thea gibt ihm Feuer. »Danke. Du musst Sheherazades … Freundin sein.« Er gibt ihr die Hand.

»Genau die«, sagt Thea.

»Gehen wir ein Stück?« Papa ascht in einen kleinen Blumentopf am Ende der Treppe. »Das Wetter ist so schön. Und alle Bäume drüben im Park blühen hellrosa. Das währt immer nur so kurz. Wir sollten das nutzen, solange wir können.«

»Gute Idee.« Thea nimmt meine Hand, Papa legt mir einen Arm um die Schultern.

So muss es sich anfühlen, wenn man glücklich ist. Ein junger Mann weicht auf die Straße aus, weil wir den ganzen Bürgersteig einnehmen, und lächelt uns zu. Ich lächle zurück und verspüre einen Stich. Wäre Mama doch auch hier. Dann wäre es perfekt. Dann könnte Papa meiner Mutter den Arm um die Taille legen, so wie auf den alten Fotos. Und ihr langer, dicker Zopf würde zwischen ihren Schulterblättern hinunterhängen. Wir könnten noch mal ganz von vorn anfangen.

Wir biegen in eine Seitenstraße ein. Thea führt uns. Sie kennt sich hier aus. Die Abendsonne ist warm, aus einem geöffneten Küchenfenster zieht Frikadellengeruch zu uns. Irgendwo lacht eine Frau und eine Katze rekelt sich faul auf der Fensterbank in der Sonne. In der Ferne gehen Reggae und das Summen des Abendverkehrs auf der Hauptstraße ineinander über.

»Stopp!«, ruft jemand hinter uns.

Wir bleiben stehen, ich drehe mich um.

»Was glaubst du eigentlich, wer du bist?« Hamzas Blick ist hart. Er ist nicht rasiert und ganz grau im Gesicht.

»Wen meinst du?« Papa macht einen Schritt auf Hamza zu.

»Ich meine deine lesbische Ludertochter.« Hamza spricht Arabisch mit Papa.

»Was hat er gesagt?«, flüstert Thea.

»Psst.« Ich stelle mich neben Papa. »Das erkläre ich dir später.«

»So redest du nicht mit meiner Tochter. Zeig ein bisschen Respekt!« Papa spricht ruhig, aber streng.

»Deine Tochter? Ihre eigene Mutter will sie ja nicht mal mehr. Sie verflucht den Tag, an dem dieses Kind zur Welt kam. Sie hat Schande über euch und euren Namen gebracht.«

»Hamza, verschwinde!« Papas Stimme ist laut. Er macht noch einen Schritt auf Hamza zu. Jetzt sind nur noch drei Meter zwischen ihnen. Die Straße ist leer.

»Deine Ludertochter muss büßen!« Hamza zeigt auf mich. »Sie muss dafür büßen, dass sie Gerüchte über meine einzige Schwester verbreitet hat. Sie hat meine Familie zerstört. Meine Mutter stirbt fast vor Trauer. Mein Vater kann nicht mehr vor die Tür, weil alle reden. Die Familie meiner zukünftigen Frau hat die Hochzeit abgesagt. Die Ehre unserer Familie ist zerstört. Deine Tochter hat erzählt, dass meine Schwester keine Jungfrau mehr war, als sie geheiratet hat. Und sie hat schlimme Dinge über Sohanes Ehe in Umlauf gebracht. Deine Tochter sagt, es ist unsere Schuld, dass Sohane tot ist. Und dass sie Selbstmord begangen hat. Sie nutzt unsere Trauer schamlos zu ihrem Vorteil. Steht da und wedelt mit unserer angeblich so schmutzigen Wäsche in einer Bar, wo Alkohol getrunken und Beifall geklatscht wird, weil meine Schwester tot ist.«

»Das stimmt doch gar nicht.« Ich möchte ihm erklären, dass Sohanes Geschichte es verdient, gehört zu werden. »Ich habe nicht behauptet, dass es eure Schuld ist. Sondern all die Regeln um Ehre und …«

»Deine Tochter hat Sex mit einem anderen Mädchen. Du

solltest dich jede einzelne Sekunde jedes einzelnen Tages schämen, dass du eine Tochter wie die da …«, Hamza zeigt auf mich, »auf die Welt gebracht hast. Dafür landest du in der Hölle.«

»Ich kann dir was über die Hölle erzählen.« Jetzt hat Papa sich direkt vor Hamza gestellt. »Die Hölle ist, wenn du nicht weißt, ob du den nächsten Sonnenaufgang noch erleben wirst. Die Hölle ist, wenn du den messerscharfen Schmerz spürst, weil dir gerade eine brennende Zigarette in das schmerzende Fleisch gedrückt wird und der Mann, der das tut, dir dabei ins Gesicht lacht. Die Hölle ist, zusammengekauert in einem Lastwagen zu sitzen und die Angst in den Gesichtern der Menschen zu sehen, die du am allermeisten auf der Welt liebst und die du beschützen sollst, während du hörst, dass draußen der Grenzbeamte den Fahrer, dem du all dein Geld gegeben hast, fragt, ob er etwas schmuggelt. Die Hölle ist, was wir Menschen füreinander schaffen – im Namen der Ehre, des Geldes oder der Macht.«

»Du redest dummes Zeug, alter Mann.« Hamzas Augen sind zusammengekniffen, seine Hände zu Fäusten geballt.

»Ich rede dummes Zeug? Im Ernst?« Papa macht die obersten Knöpfe seines Hemdes auf und zieht es langsam über die Schulter. Er wendet mir die Brust und Hamza den Rücken zu. Er nickt mir lächelnd zu, als wolle er sagen: *Keine Sorge, Sheherazade. Keine Sorge.*

Mein Herz rast, und mir bricht der Schweiß aus, läuft in kleinen Tropfen über meine Flanke. Als Papa sich wieder umdreht, kann auch ich seinen Rücken sehen. Von Narben übersät. Kleinen, runden Narben. Langen, breiten Narben. Geraden und gebogenen Narben, die seinen Rücken wie eine Mondlandschaft aussehen lassen mit Kratern und ausgetrockneten Bachläufen.

Ich habe Papas nackten Rücken noch nie gesehen. Er hat selbst zu Hause immer etwas an. Jetzt weiß ich auch, warum.

Hamza ist verstummt. Seine Mundwinkel zittern.

»Woher kommt deine Familie, Hamza?«, fragt Papa leise, als er das Hemd wieder hochgezogen und Hamza erneut das Gesicht zugewandt hat. »Einem Land, wo täglich gekämpft wird, wo Krieg herrscht? Habe ich recht? Deshalb möchte ich wissen: Warum? Warum willst du den Krieg auch hierher holen? Geh nach Hause, geh zu deiner Familie und trauere um deine Schwester. Nichts rechtfertigt Gewalt. Nichts. Keine Traditionen. Keine Ehre. Lass meine Tochter in Ruhe. Hörst du? Sie ist mutig und hat sich für die Liebe entschieden. Und ich stehe vor ihr und bei ihr. Ganz egal, was andere sagen. Niemand löst mich von ihrer Seite. Nicht einmal meine Frau, die, so Gott und sie selbst wollen, eines Tages zur Vernunft kommt.«

Hamza schaut sich um. Wir haben Publikum bekommen.

»Gibt es hier ein Problem?« Ein junger Mann mit raspelkurzen Haaren und tätowierten Oberarmen ist bei uns stehen geblieben.

»Nein, alles in Ordnung.« Papa schaut Hamza an. »Alles ist so, wie es sein soll.« Er legt mir wieder den Arm um die Schultern, ich nehme Theas Hand. »Kommt, wir gehen.«

Meine Hand fühlt sich feucht und kalt an. Wir gehen weiter die Straße entlang. Niemand von uns sagt ein Wort, und da spüre ich plötzlich, wie eine leise Freude in mir hochblubbert. Mein Vater ist nicht abgehauen wie damals im Hundige-Zug. Er schämt sich nicht für mich. Er hat mich verteidigt. Und Thea drückt meine Hand, die langsam wärmer wird. Ich drücke zurück. Die Engel auf meinen Schultern schweigen. Sie schauen zu, wie die Sonne über Kopenhagen untergeht und wiegen sich im Takt der weichen Reggae-Melodie, die aus einem offenen Wohnzimmerfenster dringt. Bob versichert uns mit warmer Stimme, dass *Everything's Gonna Be Alright*. Zum ersten Mal seit langer Zeit, vielleicht sogar zum ersten Mal überhaupt, glaube ich das sogar.

Ein paar Worte der Autorin zum Buch

Vielen Dank für das Interesse an Sheherazade und ihrer Geschichte über die Grenzen der Kulturen hinweg.

Ich möchte ein bisschen die Hintergründe und die Fragen beleuchten, die ich beim Schreiben des Buches hatte.

Ich bin mit einer dänischen Mutter und einem palästinensischen Vater aufgewachsen. Mit dem Christentum und dem Islam. Meine Eltern stritten über Religion, Tradition, Wahrheit und kämpften beide darum, an den jeweiligen charakteristischen Besonderheiten ihrer Kultur festzuhalten. Ich habe früh gelernt, dass Wahrheit subjektiv ist. Und das Wichtigste: Man kann es nie allen recht machen.

Könnte sich jemand an Sheherazades Geschichte stören? Die kurze und ehrliche Antwort: Ja.

Wer sehr konservativ ist, könnte sich daran stören, dass Sheherazades Vater Dichter war und ein sehr ausgelassenes Leben geführt hat, wo es von Lesben nur so wimmelte. Wer liberal eingestellt ist, wäre darüber eher erfreut.

Wer hingegen sehr liberal eingestellt ist, könnte sich daran stören, wie traditionell Sheherazades Mutter lebt. Wer Wert auf Traditionen legt, wäre darüber hingegen sehr erfreut.

Ein sehr religiöses muslimisches Mädchen könnte sich daran stören, dass ein muslimisches Mädchen eine Beziehung mit einem anderen Mädchen eingeht. Ein eher liberal eingestelltes, muslimisches Mädchen, das findet, man kann sehr gut Muslima und lesbisch sein, wäre eher erfreut.

Eine gebürtige Dänin / Schwedin könnte sich daran stören, dass Sheherazade ein Kopftuch trägt. Gut möglich, dass sie es als Zeichen von Unterdrückung sieht. Ein muslimisches Mädchen könnte es sympathisch finden, dass Sheherazade ihre Eltern auf diese Weise ehrt.

Zum Ende hin könnte sich eine muslimische Frau vielleicht daran stören, dass Sheherazade das Kopftuch ablegt. Was wiederum eine liberale erfreuen wird, die sich jedoch vermutlich weiterhin an der traditionellen Mutter stört.

Wie können wir eine wichtige Liebesgeschichte erzählen, eine Geschichte über Identität und kulturelle Zerrissenheit, ohne dass sich jemand daran stört?

1. Wer sich an etwas stören will, findet immer einen Grund.

2. Warum will man die Geschichte erzählen? Um Gräben zu vertiefen, um Hass zu schüren, Widerstand? Oder um ein Bild davon zu malen, wie die Welt für jemanden wie Sheherazade aussieht, die eine große Verantwortung für das elterliche Glück auf den Schultern trägt und gleichzeitig einen inneren und äußeren Kampf austrägt, um dazuzugehören? Um zu lieben und geliebt zu werden.

Ich möchte eine Brücke zwischen den Menschen bauen. Und diese Brücke trägt den Namen: Liebe.

Ich debattiere nicht gern. Damit habe ich schon vor vielen Jahren aufgehört, nämlich als mir aufging, dass ich genau das Gegenteil von dem erreichte, was ich eigentlich erreichen wollte. Ich habe zwölf Jahre lang als Krankenschwester und

Sozialarbeiterin mit ethnischen Minderheiten gearbeitet. Mit dem Schreiben fing ich an, um ein Gegengewicht zu den immer schneller jagenden Nachrichten zu schaffen. Literatur kann nämlich etwas ganz Besonderes. Sie gibt uns die Möglichkeit, die Welt und die Gefühle durch die Augen anderer wahrzunehmen. Bücher waren früher Balsam für meine Seele, wenn meine Eltern lauthals diskutierten, ob Jesus oder Mohammed besser war, und sie flüsterten mir außerdem zu: So kann das Leben auch aussehen.

Das ist Sheherazades Botschaft: So kann das Leben auch aussehen!

KRISTINA AAMAND

ist die Tochter einer dänisch-katholischen Mutter und eines palästinensisch-muslimischen Vaters. Die Autorin arbeitete u. a. als Krankenschwester und Sozialarbeiterin für ethnische Minderheiten.